工厂三部曲

工厂男孩

丁燕 著

中国工人出版社

推荐序

最应该被倾听的人群

邱华栋

丁燕所写的非虚构文学作品，为什么在当下文学界取得了令人瞩目的成绩？首先是因为她涉及了重大题材。她所写下的非虚构作品，既有涉及大自然主题和环境保护主题的，如《沙孜湖》；也有贴近个人体验并从女性角度观察自身和世相的，如《孕妇周记》《双重生活》等。而她真正对中国加入全球化这一进程有文学上的书写贡献的，是她将视线投放到珠江三角洲广大的产业工人群体的社会性题材《工厂女孩》《工厂男孩》。这两本书的横空出世，构成了她在当下非虚构文学创作的亮点。

中国追赶现代化的步伐、规模与方式已令世界瞩目。新时代的种种特征、演化趋势，以及它所带来的新的戏剧冲突，都是以往的文学书写所不曾面对，当然也未能表述的。在创作了《工厂女孩》后，丁燕又写出了《工厂男孩》，她将视线投放到“90后”男工的生存状态，以亲历者的探访、作家的情怀，记下她所目睹到的风起云涌或暗淡幽微，描绘出新生代产业工人历尽沧桑的人生百态和心路历程。可以说，《工厂男孩》是一次直面新时代的新尝试。这也是一部能留给未来并可能被未来所回顾及重视的非虚构佳作。

在《工厂男孩》这本书中，丁燕向我们描绘了一幅尖锐的东莞城市肖像——关于衰退和发展、关于破坏和重建、关于伤痛和希冀。她用她对东莞这座城市的诚恳，描述了这座城市如何膨胀式发展，又如何自我修复。在她看来，东莞是中国最具戏剧性色彩的城市，也是被污名化最严重的城市，其风格类同西部片，其成长饱受争议。然而，数十年来，东莞以“海纳百川”之胸怀，让无数打工者会聚于此。这些打工群体的困惑与无奈、爱恨与情仇，如万花筒里的璀璨碎片，复杂多变、难以预测，但又意义深远。以直面的方式目睹打工者的生存现状，引发了丁燕的惊叹与沉思，促使她记录下她所目睹到的一切。纵观全书可知，让她始终念兹在兹的核心问题，是发展大潮中人如何维护其个体之尊严。

描述打工群体的题材虽然写实，但却并不讨喜。要让大家愿意打开书读下去，并且在读的时候产生同情性的理解，作家要不断地引导，以自己的生命经验和诚意作为引子才行。真要做到这一点，其实并非易事。有那么两年时间，丁燕盘桓在东莞樟木头镇的工厂路上，将这里作为田野调查的地点。在她看来，也许出现在这里的问题，正是转型期中国工业发展所面临的困境之所在。

珠江三角洲“90后”的工厂男孩之遭遇，是当下中国底层青年命运的缩影和隐喻吗？我们了解他们的感受吗？我们知道他们的挣扎吗？他们在国家的文化生产中缺席，但这并不表明他们不存在——他们多数人以沉默的方式出现着。这些男孩多为留守儿童，在松散的状态下野生野长。他们大多不会种地，对土地不像父辈那样眷恋，也没有城市生活经验，不懂得储蓄。虽然他们能因不顺心而跳槽，但却因频繁换厂，根本存不下钱。当进入车间工作时，他们又要遵守层层训诫，这让他们生出强烈的“断裂感”。

另一个可怕的现实浮出水面：在工厂帝国，男性的地位明显低于女性。没有爱情、没有稳定收入、和父辈有着深刻隔阂……这一切，都是男工们所面临的问题。他们蜗居大城市缝隙却又无法长久留在这里，但也一时回不到乡村，变成了“四不像”，一个悬浮的群体。

虽然关于工厂和车间的影像，似乎已尽人皆识，但其内部蕴藏的秘密，却为大多数人所不知。《工厂男孩》以详尽的一手调查，以浓郁的文学笔触，细致地勾勒出一个个感人的生命故事，并对这些事和这些人进行精到分析，对“最广大的沉默之群体”的情感状态、生命要求及内在的社会逻辑进行了全景式探讨，让我们了解到农民工也在努力抗争、适度调整、奋勇开拓，试图创造出属于自己的空间和命运。

《工厂男孩》所展现出的技法与魄力是毋庸置疑的。丁燕以诗人的情感、小说家的技巧、人类学家的眼光再现了当代中国产业工人的特殊生活，而那些褶皱深处的细节，通过她的描述变得栩栩如生、引人入胜。丁燕的行文似乎保持着一种古典的平衡和清晰，其叙述分外客观、冷静又细致，充满了刀锋般的速度和力量。整本书像一个瑰丽澎湃的立体剧场，每一个独立篇章又像是一场激情演出，而那些场景所编织出的悲喜剧则令人既惊叹又惋惜！

时间帮助了丁燕，让她得以慢慢厘清工厂路，观察到这条街的秘密，目睹到母与子的战争，亲历了学生工的抗争，参与到给“女神”打电话的男工群体中……凡此种种，像张上下勾连的大网，廓清了中国工厂中青年男工的多维度生活场景。而这，也注定了《工厂男孩》和那种走马观花、隔靴搔痒式的写作完全不同。在这本书中，人性的、善良的和温暖的因素，艰辛的、挣扎的和自我奋斗的叙说，寻求实现自我价值和爱的归属的故事完美地交织在一起，形成了时代交响曲中最激越的一章。

丁燕来自西北，迁居东南，南北兼容的背景为其提供了多样化的观察方法。这个背景与她两年的耐心相结合，让她在整理满坑满谷的素材碎片时，生发出纵横的想象力，不仅将各类碎片黏合，且重新塑形并赋予其新的灵魂。在创作实践中，她似乎已寻找到了一种独属于她个人的表达方式——既保持典雅的文学性又不失鲜活的原生态。她的观点从来不是口号式的规范陈述，而是有血有肉、充满生活气息的描述。她似乎从不带预设的情绪，也从不将生活现场简单地二元对立化，而力图在条分缕析中，将各种乱麻般的难题一一梳理，提纲挈领地揭示出来。

丁燕以灵活变动的目光，密切盯视生活现场，提炼鲜活细节。《工厂男孩》异常好读，其原因也许正在于这本书里没有说教。扎实的田野调查让丁燕的文字以丰厚的实证带出理论再造的可能。通过对场景和人物的描述，她将作家内在的倾向性表达了出来；而她的深度和力度，则隐含在她的叙述中。这样一部有真知灼见的著作，也许正在于对真实生活的体味和解读，让思想冲出藩篱，在现实中寻找到土壤和水，扎根于大地上。这本书也证明了像丁燕这样的作家，也许可以更快速、更有效地指出问题之所在。

现在，我们已深刻地认识到，单靠传统的经验已不可能给激变中国以更多解释。我们发现，如果不用某种方法来协调个体与整体的关系，整体亦很难进入良性循环的发展。也许，为青年产业工人寻找历史定位的时刻已然到来。而在这样的时候，丁燕的《工厂男孩》让我们看到了一线希望——虽然生存举步维艰，然而，个性张扬的“90后”男工却不服僵化管理，勇于探索生活可能，以人性的方式反对异化，为过上独立、自由、有尊严的生活而奋斗。从某种意义上讲，他们是未来中国之希望，所以他们的声音最应该被倾听。

（作者系著名作家、中国作家协会书记处书记）

目 录

C O N T E N T S

第一章　电子厂的开工日

现在，我和所有来到这里的人一模一样——只能往前，无法后退。

一

农历正月初七，电子厂正式开工。

从东莞市区到樟木头镇，像一级级走下台阶；而从镇中心到工厂路，又像来到另一块大陆。这条路只有一条主干道，两侧除厂房、宿舍，还夹杂着形状各异的农民房。到处是飞土扬尘、断瓦颓垣的破烂路，到处是迅疾狂飙、披靡不能御的大货柜，到处是一个个方形亚克力的小灯箱，到处是粗糙，到处是狰狞。

工厂路，这条不起眼的窄巷子，有那么两年时间，成为我最重要的活动场所。慢慢地，我发现，随着时间的推移，这条路也变得顺眼许多。春节让这里有了些许变化——大红色从各处跳跃而出——大红色的对联、大红色的灯笼、大红色的礼盒、大红色的外套，形成一种感性、调皮、突如其来的美。但每一个走在工厂路上的人都知道，红色不过是偶尔的童话。节后，这些颜色不会像花朵般慢慢枯萎，而是突然间，在某个时刻，所有的鲜艳一并消失。于是你发现这里的真相原来是——灰白的楼宇、棕黑的人群。

从空中俯瞰电子厂，会看到那些蜂巢楼组合成一个大哑铃——左侧宿舍区，右侧厂房区。数十年前，这里还只是一大片荒滩。第一座楼房从暴晒的红土层中拔地而出，随后一发而不可收。车间里亮起的白炽灯、轰隆隆的发动机、统一样式的工装，皆带来一种“有什么事就要发生”的宣言。就像字典的编纂总跟不上字词变化的速度般，大荒滩的昨天已远如旧石器时代，倏然不见了踪影，现在的这一片早已变成工业版《清明上河图》之不可或缺的一角。

早上八点半，穿着湖蓝绲边马甲的工人从宿舍走出，穿过高耸的大王椰，黑压压地会聚在篮球场。突然响起的鞭炮声，制造出亲密祥和的气氛——晨会开始了。然而很奇怪——新的一年的第一次会议，十分钟便宣告结束。人群四散后，半空中仍浮动着充满现实感的硫黄味，地上残留着妖异的红碎屑。

居然顶着禁令放鞭炮？！难道这家工厂的日本老板是个“中国通”，笃信完成了这一类似宗教的祭祀之后，便可让工人们内心平衡，勤力工作，继而让利润进一步提升？直至鞭炮炸响，空中飞扬起小朵焰星，直至那极便宜的小炮仗制造出流弹四射的华丽效果，电子厂才从宿醉中醒来，准备大干一场。

宿舍管理员阿坚高大帅气，忙得头昏脑涨，却总是笑吟吟的，浓黑的瞳孔放光。“奇怪得很，从2013年开始，男工变得比女工多了。”他从工厂宿舍分配表获悉这一信息后，吓了一跳，像窥见谜中之谜，浑身一悚栗。

阿坚的办公室是平房最顶头的那间，门口挂着“宿管”的牌子。墙上小黑板的表格清晰显现着新的一年电子厂的男女比例——全厂总共三千两百人，住宿舍的两千五百人中，一千六百人是男工，九百人是女工。阿坚感慨：“20世纪90年代，工厂里八成都是年轻女工哦。”城市需要工厂来提升GDP，而工厂运转需要工人来当帮手，但现在的电子厂，和珠三角其他工厂一样，正遭遇“招工难”的问题。

2013年是转折之年。但更早的变化似乎发生于2007年——各个工厂都出现了招工难现象，工人的离职率也从千分之几开始接近百分之一。到2008年上半年已较为明显，那一段时间很多工厂有订单，但长期招不够人手，老板就鼓励老员工介绍老乡和朋友入厂，并对介绍人给予奖励。到了2013年，东莞长安镇某厂的招工广告是——“入厂满一个月，即送千元大屏智能手机”。也是到2013年，工厂里男工多于女工似乎已成定局。

电子厂工人的主力是长期工，他们的劳动合同一签一年，但能干满者为数不多；辅以临时工，他们只和工厂签短期合同，刚进厂的男工大多选择这种方式，觉得签长了受限制；再用学生工来调剂——寒暑假到来后，来工厂实习的大中专学生皆满脸青春痘，情绪紧绷，潮水般呼啦啦地来，呼啦啦地走。

一旦开工，电子厂便如钟壳内的齿轮自动运转起来：咔嗒、咔嗒。每一分每一秒都被放大、净化、定格，变成产品后出库方可流逝而过。这地方实在像一道拼盘——货柜车与小学生、物料单与鸡蛋饼、QC（质检员）与美式咖啡。任何人一旦来到电子厂，难免会被一种混搭、戏谑的风格所裹挟，于是只能努力让自己处于见怪不怪的状态。

进入宿管办公室的男工，顶着各类时尚发型，而阿坚却是不变的黑平头。我问他为何如此“大众”，他将双手用力一拍，做出个摩擦手势：“管理者要以身作则哦！”关于男工发型，阿坚有自己的观察——1995年、1996年出生的男工，最喜赶潮流，穿时髦的衣服，做古怪的发型；2010年时，男工流行烫小卷；到2011年是染黄色，半边长到遮住眼睛；到2012年是鬓角短平，但会剃上字母（Z）或各种符号（十字架等）；后来则流行挑染，一缕红一缕蓝，还流行将头顶两侧剃平，中间高耸如草堆，脑门处是三角形。

我脱口而出：“莫希干头！”但阿坚却是第一次听说“莫希干”。

啊！从印第安人中的莫希干族，到作家库柏的小说《最后一个莫希干人》，再到贝克汉姆的莫希干发型，“莫希干”已基因突变，不间断地转化，像驾控一艘星舰迷航，顶端一明一灭地孤寂飞行，直把印第安部落祭典的精髓全部抽掉，只剩脑袋上的三角形。称自己为“莫希干”的是一代人，顶着“莫希干”发型的却是另一代人，这之间发生了多少事我不得而知，而传说只是传说，现在只是现在。

阿坚讪讪一笑：“估计男工们也都不知道莫希干，只是看别人理了这种发型就跟风。”现在，所有和原始莫希干有关的气息全部消失殆尽，我看到的莫希干，一路贬值，已经彻底世俗化。

发型革命，几乎席卷了所有工厂男工。于是，下班后男工们将帽子摘掉露出头顶，穿墙凿洞地往厂门外挤，急着去大街上挺着身架晃悠招摇；于是，电子厂不得不做出如下规定：“男工不得染三种以上颜色的发型。”

二

阿坚用了几个词汇总结“90后”男工的特点——喝酒、抽烟、打牌、赌博。

我不解地问：“这些都是发泄压力的方式？”阿坚的两眼像那种装电石的脚踏车前灯，有一种奋力踩踏后从晦暗的内里烧出灼灼强光，他大笑着说：“啊！男人并非压力大了才这样，这是他们的天性哦！”

脏话是男工最明显的罪。

其实宿舍和车间离得非常近，简直楼挨楼，但各有各的日月星辰，你方唱罢我登场。进入车间要被检查，这已昭示了一种确凿的事实——在工厂帝国，车间才是正殿，宿舍不过是偏殿。透过硕大玻璃窗能看到车间内部——开阔的空间里拉开一条条线，线的两侧站着一丛丛穿着相同服装的工人，箱子被拉出、拉进……

男工们在车间里经受了什么，别人不得而知，但回到宿舍后，他们会高频率地说脏话。并非到了最激烈、最难忍、最不堪的时刻，脏话才脱口而出，在工人们的日常生活中也是处处可见。

香烟是男工最孤独的罪。

每天上午和下午，电子厂的车间各有一次工间休息，每次十分钟，听到休息铃声后，男工们立即从工位上站起来，大步流星地走进吸烟室。烟瘾大的人，十分钟内能连抽两根。

在夜晚的宿舍，男工吸烟的模样如夜间畜栏里反刍胃囊中青草的公牛。苦熬苦站一整天，是需要舒缓一下。猛吸一口，肉身像雾般获得自由。虽然这空挂挂的自由实在有些寂寞，但总算能熬到睡眠降临，在床上倒成个“大”字形。天天做一样的工作，一直做，一直做，真的会让人发癫、发痴，然后发疯。于是，头顶金黄卷发、身形瘦削的男子，从齿缝间迸出脏话后，从耳侧拿下香烟，点燃，猛烈吸咂。

恋爱，是男工所有罪行中最核心的罪。

“90 后”男孩喜欢进大型工厂，觉得“人多好玩”“容易找对象”。从电子厂的墙报上可知，厂内有各类社团，比如羽毛球社、器乐社、乒乓球社、篮球社、舞蹈社、骑行社等，业余生活貌似相当丰富。但随后我看到了那句威严训诫——“不得勾肩搭背”——这话真是煞风景。

从进入电子厂的那一刻起，这个封闭空间所形成的场合，一直都在强调纪律、规矩、制度。虽然我看到男工女工成群走过，却从没把这些工装人落实到性别上。直至现在，看到这句威严训诫，那掩藏不住的真相才裸露出来——这里不仅是工作的竞技场，还是性别的角斗场。在这里，到处晃悠着正值求偶期的男女，那些嘴角抿着骄傲或谦逊弧线的年轻男女，很容易被爱火击中，上演一出大红大绿的感情戏。

然而这句“不得勾肩搭背”却让行为走向了它的反面——此地的男女如胶粘苍蝇，越想振动翅翼挣脱出来，却越来越黏稠，甚至越发被喘不过来气的警示所捆缚，每个人都带着嗑药后晕茫茫的痴傻陶醉状，空空地张着嘴，像是期待着什么。

夜晚从宿舍楼穿行而过，你会惊诧地发现：原来整个电子厂都弥漫着澎湃的荷尔蒙。从一小格、一小格玻璃窗里望进去，发现这里是个肉身森林——那些黝黑或青白的臀部，那些紧绷或肥腻的大腿，那些金黄头发和噘起的嘴唇，共同组成了一个美妙的世界。

盗窃之罪，是无知无耻之罪。

十九岁的石一跟着姐夫来到电子厂，做“学生代表”——协助工厂管理和他一起来的近百名四川凉山学生工，所以他对车间并不熟悉，“只进去过两次”。这男孩解释自己的名字时，说“石头的石，一二三四的一”，但即刻被阿坚纠正为“单人旁，衣服的衣”。阿坚用厂里的统一标准来修正别人的名字，根本不理睬名字所有者自己的声称。于是，个人的“一”为集体的“依”所替代。

那男孩满脸羞涩地微笑，虔诚地聆听阿坚的教诲，装扮那种招之即来、来之即笑的乖崽模样。他身高约一米六八，精瘦黧黑，脸庞窄细，五官精致。若他的个子再高点，脸盘再大点，皮肤再白点，完全可以去演电影，因为他的五官简直凹凸得异常绝妙。

然而，他嘴一张，整个大厦即刻坍塌：每一个汉字都如空中白布，被吹得破破烂烂、丝丝缕缕。进入电子厂对这个凉山男孩来说，不仅是进入工业时代，还进入了一个被汉语命名的象形文字世界。他不知道“一”被公然篡改后，自己的名字已折损了原本的含义——这简直堪比对他本人的折损。他仰着那张蜡像雕琢般的面孔，慢慢熟悉电子厂、熟悉汉字的过程，其实就是被折损的过程。

凉山男工在电子厂的两个月，简直是麻烦不断、惊险连连。

第一饭堂内有个小卖部，卖饼干、花生、瓜子、牛奶、啤酒等，贴满了一行行手写纸条：“你已进入录像区”“偷一罚百，并送公安局，请自觉”“本店已装有录像监控，请自觉”“小本生意，请不要对我下手”……各类威胁恐吓或请求哀告，五花八门。

有两个凉山男工在厂外小店偷了东西，被扭送至附近派出所。阿坚微微一笑：“这种事儿，不能着急。”他打算过两天再去领人，“让他们受受苦也好”。他说之前厂里来过很多河南工，也是浑身毛病，但后来，“都变好了”。

“驯化需要一个过程。”阿坚轻描淡写地说道。

“驯化！”我的脊背一紧，楠楠自语道。

躺在宿舍的第一天夜里，所有人都会陷溺于一种沥青般的感伤之中：这就是你所要面对的生活。宿舍和家的区别绝不仅止于一张床。夜晚醒来，瞪大眼睛，耳边是不同睡姿的人发出不同频率的喘息声。

凉山男工对电子厂出现的各类事物充满了好奇，简直如婴儿般充满了对陌生世界的好奇。没见过灭火器，拿起来便乱捣鼓；没见过电脑，便在键盘上一通敲；每层宿舍楼内都有管电的闸门，他们四处乱跑，把闸门拉下，致使整栋楼彻底漆黑。当被问“为什么要这么做”时，他们一脸无辜地回答：“就想看看拉下来会怎样……”那电光石火的一瞬，阿坚听到自己牙齿错位时发出的咯吱声。他想骂最脏的话，但大脑却一片空白。

阿坚解释说他们也许有“偷”的概念，但认为“偷东西算不上严重的事”。于是，他眼睁睁看一个凉山男工把食堂旁停放的自行车撬开，骑上车就准备走。他迈着大步，赶过去逮个正着，狠狠地质问他“为什么要这么做”，怎么都没想到对方如此回应：“自行车放在那里反正没人骑，我骑一下再放回去就好了。”阿坚这时才意识到，他和他们之间的差别隔山隔水。在他们的世界里，“东西是可以共用的，用的时候无须给对方打招呼”。阿坚只好简单训斥两句，迈着松垮大步，自顾自地安慰一句：“老虎不和斑马一般见识。”

手机，是所有罪行中最魔幻之罪。

宿舍鱼龙混杂，人员流动性大，所以新工人进厂的第一件事，便是学习和陌生人相处、学习如何时时提防他人。厂门口最明显处赫然张贴《宿舍防盗宣传十五条》，其中反复强调——手机在充电时，一定要确认门已关好、反锁；睡觉时，手机不能放在枕边。

把两三个月的工资攒下来，买一款时髦手机，已是“90后”男工的头等大事。现在的电子厂，早已不是“以衣相人”，而是“以机相人”。女工们的手机经过精心装扮，贴上各种小挂件或假钻石，让它替自己珠光宝气。

每个人都捏着手机，像一艘撞了冰山的船上每个人都穿起救生衣——无一例外。手机在桌上吱吱叫得蠢蠢欲动，像只大甲虫，被弄翻了个，脊背着地肚子朝天。无论是短信、微信或QQ留言，都让那甲虫想挣扎翻身又不成功。挣扎着，挣扎着……手机和它们的主人都挣扎着。每一个捏着手机的人，都散发着一股难掩的孤独味。

且看工厂公告栏通知——

各位工友：近期招聘人员较多，发生了多起失窃案。从昨晚到今天，A栋和B栋就被盗了五部手机。对此，希望全体员工提高防护意识，锁好门窗，将手机、钱包等贵重物品保管好，最好是随身携带或锁在铁柜内。

有三个凉山男工撬铁柜偷手机，被抓住后集体抵赖，异口同声地哀号：“我们啥都没干啊！”阿坚瞪大眼睛：“监控上都有啊。”他们面面相觑，不知啥叫“监控”。等到把录像调出来，看到自己在屏幕里晃动时，他们顿时大惊失色：“你……你是怎么把我们弄到电视上的？”他们不承认那是“偷”，而是如此解释——“柜子一拉就开了，手机自己掉了下来。”在这之后“监控”一词秘密地流传开来。“监控”如神兽，所过之处，寸草不生。

阿坚的声调趋向绝望，哀号道：“哎哟，还有人放火！”原来有个凉山男工进入宿舍，看到床上残留着纸张，便在地上拢成堆点燃。阿坚急匆匆赶来抓纵火犯时，他无辜地辩解：“反正那些东西也没用了！”一股巨大的愤怒像触电般让阿坚闻到自己嘴里的焦臭味，他的脸像引火般暗暗燃烧，嚷道：“问题不是有用和没用，而是你怎么能、怎么敢在宿舍点火？！”阿坚气得整个身体都在发抖，心跳急速到无法自控。哪知对方慢悠悠地缓声道：“我真的不想烧房子啊。”

发火是一种状态，需要“你知我知”。现在，无论阿坚骂出怎样的词语，其结果都是——无效。

直至这时阿坚才再次发现，原来他说话的内容乃至理论，在对方面前，是如此空洞莫名。于是后来，阿坚把他们当透明人，学着视而不见。

“来自不同世界的他们”，果然有着太多不同。譬如，他们喜欢席地而坐，或直接躺在草坪上。阿坚让我看窗外——十几个凉山男工，或蹲，或躺，或趴，将一块单薄草坪当床单用。阿坚忍不住隔窗大喝，让他们“起来”。他心疼那草坪上的十四棵小树，叶子已逐渐发黄。

凉山男工们喜欢唱歌，他们唱的时候身体像发光的水母，无法抑制地款款摆动。他们唱得非常起劲——凌晨下楼时开唱，中午出车间后开唱，下夜班在厂门口也唱。无论多慌张多恼火的时刻，他们都坚定地选择亮出喉咙——开唱！

那感性嗓腔磁性放电，清冽炸开，有些难度极大的高音，也能皱眉龇牙顺溜溜拔上去。那声音熠熠发光，像小提琴弓弦铮铮作响，浸染了歌唱者自己的小情绪——忍耐、调皮、宽容、狂野。他们比赛，一个和另一个之间有细微的倾轧张力，这又令每一个都展示出最好的自己，但这唱法却被冷峻戒令折断——不得大声喧哗。

两个月后，如大海退潮般，凉山男工呼啦啦地走光，楼道里没有他们的人影晃动，但墙壁缝隙间仿佛依旧荡漾着音符。那是真正的欢快，那种欢快已被机器复制年代遗忘了多年。那欢快绝不是有意为之，而是从大山的深处自己长出来的。

男工众多，不仅引发了发型问题，更让宿舍原有的规则失衡。

在非宿舍楼的居住环境，男女差异性的鸿沟会被适度遮掩。你每天都能看到街上或办公室，走动着干干净净精神抖擞的男人，但如果这些人生活在同一间宿舍，他们的形象便会遭遇彻底颠覆。男工宿舍像地下洞窟，各种乱七八糟的东西都掀肠刨肚地袒露：地上堆着矿泉水瓶，顶部的吊扇脏污生锈，椅背上的毛巾在滴水，运动鞋晒在牙缸旁，被褥揉成团看不出原本的颜色。

宿舍楼的布局都一模一样——单个小房间面对一条长廊；只有两个楼梯。每天上班或下班时，楼梯上全是脚步匆匆的人。每层楼有二十八或三十个房间，每个房间不到二十五平方米。每间宿舍都编了号，比如“A139”“D326”。每间宿舍都被铁架床隔开，貌似每个人都拥有独立的空间，但空间和空间之间却是相连的。

长期居住在这货柜仓库的一隅，压迫感不会减少，反而会增强。但是在外面租房的话，房租又贵得离谱，而且离工作地点远……种种因素凑在一起，你就会明白，为什么成千上万的人如沙丁鱼，将自己的身躯塞进宿舍。

女工虽貌似柔顺，但更琐碎；男工虽性子烈，但更简单。譬如，四川凉山男工到来前，宿管让女工腾出一楼搬到二楼，她们磨磨蹭蹭，一个月都没搞定，最后，“不得不停水停电，强行搬迁”。如果是男工，一声“搬”，两三天便空空荡荡。阿坚能理解女工：人一旦定居，便讨厌搬迁；而女人又喜欢买东西，零碎多，搬一次家不容易；又担心搬过去和新舍友处不好。

电子厂虽然喜欢招女工，但从管理的角度讲，阿坚更喜欢男工——因为他能“吼”得住。面对女工，却不能只靠“吼”——她们更复杂。在电子厂，女工从来都是强者。女工最大的好处，“怎么说呢，就是柔顺”。譬如，宿舍卫生按床号轮流打扫，如果某一天，轮到的那人刚好加班，宿管让别人帮忙时，女工总会点头：“可以啊！没问题啊！”而男工总会反抗：“不关我的事！不该我干！”厂内有洗衣房，洗一次衣服三元。男工若要洗衣，会搜罗了全宿舍的一起洗；女工总是洗自己的。女人会持家，能省钱，买了东西一个人偷着吃；男工更喜欢“有酒大家喝”——所以，女工比男工能存住钱；所以，男工要想存住钱，就要先脱离那帮狐朋狗友，找个女人一起过。

我无意间走到宿舍楼，发现两楼相夹的窄道顶部搭着塑料棚，侧墙满是垂挂而下的粗细塑料排水管，窗外铁栅栏缀满短裤、袜子、T恤、毛巾。我朝里走了几步，感觉在下雨。抬头，不觉惊骇——无数湿漉漉的衣衫悬挂在我上方。

也许最能体现南方工业化特征的，莫过于这些湿漉漉的衣衫——密密麻麻重叠，像从来都不曾被取下。它们在那样局促的空间里争抢阳光，简直，就是它们主人生活的真实写照。

宿舍不仅逼仄，且吵得要命：各种声音从各个不同的角落发出，一片嘈杂。打开水龙头、聊天、吃零食、洗衣服，令整栋楼如蜂巢般躁动。这些一模一样、涂着号码的封闭小屋，充满沧桑。这些由钢筋水泥构成的巨兽，好像在深夜缓慢地移动起来。

三

后来我发现，原来厂内并非只是穿工装的人，到处可见穿便装的人，他们有白发老人、油腻中年男人、骑玩具车的儿童、躺婴儿车的婴儿。原来，厂里不仅为工人提供宿舍，还有另一种形式的屋子——家属楼，其外表和宿舍并无差别，但内部是一个个小套间，房间带独立卫生间和厨房，房租比厂外小宾馆略低。

老孙五十五岁，从吉林延吉市来，是来帮儿子照看孙子的。他体格壮硕，长相气派，看起来不怒自威。在岭南，难得看到这样装扮齐整的闲人，连那一头大麻纤维般的黑发都被梳得丝缕顺服。他张嘴，一口东北话，说自家儿媳妇大学毕业，学林业的，在厂里做文员，虽专业不对口，但一个月也四千多，而儿子一个月六千多。我以为他儿子是研究生毕业，但他当即摇头否认——“没有，没有，他初中毕业。”

随后我得知——他儿子是厂里的大厨。我诧异地问：“大厨能娶到大学生？”

老孙不以为然地说：“现在，不愁找工作的是大厨，不是大学生！况且，我儿子长得很帅，和我年轻时像一个模子打出来的。”紧接着，老孙用一种故意嘲弄的喜剧腔调补充道：“连追女孩的手段也和我一样啊！”

听说老孙的儿子儿媳都在食堂吃饭，家里吃饭只剩他和老伴及孙子，我想当然地帮他设计生活：“那你老伴买菜做饭，你带孩子喽？”

他笑着摇头：“唉，我家的女人都不做饭！”

我恍然大悟：“那您，也是做饭的大师傅？”

他羞涩地点头。

老孙的老伴跟他同岁，在旁边玩具厂当清洁工，一个月两千多。儿子儿媳的工资悉数存下，老伴的收入则用于交房租、买日用品。老孙没有职工养老金，但他对现在的生活相当满意，并无那种举目无亲，被孤独、疲惫缠身的哀叹，只是对岭南的天气略有抱怨，感觉这里和老家延吉差异太大——“热起来真是难受！”屋子像烤炉，冷气开一整天还是顶不住，入夜后感觉天花板和墙壁把吸了一天的热又持续吐出。半夜醒来，推开卧室的门朝客厅走去，感觉地板依旧在灼烧。对老孙来说，从四月至十月的漫长“夏日”简直像噩梦，热得让人抓狂，头晕、脑袋缺氧、张着嘴喘不上气。但是，老孙还是原因待在这里，因为——“这里能挣上钱儿！这里能存住钱儿！”

“钱”在老孙嘴里发音古怪，用力从唇间蹦出时，后面总裹着个无限柔情的“儿”。老孙笃定地望着我：“有手艺也不一定能存住钱儿。”那声音听起来非常沧桑。“如果自己开饭馆，累，麻烦，到头来还存不住钱儿。”老孙将此前经历的事就这样一笔带过，而那种创业失败的痛始终难以忘却。此后老孙时常教导儿子务必放下幻想，以能“存住钱儿”为第一要义。老孙安然踱步岭南小镇，将种种不适化为乌有，眼瞅着身旁只有他的小孙子们跑来跑去，而他岿然不动，只因这里“能存住钱儿”。

“热了喝凉茶，虫子多时放樟脑丸，起红疹抹清凉油，想看雪回老家去……哪里有过不去的坎！”老孙呵呵笑，一派好脾气。现在，他只求带好孙子，解决儿子的后顾之忧，一家五口团圆。

我和老孙说话间，他老伴回来了：黑白格圆领衫，黑色紧身裤，短发，干练得像四十岁。奶奶一把将孙子从车里抱起，虎虎生风地朝前走，而老孙推着空车，依旧不紧不慢，肃然端庄。这爷爷、奶奶和孙子一同走在工厂路上，让长白山的雪变成了梦中的等待。

小罗三十一岁，细条身子，小长脸，肤色青白，女人般娟秀，娟秀得有些孱弱。他这种模样在农村叫“相公身子”——最怕痛，在田里被蚂蟥叮一口就要喊爹喊娘。现在，他手里拽着个一岁多的孩子，胳膊上挎着个灰布小袋，芹菜从袋口露出。阳光洒下来，让男人和孩子的脑袋上都顶着一团亮光。这画面貌似温馨，却让我感觉别扭——原来，“好男儿志在四方”到了电子厂已遭无情地变形。

小罗极其寡言，即便开腔，也话音绵软，不是他没吃饱饭，而是元气不足。孩子从手中挣脱，跑到前面玩，当爹的就脚步颠晃追过来，揪住后衣领，生怕他摔跤，可这个大人自己走路看着就摇摇晃晃。

小罗在电子厂工作了四年，而他老婆工作了三年。老婆生子后，他便辞职带孩子，日常生活靠老婆三千元工资维持。为何是他当全职爸爸？原来是因为他父亲早年过世，母亲也已经七十多岁，自然无法帮忙；丈母娘有自己的孙子要带，而请保姆花的钱比工资还高，又不放心，于是小罗索性自己带。

小罗和他老婆都来自湖南乡村，初中毕业，都是普工，但老婆挣的比他多。小罗的脸上纠结出一团苦笑，说到这里，总算有了气急败坏的男子汉气概，声音变得尖锐：“哎哟，我们干的活是一样的哦！”但他没老婆干得快、干得好，所以拿的钱少。听老婆咒骂时，这个腼腆木讷的男人哆嗦着。

小罗不会跟暴躁老婆计较，通常以含混表情敷衍，以维持家庭稳定。后来，我在厂门口见到了他老婆——腰肢臃肿，有双略突出的金鱼眼，手脚又不成比例的小巧。

说着，小罗微微一笑：“带孩子比上班累啊，所以我让她去上班了啊。”于是，这个小家的最低收入者当起了全职保姆；于是，小罗每天买菜做饭、带孩子。他苦笑着承认：“她是比我能干哦。”

小罗的脸并不黝黑毛糙，反而细腻光滑。他整日带着孩子，买菜做饭，从厂门口进进出出，怎么会这么自然，一点儿也不觉得委屈？

我深知每天和尿布、奶瓶、锅碗、汗衫搅在一起的滋味。日子久了，会感觉手上脚上套了枷锁，让人发癫发疯。那样的时日，根本就是贫乏、空洞和无趣的组合。一直磨，一直磨，直至孩子长大，自己也头发油腻、步伐邋遢、面孔模糊，整个人都走形变样，完全不解外面人事。

从普工到家属——小罗的地位似乎又降了一等。然而走在阳光下，迈着细碎步子的他，嘴角始终挂着浅笑。

院子里出现了另一个孩子，和小罗那黑瘦儿子不同，太阳光一照，显得白胖。孩子父亲叫阿勇，四川人，从部队退伍后南下打工，先在这个镇派出所做协警八年，又到电子厂当保安四年。老婆是厂里的老员工，干了十二年——后来我在大门口见到她，纤细、白皙、戴金丝边眼镜、绾发髻，像女教师。

阿勇很怀念当协警的日子——“不累！”而且，“只是白天上班”。电子厂的保安分白班、晚班，各上十二小时。和小罗情况类似，阿勇家也没老人帮忙带孩子，于是夫妻俩采用“老婆上白班，老公上夜班”的生活模式。

阿勇患有严重失眠症，而这完全拜职业病所赐——天天晚上上班，神经长期紧绷。若被保安队长或主管在巡逻中发现打瞌睡，那将是灭顶之灾——立即开除。每周还要参加三次训练。他丝毫不敢懈怠、抱怨或离职，眼瞅着人到中年却毫无技能，再就业的机会非常小。他苦笑着对我说：“其实，保安也是高危职业。”他的同事抓了一名偷盗的打工者，虽受到工厂表扬，但却被偷盗者在治安拘留期满后伙同其老乡饱揍至打断鼻梁；另一名矮个保安，例行检查时和男工发生冲突，对方仗着个头高，直接把他打翻在地，并夺走工作证。

当保安并不容易，首要的是熟悉工厂制度，熟悉每一个经过门口的人，熟悉全厂的消防设施，熟悉车间的业务流程……这些需要三四个月时间。剩下的，就是直面各类突发事件。然而，保安的头号敌人其实是寂寞。尤其是上夜班时，保安们十二小时铁青着脸，挂着张阴鸷沉默的面孔巡逻，时刻提防那黑暗中更粗暴残酷之事的发生，真是一种难言的煎熬。

阿勇笑着说自己从来不买外衣，只买内衣，因为——“有保安服嘛！”但显然，阿勇和小罗不同——好像那制服是紧箍咒，能让人全身绷直不松懈，尤其是阿勇看起来——鼓绷绷皮肤，亮晶晶眼神，手脚动作迅疾，颇显干练。

此前，阿勇一家一直住在厂里的家属楼，但上个月搬到厂门口对面的“温馨住宿”。那边比厂里贵，但离大儿子学校近，买菜方便，房间更宽敞。

原来，那骑自行车转来转去的九岁男孩，是阿勇的大儿子！那男孩精瘦白嫩，我问他叫什么名字，他眨着又大又亮的眼睛道：“同学们都叫我徐掌柜。”徐掌柜小学四年级，各科成绩八十分左右，低于全班平均分。看我摆出像煞有介事深聊学习的样子，他蹬上自行车，挥手大喊“拜拜”，转瞬便不见踪迹。

阿勇面有愧色，说自己忙着照顾小儿子，根本没时间管教大儿子，所以徐掌柜便如蒿草般野生野长，性格日趋古怪。那孩子对谁都那样——有股说不出来的轻微警戒和冷淡。而那个小点的孩子有父母疼爱哄慰，娇气得很，整日哼哼唧唧要抱要吃。

对徐掌柜来说，下午四点半放学后，实在是有太多无聊时光不知如何打发。于是他学会了打台球，也去网吧打游戏，甚至——去街边冷饮店装模作样点果汁点咖啡点冰沙（饮料）。总之，徐掌柜已玩遍工厂路的每一处，知道怎样将手中多余的垃圾时间一一打发掉。

“路上倒都是熟人……”孩子一个人出去玩，阿勇并不担心被坏人拐走，可总那样宽松放养，成绩自然节节溃败。但阿勇哪有时间辅导？真的拿起书，脑袋里也是一团乱麻，怕讲错了更添麻烦。若去辅导班，那简直不是去辅导，是去烧钱。去了两个月，花了两千元，成绩和原来一样，就不去了。索性，一切靠孩子自己。

于是，徐掌柜每天乱七八糟做完作业，四处逛街乱玩，出出进进地混在上班下班人群里，直至夜深脏兮兮地返家。从孩子口头禅的变化中，阿勇隐约感受到他小小年纪，已偶然闯入冷酷阴鸷的男性秩序圈内。虽然只是逛一逛，但那粗暴影响却已刻印脑海，让孩子时不时下意识地模仿。

阿勇比小罗忙，比小罗健康，比小罗清爽、利落。然而，我却发现，这两个貌似完全不同的男人，其实很相似——都太过温顺太过平实。难道，农业社会因仰仗男性气力，故家族谱系以男性为主的千年传统，真的会在电子厂被颠覆？在这里，我所见到的男性，都太过阴性化。

张老太在工厂路的长条石凳上晒太阳：枣红上衣、灰裤子、布鞋。但她并不悠闲，眼神像绳子牢牢拴在花丛旁玩耍的小小男孩身上。她离那两岁孩子不远，似乎放手让他玩，但又能即刻伸手抓到他。老太太面色黧黑，颧高颊塌，浑身的能量都浓缩在瞳仁里——只那么深深一瞥，便将经年累月积攒的经验都释放出来。显然，张老太是带孩子的高手。是的，和老孙、小罗与阿勇比，张老太“艺高人胆大”——别人费尽心思干得歪歪扭扭的事，她干起来轻而易举。

带孩子是门技术，融心理学、社会学、自然学、地理学于一体，再加上耐心、耐力、苦熬、苦煎，最终才能出师。对精明的张老太来说，一切尽在掌控中。过些时候，她喊孩子去撒尿；又过些时候，她喊他来喝水；而孩子玩耍时，她既不拎后领，也不跟在身后，只貌似放松地坐在石凳上，安静地晒太阳，半闭眼皮。

见我踯躅不前，她便招呼我在石凳一侧坐下，展开眼皮，上下打量我，然后主动询问："来找工作的？"看我支支吾吾，她恍然大悟般说道："还没找上？"

"嗯。"我越发含糊其词。

她睁大眼睛，充满激情地将我一板一眼看了一遍，接连发问："你不是广东人？你从哪里来？"我只能蹦出两个字："新疆。"

"那么远？不像啊！"张老太的眼神里满是错愕。

我赶忙解释："我是出生在新疆的汉族人。"

张老太的眼睛长长的，介于双眼皮和单眼皮之间。这双眼睛非常锐利，是一双有雄心壮志的厉害人的眼睛，也是一双见过世面的眼睛。现在，她眼睛里的两柱电光照在我的脸颊："要我给孙子打个电话吗？"

"孙子？"我大为不解。

"我孙子在这个厂上班啊！"

"那男孩是谁？"我愚蠢地发问。

张老太的声调腴软甜蜜，维持着一贯的酷："啊？那是我孙子的大儿子！"也就是说，男孩是她的重孙子。

我们对视时，她一直在忍着不笑，且忍得住，不让自己咕噜噜冒出笑来。她一字一字清晰播报："这几天我的孙媳妇在坐月子，刚生下第二胎，是个女孩……”

“孙媳妇”“二胎”……这些词汇让我愣怔，不知所措。

我再次端详眼前这位老人：身板硬朗，手脚麻利。可她居然比“奶奶”还高一个级别！而她居然还如此矫健雄武，站起来如松树般挺拔！这家人的年龄构成呈阶梯状——张老太六十六岁，儿子四十六岁，孙子二十七岁，重孙两岁，重孙女刚出生。张老太的儿子、儿媳十几年前从四川绵阳来东莞打工，一直在虎门服装厂，月收入四五千。孙子中专毕业后在东莞樟木头电子厂做了七年，从普工干到主管。

张老太突然像乡下亲戚般热络：“你要想进厂，我孙子肯定有办法！”在张老太的眼中，我成了被生活的苦难压扁，乃至有一堆如泣如诉故事要讲的弱女子，急需她出手相救。

工厂第一餐厅门口综艺十足地立着大广告：“如果老员工介绍新人进厂干够三个月，奖励五百元。”但我知道，张老太对我的热络绝非仅为“五百元”——她有着那样一双精力充沛的眼睛！她早已习惯帮忙，根本不觉得麻烦。

当我摆手连说谢谢时，她的失望那么明显。

这个一边晒太阳一边照看重孙子的老太太，完全没有她这个年龄的阴郁、自怨自艾，却总是充满兴味。她向我描述从大玻璃窗所窥视到的车间——长条大桌、大小轮轴、一堆堆板子、一排排箱子……实际上，从窗外的角度根本看不出内里的细节，但那个硕大场景却如动物内脏被打开，轰然一下，栩栩如生款款摇摆，在白炽灯下紧着让她看，既壮观触目，又惊心动魄。

老太太不由得生出慨叹：“我要是年轻的话，也会进去做工，在那里做工，比种地强多了！”

四

樟木头镇的振通汽车站是露天的，因而所有车辆都停在塑料大棚下。直至电子厂开工日，这个车站的乘客才算饱和——近千辆公交车，悉数忙活起来。各类车辆——出租车、三轮车、摩托车、小面包车簇拥着，一派生机勃勃。

穿鹅黄马甲的辅警，将腿半跨在摩托上，眼神四处张望；铁架撑起的广告栏中，各类招工信息一层粘一层，斑驳如白癜风；大理石地面异常干净：没有果皮纸屑，没有垃圾袋方便筷；银色钢精护栏吊挂编号：79、80、81……广告牌簇新，清晰地标明方向（樟木头→沥林），及“途经线路”——百佳商场、石马、大龙、窑山……

汽车站内充满节日气氛，随处可见红色焰苗影绰燃烧——路灯的左右两侧，各挂三连串红灯笼；车窗吊红色中国结；车头忙着揽客的女人一身黑色运动装，脖颈露出火红高领毛衣。各类小吃摊，将鱼丸、玉米、花生、烤肠、饮料、水果直摆到大门口。

下车乘客脱下羽绒服，拖着拉杆箱的身影，行动笨拙。显然他们来自寒冷的北方，下车后竟像踩在完全不搭界的另一个世界，滑进另一个歪斜了一点点的世界，仅歪斜了一点点，便已全然不同。那些说着普通话的女孩，脸上敷着细粉，鼻尖精巧，服饰妥帖，线条柔韧；那些青年男子，将羽绒服放在捆扎好的被褥上，露出灰色线衣，仰头喝水，不急不慌。

车站门口聚着一群人，大包小包堆在脚旁，显然是个大家族——两个中年男人在忙着找出租车，两个中年女人看管着两个男孩。而那个六旬老妇，短发灰白，脸色黝黑，但浑身干净，蓝衣蓝裤。我总觉哪个地方不合拍，再回头才发觉是因为——袜子太雪白，手工布鞋太墨黑。一对型男型女走过，互相拥搂，从花发老妇旁走过，像两个原本毫不搭界的事物，在某个特殊时刻、特殊地点无意交错——刺啦，如烧铁炉中的炭火跃入冰水。很快，那对男女飘逸离去，将一抹古怪残留于老妇瞳孔。

早在 2010 年年底，我刚到樟木头时，就曾在振通汽车站旁的小屋住过一段时间。夜晚从超市向小区走去，能听到路旁山坡上蛐蛐的叫声粘成一张大网。

现在，我再次走过这个路口，发现原来的山坡早已被夷为平地，七八栋高楼拔地而起，水泥结构的建筑粗壮坚实。建筑主体已完工，但四周尚围着木架、纱网，从楼顶兜头吊挂下硕大鲜红条幅——“已开始出售”。这些巨大圆柱体所携带的水泥质感，远超过我平时在市区所见。

我记得第一次到达小镇的第一个清晨，我站在阳台，因长途旅行而精疲力竭，睡眠不足，有种强烈的错位感。夏蝉知了知了地喧鸣，将我从头到脚包裹。很奇幻的——前一天窗外是乌鲁木齐博格达雪峰，现在却任蝉声像成群硬壳甲虫往灵魂里钻。这不对等的地理感受多么费解而荒诞，让每一棵草都拖着悠长阴影，让我越发清楚地看到这个事实：在这个岭南小镇，我仿佛是一座被废弃不用的电话亭——无熟人、无亲戚、无同学、无朋友、无同事，独独伫立。我心神不宁，想尖叫。没有人能穷究那天的冷酷异境。

我惊恐，感觉从安稳世界被突然转入不稳定之所在——是的，我在冒险；是的，我抛弃了故乡的全部安全防线。而我将要面对的世界如此簇新，隐藏着诸多未知；而我注定是那徜徉天地的流浪汉，过去种种，只是繁华一梦，全不作数，从这一天起，我要咬牙苦干，才能抵挡住太多异乡的刺屑。

一直以来，我都觉得自己随时可以离开。于是我任由炎热的天气折磨，任由货柜车的轰鸣声袭击，任由牙尖嘴利的蚊虫叮咬，任由这一切的摆布，畅想着这种感觉会很快过去，世界将重新变得美好，我会因再次看到博格达雪峰而欣慰。

然而，当我从汽车站返回电子厂，站在宿舍楼下时突然愣怔。在那个被魔咒住了的静止瞬刻，我目睹到蝎蜇般的毒刺穿了这件事的真相——因僭越了地理契约，出现在不该出现的地方，我的返程之路早已断绝。

现在，我和所有来到这里的人一模一样——只能往前，无法后退。

第二章　住进工厂宿舍

我慢慢揣摩出来，原来工厂路这出大戏，每天是按时按点上演的，风雨无阻。

一

拎着大塑料袋走进电子厂时，我不敢看保安。一个尽职的保安，完全能从我的身形中看出心虚。我根本不像本厂员工那样熟门熟路，所幸那个寸头男只是个貌似魁梧健壮、杵在门口的制服道具。然而，如若单靠肉眼，是很难在人潮中辨认出“非本厂员工”的我，因为我所拎着的那透明大塑料袋是所有新员工的金字招牌。当保安的视线捕捉到那大塑料袋，便已在心里默许通过。

只是不巧得很——我赶上了工厂下班高峰期。迎面而来的工装人多似过江之鲫，形成一处处即兴旋涡，那瞬刻我简直是逆流而行。迎面而过的每张脸神情都那样相似，如克隆复印般，令我窒息。等那人潮如洪水般涌过后，我才得以大口喘气。

进入厂区，有序扑面而来——楼房排列有序、人们衣着有序、时间安排有序、车间工作有序。一切都按部就班地运行，像启动后的火车，除非有特殊理由，否则，它便行驶在规定的里程中。院内的细叶榕、大王椰、杧果树，叶片纹丝不动，常年不褪色地幽绿着。这些植物总让我感觉惊奇——没想到厂区还有一个平行于机器的植物世界，在完整地进行着光合作用。

两个世界是两种节奏、两种频率，在电子厂却各走各路，不犯冲。

现在，男工大举入侵电子厂，入侵车间，入侵宿舍楼。跟着女宿管阿丽走在楼道中，我尽量侧着身子走路，免得撞上擦肩而过的行人。

我匿居的 B 栋宿舍楼，正夹在 A 栋和 C 栋之间。从外表看，根本不知哪栋住女工，哪栋住男工——每一栋都是灰黑墙面；楼内每一个人的命运，看似毫不相干，却又难舍难分。

楼道内是不折不扣的宿舍模样——棕红房门面对面，醉眼般一个瞪着另一个，中间是一条长长的通道。昏暗的光线下，女工们面孔恍惚，身形如野猫。而走着走着才发觉，那通道地面刷着极为古怪的墨绿油漆，经年累月，现已斑斑点点地蜕皮，露出大小水泥点，似一条冬眠蟒蛇。

楼道长得不近情理，一直走，一直走，一路走过非但没有肃然感，反被残破景象吓了一跳。是的，它是旧的，好像这是一条昨日之路，而它居然填塞进那么多擦肩而过的人。一抬眼，看到楼道尽头处吊着个黑枪眼模样的东西——不觉愣怔，挪不动脚步。细看——原来是监控摄像头。在那肃然黑洞的逼视下，我的脚步颠晃。有那么一秒，我恍惚了——我进入的是一个怎样的微型宇宙？好像厂门外的都被封印起来，而这里有另一种幻术。这里的人们所承受的高压，远非厂外人所能理解。

但阿丽并不知我曾止步。她走在前面，手臂一摇一晃，鞋跟咯噔咯噔作响。她毫不掩饰鞋跟与地面碰击的笨重力度，啪嗒、啪嗒，她以走在田埂的节奏向前，至一扇门处停止，举起圆环大钥匙盘，从中遴选一把，准备打开门。那扑簌声响令我脊梁发紧，不知自己等下会和怎样的眼睛对视。

B224 的屋门敞开后，我看到里面灰蒙蒙一片。阿丽开灯，我看到屋内空空荡荡，并无一人。她将钥匙取下后递给我，朝一个空铺一指，眼里骤起柔光："你，就睡那儿吧？"她的话里全是肯定信息。随后她就要走，说自己要陪两岁女儿打预防针，所以脱掉惯常的湖蓝马甲、灰 T 恤、黑长裤，换上出门的墨绿长裙、黑丝袜、浅口坡跟皮鞋。她甚至没让鞋尖朝屋内挪动一寸——她的雍容和里面的粗陋完全不配套。

"我走啦！"阿丽回头说话的一瞬，找到了属于自己的娇媚模式，然后疾步离开墨色长廊。

我独自坐在 B224 的一张床铺之上，快速切换着脑际频道，眼前的一切都触手可及——环墙放置着五张高低床，四张下铺都搭着布帘子，只剩我的这张床空空荡荡。我铺好被褥躺下，发现床板坚硬如铁。身体习惯性朝前一拱，但脑袋一空，一阵生疼，发现枕头掉在了床下——脑袋碰到了铁栏杆。若要睡得安稳，最好有两个枕头：一个竖着堵空隙，另一个横着放脑袋。对了，我还需要布帘子。人类文明发展至 21 世纪，中国东莞电子厂女工宿舍，便浓缩成一块布帘子。我收拾了床单、拖鞋、牙刷、面霜，自以为面面俱到，却忽视了布帘子的必要性。屋内四张床都搭着布帘子，形成封闭空间，只有我这床赤裸大张，与之格格不入。既住进宿舍，便要服从这里的基调，不能让自己的床这般傻乎乎摊晾。这里的人类需要遮挡——即便文明被挤压到最低一层，依旧需要遮挡。需要一块布帘子，让对方和自己的行动，处于不被看见的状态。若在别处，聚起如此繁多的颜色和图案，会显得混杂，而在宿舍，居然有种古怪的和谐——许是周围环境太过粗陋，这些织物的纤细柔美反倒显得珍贵。

后阳台一米宽，两侧的两个小屋宽不过两米。左屋贴瓷砖，挂钩垂着毛巾、搓澡巾——像是冲凉房。但莲蓬头在哪儿？这里四壁皆空，无任何凸起物。右屋是卫生间：底部嵌白瓷凹槽，墙角立垃圾桶，后窗栏杆积满灰尘。但水龙头在哪儿？既没看到水箱，也没看到水龙头。返回左屋转了一圈，又回到右屋——我在两个屋子里转来转去。阿丽离开得匆忙，什么都没交代，我只能自己查找。

我在阳台上看到对面 A 栋的窗户上挂满了衬衫和牛仔裤，如果他们能洗衣，那这边一定有水龙头。于是便再次折回小屋，仔细寻找。这宿舍好生奇怪——连水龙头的位置都那样诡异。终于，在一根细长灰管爬行在阳台窗口下，真的缀着个小水龙头！

显然这个宿舍是陈旧的——屋顶吊着陈旧的大风扇；水泥地涂着陈旧的绿漆；两排陈旧的铁柜，上下共十个，一张床配一个柜；半空中拉扯着铁丝，吊着十几件陈旧的衣衫；只有一张五十公分的小桌；而我比较幸运——床对面倒扣着个纸箱，箱底可作桌面。但宿舍并没有异味——这个宿舍的通风较好。绛红门板虽皲裂，但门板上方的玻璃窗大敞，任风穿过阳台，穿过厅堂，再穿过门板，自由来去。

我再次躺下，脊椎下的薄床板，像硬生生长出锥子一般。唉，还需要垫子——厚垫子。我在硬板床上迷糊了一阵，起来后肩酸腰痛，口干舌燥。但我没有水杯和暖壶，亦不知在哪里打水。燥热原本只潜伏在皮肤下，等发现时已格外壮大。现在，我需要水，大量的水。而突然，我想要喝可乐。

这是种怎样的异变？起初，只是想喝水，而喝水在宿舍是件困难的事，于是我甚而想到喝可乐——比水更高级的东西。从床上跳下，我满脑子都是两个字——可乐。

平日的工厂路像个批发市场，人群摩肩接踵；小汽车、公交车、货柜车嗡嗡如闷雷般滚过；空气是厚重的——人体的汗腥味、饭菜的发馊味、苹果香蕉的甜腻味、车间的机油塑胶味混合成一种让人不能忍受的味道。而春节刚过，这里却行人孤单，街面寂寥，一片静默。偶尔驰过货柜车，也像在溪流里打了个旋，又呼啸向前，越发显得这里宽敞安静。甚至，连垃圾都少了许多。无论厂房、农民房或小商铺，都像商量好了，无一遗漏地贴起对联：左边“宏图大展”，右边“一帆风顺”，中间一个“福”字。

从“减价”“亏本”“狂甩”的大黑粗字中穿过，进入小店，感觉空间整个暗淡下来。抬眼看到老板娘，尖下巴、红唇、吊梢眼飞入两鬓、瞳仁含怒带笑，颇具喜剧性。她的明艳像一盏昂贵立灯，与丑旧的街道完全不配套，悠悠然放着光芒。她的美既明晃晃，又冰凉凉。

老板娘上下打量我，随后问道：“新来的？”我心想，如此艳丽的美女却不幸有一副乌鸦嗓子。

见我支支吾吾，老板娘又问道：“宿舍几个人啊？”我真的好生奇怪——这种三十岁出头、外表尚且美丽的女人，却总给人一种热而潮湿的感觉。她虽站在一堆货物中，但感觉她的四周像荒芜的沙漠地带。

我简直有些气急败坏："几个吧……"于是老板娘哼笑一声，像证明了某种判断，不由得沧桑感慨："没住满吧？"她的小店已在这里开了十几年，见证过这里从早到晚人群川流不息的盛况，而现在……她耐心推介店里的货："铺床的垫子有二十元的，也有三十五元的。"但她所说的两种都看不到内里材质。见我犹豫，她调门拉高："还是棉絮垫最好。"可那货和我印象中完全不同：脏白棉胎外纵横着粗大网格，但比垫子厚，只需二十五元。没别的选择，我只能拍板定案，买了。在这样的小店购物，完全丧失了在大超市中穿行，对比对比再对比，最终揪出心仪货物的欣喜。在这里，简直不用挪动脚步，一切都一览无余。

我选定了一款枕头，老板娘说原本是有雅致些的，偏贵，整整一年都没卖掉，所以只好退货。出现在这个小店的货物是便宜到极点的那种，盖因打工者消费能力极低。

我将所有东西塞进水桶，再拎上棉絮垫，和老板娘告别时，她意味深长地对我说："买什么就过来啊！"出了店一回头，发现店名叫"吉祥"。小小的吉祥店十几年坚守工厂路，简直是个活标本，见证着电子厂如何兴又如何衰。

返回厂门口时，我已将"新员工"彻底坐实。这个时候的保安，虽然摆出最随便最不经意的身段，但实际并不放松，他时不时指着陌生人嚷道——"你，厂牌呢？""你，身份证！"和保安错身而过时，我有些紧张，微微喘气。然而——没有，没有任何阻拦。我再次很顺利地进入厂区。

后来我慢慢知道，保安要盯的人，是那些第一次到工厂的雏儿。他们怯生生，一眼就能被识别出。若你沉着笃定，即便没穿工衣，没戴厂牌，保安也不会过问——厂内还住着很多家属。一旦开始没有被怀疑，便会让熟识感凝固，之后便是清清爽爽地通过。

推门进入宿舍后，有股浓郁气味扑鼻而来——花露水的味道。那味道如此之强，像谁把瓶子用力摔在墙上，一时间宿舍所有的空间都被塞爆。

住进女工宿舍前，我设想过自己在宿舍会闻到臭鞋味、垃圾味、廉价的洗发水味。但花露水的味道并不在我的设想之中，这是坐在书斋里无法设计的细节。这样的奇迹和恩宠让我无福消受。我深陷困顿，几乎无法呼吸——那味道把鼻孔塞满，黏稠腥腻得让我难以招架。

为何“别人”一到，整个空间就发生彻底扭转？我要如何开口，发脾气，指责，最终彻底反目？而宿舍特殊的氛围，让狂躁的心最终变成白板。也许宿舍的真实含义，就是“一起”：一起吃饭、一起出入、一起分享秘密。

在这个敞开的空间，人来人往，没有必要的隔离，更欠缺适当的沉淀，每个人都会被磨损掉自己的独特性，而成为城市机器的细碎部分。无论“别人”多么怪虐，舍友都必须无条件忍受。

清晨五点醒来后，我浑身浸染着陌生床铺的酸疼感。后阳台外的半空，挂着一轮手指般纤细的月亮。此刻，整个电子厂忽隐忽现，难见全貌。然而，即便在此刻，这里也没有彻底安宁——即便无车行驶无人说话，那车间发动机持续的轰鸣声，依旧让空气阵阵抽搐。

窗外挺立着大王椰，树干高耸，顶部枝丫抓向天空。对面 A 栋亮着数盏灯，阳台上衣衫打飘沉浮。叶缝间，晃动着冷冽小星星。细看，哦，还不止一颗。我复又昏困睡去，坠入混沌梦境。

早上七点，宿舍前门左床的女孩发出了声呻吟。

那是半梦半醒时，从胸腔底部蜿蜒而出的音量，在这单薄如纸的封闭空间里被无限放大，让我心神错乱。唰啦，手臂起了层鸡皮疙瘩。我甚至闻到股奇怪的味儿，那是女孩特有的隐秘味儿。这发现令我震撼：一个人连另一个人的体嗅都能辨别，这距离也就亲密得无以复加——而那具躯体我尚且陌生得不知其姓名。

我彻底醒了！等瞳孔收缩至能简略分辨暗室线条时，发现左床的女孩翻了个身，背对着布帘子。身躯转动时，发出的声响通过铁床传来，点燃了我的神经末梢，令皮肤阵阵发紧。而我却不能作任何反应，甚至还感到了一丝恐惧——不知该如何面对醒来后的她。

昨夜，我用钥匙开门后，看到屋里亮着灯，有位长发女孩像鼹鼠神经质地探头出洞穴那样，占据着自己的床铺。那眼神里的警觉简直如 X 光射线，一下子就穿透了暧昧空间，将惊异、好奇、迷惑传递而来。我略显尴尬地说："不好意思，我住那张床哦。"女孩恍惚点头："哦——"她的眼珠像被强光晃过，瞳孔一直没有调整过来。那双大眼睛似乎是透明的，语气词里有股自我防卫的紧绷。她的脸皮真光——像一汪清水，无风吹起一丝涟漪，而在工厂路常见的脸庞是眼珠充血、眼袋下挂、头发黏得打缕。她低头整理铺位，一头散开的黑发长及半腰，睡衣是惯常所见的白底粉色小碎花，身形紧凑挺拔，让每一个微末细节都凹凸有致，有种清丽之感。

我接了水，开始刷牙洗脸。但睡衣怎么换？我没有布帘子。

于是我只好拿到阳台上的小浴室，在逼仄空间换上后，再回到床边。再看那女孩，更有种黑天鹅的美。而她一直那样沉默——不是低头，就是侧身，始终保持着一种神秘，一副不想被侵犯的、过早自觉的靓女之姿。偏偏被灯光一照，她又显得单薄孤立，楚楚动人。

我不觉冲出禁忌，冒昧搭话："这里，还有别人住吗？"她愣住了："没，没有，只有我一个。"她补充道："我来时就这样，一直这样……"我们对视时，那般近距离的观察，让她有些心虚，低垂的眼皮一阵乱颤。我奇怪她为何紧张，而她如梦初醒，随即反击："你在哪个部门？"原来这女孩直觉超厉害——我出现的时间和车间作息表完全不吻合。

我要怎样回答才能对得起那晶亮认真的大眼睛？

我支支吾吾地说："一个不重要的部门……"而她居然当真，解除了轻微警戒和冷淡，发出叹息："哦……"她放下了布帘子，接着说道："我要睡觉了。"而我亦厌倦了这种问答方式，便回应道："睡吧。"

现在，我在这里的处境仿佛很尴尬——我不该进入她的生活圈，我打扰了她。我关灯后走向自己的床，躺下，努力让自我消失在暗黑中。我甚至不敢大力呼吸。

早上八点醒来，黑发女孩已不见，碎花被单被折叠成条，帘子搭起，空空荡荡。空间里依旧滞留花露水的味道——像是漫山林木入夜后潮湿的、浆果熟烂的腥味。那腥味里有种尖锐的化学物质。我感觉不可逾越的差异在宿舍真切体现：这味道于我是砒霜般的毒药，而于她则是软糖般的甘饴。

上午八点半，阳台外半空中的云一团团向西缓缓移动。直到这时，电子厂才实至名归地忙碌起来——有人推开宿管办公室的门，急切吐诉自己的需求；有人走向车间，拎着各种物料；各种型号的货柜车出厂，轰鸣声犹如十万只蚊子压境而来。

二

住进电子厂宿舍后，我慢慢知晓——原来厂内生活并非如计划表那般井然有序；原来各种错位和失序，皆能找到例证。

譬如树篱——不仅提供审美想象，更兼实用。有时，树篱顶着碎花薄被单；有时是深棕色大竹篾，内摆萝卜干；有时是几件婴儿连体裤，柔白织物如棉花盛开。午休时，树篱下常坐着一对对男女。晚班后，五六个男工攒聚成一团，嬉笑八卦。譬如时间——厂外小摊点的营业时间和车间工作时间犬牙交错、环环相扣。

譬如工装——工厂路的行人不似镇中心那般每一个人都是单独个体，这里的人以组为单位：深蓝马甲组是电子厂，土黄工装组是注塑厂，粉红T恤组是眼镜厂，湖蓝工装组是服装厂。

白天，电子厂的空中有种综合声响持续轰鸣，分贝最高的是车间发动机，间或夹杂激越电锯声、货柜车笨拙喘息声。而最笃定的声音却是切菜声：笃笃！笃笃！走进贴满土黄瓷砖的灶间，各处塞满纸箱、磅秤、塑料袋、案板，泥腥味扑面而来——那是竹筐里的茄子、芹菜、辣椒、洋葱、生菜发出的混合味道。

切菜师傅白大褂、围裙、袖套、胶鞋一应俱全，手起刀落，正在切茄子。他握着的那把刀，是这个空间里最闪亮的核心。来自重庆的中年男人郑师傅，随着一明一灭的刀身起伏，将长茄子切成三四片，再斜切成条。细白条堆成山后，哗啦一下子推到塑料箱。郑师傅慈祥如菩萨，安然于灶间，安然于这把闪着银光的菜刀和茄子山之间。

长宽各一米的六个水池都盛满了清水，里面泡着蔬菜，到上午十一点捞出开炒。池边搭着大漏勺：一米长木头把，铁丝网形如洗脸盆。我握着木杆，将漏勺伸入水池搅动，却像拽着个铅球。看起来是顿简单午餐，但因吃的人多，便成为一场战役。而灶间是先头部队打前锋的战场。凌晨四点从早市购来的每一样蔬菜，在这里被卸掉盔甲，在锅中翻炒时束手就擒。

还没进入饭堂，便闻到一股暖烘烘的味道——各种食物和人体的汗腥混合，再经口腔、牙周、肠胃的交叠，编织出的肥厚味如一记闷棍，让人头脑发蒙。这里的套餐六元、八元、十元，和厂外小摊价格相仿。墙上标语的核心词汇是“餐厅”——“餐厅5S 改善活动周”“餐厅卫生从我做起”“员工餐厅伙食公告栏”。

这个第一饭堂要供应一千多人吃饭。后堂异常忙碌：抽油烟机和瓦斯喷嘴轰轰巨响，乌烟瘴气中白衣人正挥动小铁铲。虽然十二点是吃饭高峰期，但从十一点开始，便会有很多不在车间工作的人来吃饭。所以对后堂来说，十一点是“终结时间”。据说数年前，厂里还有第四、第五饭堂。现在，由于员工大量流失，那种大排场亦日渐萎缩。在电子厂，傍晚六点吃晚餐几乎算是奢望——下午班从两点直接到晚上九点（车间称“直落”），所以晚上九点至十点，大多数人会选择走出厂门，到大排档消夜。

在厂区漫步，免不了要和标语劈面相逢。那些硕大词语兜天兜地，像一张蜘蛛网牢牢黏住视线。到处都是汉字，却像被放了鸽子失去联系忘了通关密语的情报员，找不到意义所在。到处都贴着严厉训诫——“不得站立、躺卧在椅子上”“不得在非吸烟区及禁烟区抽烟”；随处可见的垃圾桶都标明“不可回收垃圾”“可回收垃圾”，但依旧能看到易拉罐、吸管、塑料袋、瓜子皮乱扔。来自偏僻农村的打工者，要从这些词语中学习各种技能，把身上那些招祸的触须尽皆藏起，让自己成为一个簇新的人。

从车间出来的门口通道上挂着：“严禁携带任何火源及易燃易爆品进入厂房。”“员工明白卡”中，提示员工掌握“疏散逃生技巧”。“手机电池充电处”用的是繁体字，但“急救箱保管人联系方法”用的又是简体字。洗手池是长条铝合金凹槽，并排三组，每组五个水龙头。墙上的标语略显平常——“生命来源于水，请节约用水”。另一处反复温柔解释“手帕使用流程”：1. 洗手时将手放在洗手盆内，水龙头开小水，防止水溅出；2. 洗手后，用手帕将手擦干，避免水滴到地面；3. 不要将水甩到地面。

也许，出现在电子厂的每一句标语，都可以从相反的方向去思考。譬如这句“凡正常出满全勤者，可领取四百元”，但打工者辛苦一年，总盼着春节时提前回家，晚几天返厂，毕竟家里有老人孩子，一年就见这一次。“回老家就要多休息几天哦！”现在村里摆酒席都在春节，有的回家过年，天天都在吃酒席。

夜晚从宿舍楼下走过，看到那些灯光格子间里有身影走动；看到女孩儿的睡裙在阳台夜风里汹涌膨胀；看到男孩儿点烟、吸烟、喝饮料。工厂并不是监狱，工人可随时辞工离开。然而，有那么多人咬牙承受，硬是将身体塞入每一张高低床的抽屉里。也许在工厂，人们在操作机器时，还实践着另一种生活，塑造着另一个自我。

电子厂的宿舍和家里的卧室，绝不是一张床的差别。宿舍有宿舍的制度，而这制度和个人生活习惯会形成潜在的冲突。制度在约束和控制生活在这个空间的人，而人们又在努力寻找制度的缝隙，奋力反抗。车间的制度，大多围绕着生产质量展开；而宿舍里的制度，却是为了控制秩序，为了方便管理。有些制度不近情理，而工人们不得不阳奉阴违。譬如，那条制度如暴怒大啸——“宿舍不许使用吹风筒！”可如果晚班回来冲凉，何时能等到头发自然风干？若湿着头发睡觉，岂不犯了养生大忌？

这天傍晚，我把接了热水的塑料盆架在水桶上洗头。半小时后，顶着满头湿发喘气。我不断用手拨拉头发，希望能促其干燥。而直到躺到床上，发根处依旧黏糊，如果这样睡，第二天会头疼，会早生白发，会湿气侵入。怎么办？偷偷用吗？啊，吹风机到了岭南，不仅变成了“吹风筒”，还一句极简主义的命令！

门被推开后，黑发女孩和我打了个清晰照面。几秒钟的疑惑后，她笑了起来，利索地从床下拽出个大包，掏出吹风机。我惊诧地说：“不是不让用吗？”她一脸诧笑，对我讲道：“唉，你怎么连这也不知道哦？”她拉开房门让我看——隔壁开水房的门口正站着一个女孩，整个身子吊在门边，用吹风机吹起的黑发像旗帜，明目张胆地招摇。我真傻啊——工厂智慧如大海般深广，够我打捞一辈子。原来，大家都在用，“只要偷偷用，不让宿管看到就好”。

这个相貌平常的女孩叫许月芳，十八岁，来自河南。她逐渐卸下心防，跟我畅谈起来。原来她姑父也在厂里工作，而姑姑在家当全职太太。有时，她会去姑姑家洗衣服或蹭饭。她在厂里的实装部工作：上午七点五十上班，十一点半下班；中午十二点半上班，下午四点二十下班；晚上五点二十上班，八点二十下班。底薪一千六百元，晚上加班是双倍工资。

许月芳老气横秋地感慨："这个厂招的人多，走的人也多。"据说，"有的人干了十天半个月就走了，有的只干了一两天。"她洞若观火——主要是他们受不了"站着上班"。若一天站九个或十个小时，会站散人形、站断肝肠。

但许月芳却绽出温柔笑脸："我是可以坐的哦……"原来，她干的是QC（质检员），工资比普工高，但休息时间比普工短（中午半小时，晚上半小时），然而，她已觉非常幸福。

看我一脸惊诧，她那双黑而大的眼睛闪着晶光："不用站哦！"但是，"坐着也不能随便动窝哦"。她红润的嘴唇和下垂的睫毛让脸庞显得温厚。她坐在门口，凉风呼啦啦刮来，让人浑身哆嗦，"简直是越坐越冷"。工厂规定：工衣必须把上衣全部盖住。所以，她的工衣里只能穿短夹克衫。一进宿舍，她便套上过膝的花格呢大衣走来走去。那混搭的多层衣衫，让她看起来像个蚕蛹。若出门上班，便脱掉大衣换上夹克衫，再套上工衣。

许月芳叽叽喳喳，语速快，语调高，那十八岁的笑容是璀璨的。而这刚刚建立的舍友情最甜蜜、最娇嫩，令我完全不能相信，这就是此前的那个冷少女！我不禁联想：如果在另一个时空界面认识她，她也许有更好的境遇。

许月芳嘴里的"家里"，特指河南老家。她对"家里"的熟稔亲昵，让我感到空间发生了场景转换——像舞台上背景道具被一一挪走后，整个人便置身于另一种氛围中。"家里"的那些琐事让她念念不忘，她说起来东一嘴，西一嘴，其实也没什么正经主题，却总是能时不时想起。我想，也许这和她离家时间不长有关。如果她离开老家五年、十年，也许便不会像现在这样。但从她的闲谈可知，她对工厂这里并无太多留恋，似乎最后还是要回到“家里”去的。

奇怪的是，在许月芳的词汇系统中，出现频率最高的是“我姑”而不是“我妈”。她几乎闭口不谈自己的父母。聊天涉及“我姑”时，会止不住发出咯咯咯如孩童般的爽朗笑声。她说“春节当然要回老家”时，神情那样笃定。她似乎一直都没有走出一张关系网：在老家是各类亲友，在厂里是姑姑姑父——这些深刻的亲属关系是她最坚强的后盾。

许月芳踮起脚，从挂在上床的化妆包里取出个东西，又将手臂伸直，准备开始用力喷射。天哪，搅乱我们宿舍空气的罪魁祸首，原来是这瓶花露水。我赶忙出声制止她：“不要，不要。”

女孩顿住，抬头看我后，又乖顺地将瓶子放回包中。

“太浓了，睡不着。”我的解释虽然令她无语，但那双柔和濡湿的眼神里分明像是在说：那味儿多好闻啊。

早晨七点半，手机闹钟铃声骤然响起，铿锵有力，有标有点，像砸在水泥地的雨花。这闹钟铃声比它主人还野，甚至野得没边没沿。闹钟铃声纵横跨越，充满横暴深情。许月芳的一天在她设定的闹钟铃声中开始了，这同时意味着——我也要在闹钟铃声中开始一天。我不能对闹钟铃声表示任何异议——我害怕好不容易建起来的暖烘烘的友谊，被尖锐打断。

起床后我发觉自己头重脚轻咳嗽，已是确凿无疑地感冒了。原来昨夜后门裂开，有风灌进。我赶紧出门去买药。从电子厂大门口走过时，保安撑着那张沥青脸，矗立在警卫室门口，如静默的兵马俑。那瞬刻，我感觉自己甩开手臂朝药店走去的样子，既像阿丽，又像许月芳。

三

我慢慢揣摩出来，原来工厂路这出大戏，每天是按时按点上演的，风雨无阻。

在工厂路，所有的特点都凝聚成一个特点——粗陋。工厂路除春节涂胭脂抹口红外，其余时候皆素面朝天，疲惫倦怠：柏油路永远残破不堪，店铺招牌永远沾满灰尘，街角永远堆着果皮纸屑、碎石瓦砾。

早晨六七点，河南风味的香酱鸡蛋饼小店便已开张。两米宽的炉架上挂着红底白字广告画：浑身银饰的美女微笑，脸颊旁是三张大饼，价格分别是二元、三元、四元。一对夫妻正忙碌着：男人往平锅上擦油，女人在揉面。四川面馆的广告亦红彤彤当仁不让——成都担担面六元，宜宾燃面五元。武汉热干面也及时赶到，雾腾腾加入早餐大军。

原来，工厂路的小摊点并非时时忙碌——下午两点至下午四点是午休小憩时段。麻辣烫摊主往竹签上串肉片，木桶饭大姐正在洗碗，快餐厅大哥正将方便筷拢成一堆，而廖老板关闭了“行动酷饮”，让冷饮店铝合金小窗如沉睡的眼皮耷拉。下午四点后，工厂路逐渐恢复热闹——先是菜刀当当，继而油锅刺啦，再是货车轰隆……

晚上九点是工厂路的下班高峰期——当亮苍苍的斜阳打着哆嗦下滑时，一群群工装人从门口涌出。与其说他们身陷鸡蛋饼、奶茶、炸酱面、排骨汤中，不如说他们是被一种黏稠的城市气味包裹着缴械投降。他们的肉身在车间里委屈了十个小时，若没这点甜头，第二天很难继续。晚上十点后，人流减弱，但小贩们并不收摊——最后的疯狂尚未到来，所以卡车车厢依旧铺陈着水果，小碗菜依旧敞着盖子，麻辣烫锅依旧咕嘟着冒气。

烙饼的女人四十来岁，拿铁铲在锅沿边旋转一圈，又往面糊上磕了个鸡蛋，待蛋黄面白后，淋下两滴清油。饼子出锅后，堆在圆柱体的顶部。那里已差不多有五六十张。对此，我脱口而出："能卖完吗？"她翻着白眼说道："加班的人还没下班啊！"

加班对打工者来说是常态。不加班的工厂被打工者看不起。如果不加班，打工者只能拿到当地公布的最低工资，而这最低工资只能保证当月的生活支出，除此之外几乎没有结余。如果加班，工厂会支付加班费，所以每天在车间工作十个小时以上再正常不过。

女人将产品分为两类：加蛋豪华型两元，不加蛋普通型一元。她对自己的买卖很有信心。五六十张的库存数量，是在长期买卖中总结出的经验。

油炸饼似乎比鸡蛋饼更受欢迎——总有三五个人站在锅边等。摊主是个矮胖敦实的妇女，五十来岁。她从红水桶中揪出团面，捏成扁形，摊在平锅上。面饼被油湮没后，受热鼓胀，形成圆球。这样吃已足够丰美，若再夹火腿夹煎蛋，更加美味。

无论鸡蛋饼还是油炸饼，都是面，都是小麦，都是北方人爱吃的。在工厂路，南方和北方在上演一场残酷的拉锯战——南方是公开版本，北方是私房版本。只看公开版本，对这条路的印象只能是糊里糊涂；而私房版本里潜藏着大量的秘密和细节。

最后一拨人深夜十一点涌出。灯光下，人群像千手千脚巨型生物，用醉酒步伐朝小摊晃去。工厂路再次喧嚣爆满。满街，全都是工装人排排坐。小吃摊善解人意，配置的各类面、粉、肠，恰能抚慰夜班人。

四个女孩亲密团坐，面对大碗砂锅——吃大碗砂锅是工厂路的新近时尚，那大锅如洗脸盆，蔬菜肉类自选，四人四十块便能搞定。边吃边笑如一个雕像群组：上身是统一土黄工装（来自塑胶厂），左胸厂牌晃悠，右袖口别着圆珠笔。她们正尽兴地伸懒腰，说着闲话。

她们嬉笑聊天的声音又亮又急，我不听都不行。

“那靓仔对你印象不错哦！”

“你不要出错，出错是最不好的！”

“他又拍拖了！真的吗？”

“你们老大斗不过我们老大哦……”

磁性声音热络，在雾气中高高低低——那声音里有恭维，有羡慕，有倾轧，有妒恨。那声音并不讲坏话，声音只是拿腔拿调地说这说那，但已实施了离间计。声音像个刁婆子，天生喜欢搞破坏；声音太干净了就是拘束，而小小的犯罪才是自由；声音谦卑地说着笑着……

直至凌晨两点，工厂路，这条表面粗糙混乱得怎么扫都扫不净的路，才算真正安静下来。那一竿子人总算离去。深夜的工厂路，灯影飘动，鸦雀无声。

到达工厂路，这里的这些青年男女，像在进行一场集体性的生命试炼——其对这个世界的空间想象突然扩大，而父辈们传递来的经验不能完全解答疑惑，势必要自己亲历摸索才能应对。变迁满足了他们向外探索的自由和渴望，他们试图挣脱乡村桎梏，到外面的大世界去体验精彩，但是在异乡的生活，却让他们吃尽了苦头。

这拨年轻人，在从十四五岁初中毕业至二十六岁左右结婚的这段过渡青春期中，将会深刻体悟——原来青春，也是要付出代价的。

第三章　工厂路的秘密

躺在工厂宿舍 B224 的床上，我终于发现工厂路真正的秘密——根本就没有现代意义的工厂。

一

要过很久，离开工厂路的打工者才能看清这里的一切。

当你身处其中时，什么都看不见。即便当了工厂主管，也是如此，也是要过很久才能看清工厂路的一切。渐渐地，你想起那些细节，你想起那些事物里总有一些奇异的放纵和阴暗。你这样想下去的时候，会时不时停住思维，想到你是谁，从哪里来，为何在那样一条路滞留那么久。

当你被裹挟进工厂路后，你的身体被分成两半：一半炙热，一半冰冷；一半被烧焦，一半被冻僵。你的前半生耕种在农田，后半生忙碌在拉线（流水线），晚年却又要返回老家，静候灯油耗尽的那一刻。在你的青年和壮年时期，你在工厂路劳作，但实际上，你对这条路并不足够了解。你已陷入怪圈——无论在这条路上走了多少遍，都像第一天到达时那样。

交通工具拉开了秘密的帷幕——我是说，摩托车。

东莞曾耗费大量的人力物力——禁止摩托车上街，故而平时在街上很少看到摩的。但它们一直都在——藏在街道的拐弯处、汽车站附近、工厂路旁的小巷中。它们总是有规律地出现：中午十二点后、晚上九点半后，总是并排几个，形成一组黑色剪影，不怕冷不怕热地挺立。

看到有女人从摩托车上跳下，塞给男人钱时，便知道那男人是摩的司机。那男人蓝衣灰裤，头盔威武，有平而宽的肩膀，长腿卡在车身。他并不热情揽客，只是端坐在一旁，一声不吭。见我招手，他取下头盔后，露出一张黑脸，眼底深处精光一闪："走吗？一个人吗？"见我点头，他的表情松弛下来。

我问他："去镇中心多少钱？"

"是樟木头吗？"他反问我道。

"难道这里不是樟木头？！"这说法让我困顿。他瞪我一眼："这里是工厂路啊！"他把这片工厂区简化成"工厂路"，而把镇中心扩大为"樟木头"，好像这两个地名之间不是隶属关系，而是平等关系。

这种情况随处可见——电脑培训班老师说："我们总部在樟木头！"鸡蛋饼摊前两个工人打招呼："要去樟木头吗？"在深圳，我也遇到同样的事。在宝安区，两个打扮入时的女人打招呼："要去深圳吗？"我惊诧——她们不在深圳吗？她们异口同声："我们在宝安。"这些人和我不同。他们曾深刻地参与到樟木头或深圳的发展中，才会有这样的语言错位，而我是外来者，对珠三角因迅疾发展而使地名内涵不断扩展的现象浑然不觉。他们总是处在抗拒状态，而我则是迟钝地接受现实接受地图和公交线路，丝毫没有情感恍惚。

“二十五块钱？太贵了！”听我这样说，他左右看看，知道不能再固执，便戴上头盔，咬牙挥手，说道：“二十块！”上摩托车无异于上贼船——免不得和这个男人以粘贴姿势接触。车的行驶速度太快，无遮无拦。风掀起我的头发，冷风急速地扎进瞳孔，很快，我的眼眶里便噙满泪水。

我从未发现，原来小镇的边缘像海岸线般辽阔绵长。以前总慨叹樟木头是个“小镇”，现在才知道，它的周边如八爪鱼触角，远得很，长得很。现在，我并非从樟木头的一头到另一头，而是从“工厂路”到“樟木头”。

道路前方是红灯，可他直愣愣地闯过，他告诉我——“那个路口没监控哦！”而到了下一个红灯，他放慢速度但并不停车，一拐弯，从靠近人行道的地方滑出去。过了路口，又疾驰向前。进入一条窄路，路面坑洼，中间以水泥墩分隔，土堆、瓦砾蹲伏两侧。我惴惴不安，忍不住询问：“不是这样吧？走错了吧？”而他则一连串安慰：“没错没错，一定会到的。”突然，他拧过身，牙齿雪白，重重地说了句“你放心”。

言谈中，我得知，他并非全职摩的司机，而是在电子厂旁的小厂上班，下班后扒拉两口饭，便赶到厂门口等客。摩的拉客虽有风险，但能挣点小钱补贴家用。他并非谁都拉，哪里都去，他说他有他的判断。

原来在工厂路，摩的司机和乘客都怀着深刻的警惕——互相盯视，揣测盘算；原来，陌生是双向的——不仅乘客不敢坐陌生摩的司机的车，摩的司机也不拉面相可疑的人去偏僻处。他说有个摩的司机被人打劫，身上挨了三刀，躺在地上没人理，自己打了110，在医院躺了一个多月。黑脸男人一张嘴，满嘴牙齿白森森：“其实，车也不值几个钱，但到了年关，也就说不上了。”

单调是工厂路外在的秘密。

电子厂处于工厂路最西头，和最东头服装厂形成两个制高点，塑胶厂位于中间地带的最凹处。站在电子厂门口朝东看，沥青路似小溪，由高向低漫游，到了尾部又浮凸起来。这条灰色小街像根鱼刺，直挺挺地向下，令人窒息，既藏龙卧虎，又藏污纳垢，形态上和樟木头别的工业区，或深圳宝安的工业区并无太大差别——一条直溜溜的主干道上各工厂左右开弓，其间又嵌挤着一栋栋农民房，两边建筑并非泾渭分明，而是彼此挨挨蹭蹭，经纬交织，粘黏成片，让这里像是一片私人居住区。

工厂路上的人和器物，都浸染着一股浓烈的单调味——好像经过用力旋转而陡然缓慢下来，一切都木呆呆。路上到处是尘土和垃圾，得左躲右闪地避开，但清理干净后，又很快被糟蹋。虽然也能看到各处都摆着垃圾桶，但路上的塑料袋、纸屑、落叶依旧处处可见。无论是绿化带旁的黑车还是榕树下的男孩，也都显得单调！甚至连植物，也不是自在之物，无论杧果、荔枝、扶桑，只为构成一道活篱笆奉献颜色、形状和香味。

工厂路的女主角是红色塑料凳——它站在小吃店前，身姿曼妙，释放乙醚，浅嗔低笑，唤醒你的欲望，让你靠近它。那些凳子，一律掉色、开裂，歪歪扭扭。似乎从大门口走到小吃店的人们，为了生计而劳碌地干着“低档次”的工作，吃饭时也只能坐“低档次”的凳子。

一盏盏路灯是工厂路上的男主角——挺立腰杆，将手臂横搭半空，是“最上镜先生”。它注目这里的一切：柏油路面因暴晒和挤压，皴裂开口；货柜车碾过一只老鼠，激起石子。每个夜晚，它高高伫立，像一朵带磷光的雪绒花，维持着一种高度、一种豁达、一种怜悯，而不让一切陷入黑暗之中。

绿色台球桌是工厂路上的男配角。你总能看到它——落满灰尘，或被帆布罩着，或盖着一层脏兮兮的塑料布。可怜原本骄傲的它，沦落在工厂路后，完全平民化，躲不开灰尘垃圾，逃不掉噪声，只能好坏存亡共处之。即便有人真的来打台球，那台球桌都不复优雅，而降低、贬损为简单工具——只是一张桌子而已。

广告语是女配角。出现在各种广告招牌中的破碎文字，好像是写情书的腔调，密密麻麻，但只是笨拙模仿。那些高频音重复唠叨的文字，像一个个词语砖块，内涵并不广阔，也不具有伸缩性——简直像英语或日语初级入门的那些简单词汇，表示将要展开某种新生活，而其实，不过是单调地重复——重复多次，继而成为俗套。一封封充满灵魂高速运转释放出烧焦气味的情书——高价收购电子—会计、英语、电脑—冰冻西瓜—高钙咸骨粥、爽滑饺子王、桂林米粉糖水店—二代身份证相片、港澳台相片回执—大量招聘女普工—外商独资企业，主要生产和组装日系汽车空调出风口系列—作业员（18—38 岁），检查员（20—28 岁），喷油工（18—35 岁）—空调房、电脑房、豪华房、电视房……左一声，右一声，熠熠闪光，挤眉弄眼，充满了暴力秀逗，带着千篇一律的味道，汇成一曲广告语家族的大合唱。

二

周末电子厂的倦怠，是意外的秘密。

那天早晨，我下了公交车，定定地站在路口。老廖的“行动酷饮”还没开张，让我想先喝杯咖啡提神的计划破灭。四川面馆女老板说老廖凌晨一点才打烊，因为“好多小年轻就喜欢夜里逛”。她知道老廖就住在街对面，每天骑电动自行车来上班。日子久了，工厂路上的小摊主像乡村邻里般知根知底。

这时的厂门口，真是个离奇所在——弥漫着松懈懒散味。阳光下，货柜车驰过后遗留的尾气和灰尘凝结成热雾，在半空中迟缓地消散。电子厂铝合金大门只打开了一侧，另一侧则紧扣。逼仄通道让人流阻塞，只能缓慢挪动。正在维持秩序的保安，宽肩阔臂，寸头上像下了层霜，白发根根竖立。他的嘴里不断念叨：“慢点儿，慢点儿呀。”睡到瘫痪的男女起床后，无声套上衣衫，以极为缓慢的节奏走出宿舍，到路上寻找早餐。他们穿着拖鞋，便装软塌塌，头发毛茸茸，眼泡肿大。辛苦了一周，没人会轻易地放过周末。各个小饭馆都拥塞着比平日多一倍的食客。饭毕，人们走向公交车站，走向街边的黑车，去镇中心游乐场或商场逛一逛，或者去附近工业区找老乡说说话。

此刻的倦怠，并非这里的常态。这些人还是平时的那些工人，只是他们一人分饰两角的行为溢出我的僵化印象。时间仿佛静止，倒退。回到这条路数十年前那个贫穷疏懒的年代，那时的人们就这么散漫。

涌出大门的人们穿着自己的衣衫。男孩明显多于女孩——总是三五成群——个头不高，宽肩细腰，手捏香烟、头发耸立、窄腿裤、尖头皮鞋。对这些男孩来讲，从乡村来到电子厂和踏入成人世界，是两个重叠的过程。从原始家乡到楼房工厂，感叹声一直不断发出：“啊，是这样的啊！”他们惊讶地明白：世界如此之大，大过家乡。他们的家乡，高原沃谷，低垂深云，蓝天静谧；但到了电子厂，人和人变得如此接近，近到夜里能听到陌生人的呼吸声。

人群中我看到了一张熟悉的面孔——小罗（此前在厂里家属楼见过他，说“带孩子太辛苦，所以让老婆去上班”），他细长的身上套件黄绿长衫，踢踏踢踏着走来，肩膀一高一低。身旁抱孩子的女人，一头乱发，焦黄脸庞上倒挂三角眼，塌鼻阔嘴，像粗糙的工匠制作出的粗糙泥塑。这一家三口，起床没梳洗便直接出了门，直奔小吃摊。

陡然闪出个高个子男人，拽着个小女孩，从人群中凸显。那男人俊美如王子，而女孩更甚，像所有天鹅类女孩般，漂亮而冰冷。那瓷娃娃般的面孔时刻提醒着她与大众不可逾越的差异。

有个女人陡然抱怨——“为什么不把门全打开，周末人多啊！”保安循声望去，下巴处的肌肉沉默抖动，眼仁凸起，从瞳孔里射出的小箭，似能穿透对方心脏。可保安一出口，说的却是——“厂里有规定，不能开哦……”他满脸堆着不开心的笑，眼神直直地看向对方瞳孔深处。

在电子厂中，人人都积累了属于自己的经验，那经验里还包括恐惧和悲凉。如果继续反抗，事情闹大，命运会朝狰狞方向发展——也许那女人会失业，而老家父母则无法盖起三层楼。权威这样深不可测——即便那权威通过保安的眼神辐射而出。于是，那抱怨的女人低下了头；于是，对某个规定的不满便这样被镇压了下去。

厂门口关系网的秘密是连环套，需一点点耐心拆解。这个秘密，是一个四岁半男孩帮我厘清的。

如果我和那些急匆匆赶来举着照相机或摄像机的人一样来

到工厂，那么我是不会朝大门口多看一眼的。是啊——那里有什么好看？无非是小商贩摆的小摊点。当四岁半男孩阿林帮我揭开这个谜底时，我根本没有意识到，我在乱茧里找到了那根最初的线。那时，我以为自己只是随便坐下来，随便和一个男孩说说话，然后，随便地起身，随便地离去。

那天我闲散漫步，看到厂门口对面有张钢丝床，脏兮兮的——床底垫着纸箱，铺了凉席，被子枕头黄黄粉粉，揉成一团。两个男孩挤在颜色堆里，正在看木柜上的电视。那个 14 寸小窗口，播着儿童动画片。见我不请自坐，两男孩像松鼠般瞪大眼睛。

阿杰六岁半，阿林四岁半，可他们长得完全不像——阿杰白皙挺拔，阿林黝黑结实。阿杰宣称："我是爸爸的宝！"阿林毫不示弱："我是妈妈的宝！"阿杰穿着鞋子，脸蛋干净；阿林光着脚，套在身上的夹克、牛仔裤皱巴脏污，手指发黑，鼻孔里有一团液体。阿杰已上小学，有了集体生活，会写自己的名字，会做算术题。他嘲笑弟弟："他连一加一等于几都不知道哦！"

阿林虽未到学校开蒙，但心智已成熟，被嘲笑后奋力反抗："我奶奶给我两百块压岁钱，他才一百块哦！"阿杰根本不理会，扬长而去。返回时，手里多了个梨，坐在床头兀自啃起来。阿林嘀咕了两句，哥哥不理，依旧大嚼。"砰"，阿林把水枪摔向柏油路，溅起一摊红黄碎渣。

我问阿杰："干吗不和弟弟一起吃？"他鄙夷："啊？！他鼻涕好脏哦。"我提出可行性建议："再拿一个给他？"对方摇头："一个三块钱哦。"但他到底是哥哥。想了想，走到小木桌前，用切甘蔗的刀切下一小块递给弟弟："洗一下再吃哦。"他自己捏着剩余的梨去洗。那惨遭刀切的梨不洗不行——雪白剖面粘着黑芝麻般的渣滓，根本无法下嘴。但阿林不屑去洗，用牙啃那些黑渣，再往地上啐，再啃，再啐。连续三次后，便大嚼起来。阿杰举着干净梨回来时，朝我递来一个眼色："你看，他就是这样……没办法哦……"这张锈迹斑斑的钢丝床是两个男孩的舞台，两头小兽终日身处这乱糟空间，自己看电视，自己玩耍，鼻孔里吸着尾气，耳朵里听着噪声，视一切为当然。他们和工厂路一起成长，比花园小区的孩子更犀利、更狡黠。他们能够随便出入厂门口，视保安为无物。

哥哥很快厌倦了对我的探究，起身跑去街对面玩，但阿林依旧对我感到好奇。阿林啃完梨，盯视我："你家也有小孩吗？"看我点头，并知道我家有个大哥哥时，他大方地说："让他来嘛！我们一起玩！"那瞬刻，有种感动充满胸臆，我点头说道："好啊好啊！"阿林说起自己的父母："他们很小气的哦！"口气变得很轻很浅，说完用眼角瞥了下远处的摊点。继而，他劝我："你吃一个鸡蛋饼嘛！很好吃的哦！很便宜的哦！"我羞愧点头——直到现在，我尚未品尝过电子厂大门口最明显摊位的鸡蛋饼。看我诚心悔过，男孩虽表情严肃，却难掩得意——"说话要算数啊！"看我手里捏着盒酸奶，他埋怨道："你怎么只知道自己喝？！"听到这句话，我愣怔。他进而引导："也不请客啊？！"——我真的不能相信，这四岁半男孩这么顺溜地说出"请客"！他的生存和交际能力竟强至此！他机敏善辩、察言观色、谆谆诱导、嬉笑怒骂，有着超敏感的生存逻辑。

我用狗熊语调道歉："俺错了！俺错了！"男孩一听，倒进那摊乱哄哄的被子嘎嘎大笑，脚丫不断踢蹬，甚至露出肚脐。他左眉上方的额头处有块明显疤痕，于是我就问：“是不是你调皮了？”他的小黑手抬起一指，指向疾驰而过的一辆货柜车，喊道：“是它！它干的坏事！”

阿林的眼神变得尖锐，像陡然进入另一个场景，声调高了八度：“啊！它，拐弯，拐弯，拐弯……”他的脑袋和胳膊也旋转了起来。“拐弯……然后一直拐一直拐……嘣！一个石头就过来了！啊！当时流了这么多血！”他将右手手掌全部张开，接着把撑开的右手手掌整个放在额头上，像将一块纱布贴在伤口处，嘴里哧啦哧啦，延续着过去的疼痛。

我凝视着这个男孩，仔细盯视他的小黑手，感觉当时——那石子砸向额头的瞬间——并没有被他完全复述出来。那一刻的血腥与惊险，在男孩的描述中过滤掉了太多的细节。然而，我依旧能感受到当时的惊心动魄——那如飞弹的石子离眼睛只差一点点。那时候，阿林的父亲一定急得想抄起斧头劈向货柜车轮胎。

男孩又向我描述了他和一把小刀的战斗——他的右手食指上也有疤。这是他主动交代的——我根本没看到。他说：“嗡，它割了我……哗，流了这么多血。”然后，像竖起一杆旗帜，他竖起右手食指。

这就是四岁半阿林的处境——尚未去幼儿园，玩耍在马路边，各种危险车辆和器械四处埋伏，而他依然目光灼灼，笑声朗朗。阿林很会描述动态场景——“嘣！”“啊！”“嗡！”“哗！”象声词脱口而出，恰到好处。在我和阿林的谈话中，他始终占据主动地位。他对工厂路的熟稔超过我，而他对我亦充满好奇。我们的聊天知无不言、言无不尽，像老朋友般熟识。

他再次盯视我手中的酸奶，叮嘱道：“你下次来，一定要请客的哦！”我继续扮狗熊：“俺请客！俺请客！”后来的改变，皆源自阿林没心没肺的回答。

我习惯性地问了一句：“你妈呢？”

他指了指正在做鸡蛋饼的女人——中等个，四肢粗壮，扎一束马尾辫。

然后，我又习惯性地问下去：“你爸呢？”小黑手指向鸡蛋饼摊位斜侧的路旁。那里停着几辆黑车。我惊诧：“那是车，不是人哦。”他嘻嘻一笑：“最前面的那辆，是我爸的哦。”随后我留意到一个粗大骨骼、黑红脸庞的男人疾步走向鸡蛋饼摊位，开始帮女人的忙——一个擀面，一个烙饼、装袋、收钱，两人配合得天衣无缝。显然，这个活两人干更好：擀面的手沾满面粉，去找钱，顾客定会不爽。周末的早晨，大门口到处疲沓、迟钝、懒散，但这对鸡蛋饼夫妻却紧张繁忙，高速运转，几乎要大汗淋漓。

我突然反应过来——从厂门口涌出的人越来越多，所以，原本坐在车里等着拉人的丈夫赶来帮妻子。

一个推婴儿车的六旬老人走来，胡须花白，容貌衰老，但一副不怒自威的样子。阿林抬头大喊：“爷爷！”这个突然降临的人际关系令我措手不及，惊诧抬眼，再次凝望那黝黑老人。可他并不看我——或者，他早在暗处已打量过我多遍。现在，他垂下眼皮，满心满意都在婴儿车中的婴孩身上。过了好一会儿，他才把目光慢慢转向阿林。

哦！从他那和善的眼神中，我确信他一定是“爷爷”。但这个老人的彪悍霸气也是难掩。显然，他不仅种过地，还走南闯北干过别的营生。我以为那婴孩是阿林父母生的第三胎，但爷爷解释：“这是二儿子的娃娃。”

我忍不住发问：“二儿子呢？”

爷爷指了指停在钢丝床背后的黑轿车：“那是他的车！他还没起床呢。”

原来，爷爷不仅要照看婴儿车里盖毛毯的男婴，还要卖货。装馒头的白色泡沫箱，搁在一张旧椅上；甘蔗切成段，一节节堆在木桌上；蜂窝煤小炉上坐着茶壶，煮着茶叶蛋。事实上，爷爷异常繁忙——爷爷的另一项工作，是照看阿林和阿杰。

我住进电子厂多日，在厂门口转悠过多次，从未想到黑车与鸡蛋饼之间，是夫妻关系；黑车与黑车之间，是兄弟关系；鸡蛋饼与馒头、甘蔗和茶叶蛋之间，是儿媳和公公的关系。我自作聪明地认为——这个家庭有两个儿子、三个孙子，然而爷爷告诉我：“我闺女还有个一岁多的小女娃。”

我瞪大眼睛：“你闺女？”他扬手一指：“喏，那个卖水果的。”原来，鸡蛋饼和水果之间，是姑嫂关系。

我的惊诧像一连串炮仗，在脑海里噼噼啪啪。我好像到达的不是电子厂门口，而是某个村口，大家有千丝万缕的联系。阿林，这个四岁半男孩，指了指铁皮柜子：“这是我奶奶卖麻辣烫的。”这时候出现的“奶奶”，已令我不觉意外。

于是，这个大家庭就这样浮出水面——爷爷奶奶，大儿子二儿子女儿，三个孙子一个孙女，外加两个儿媳一个女婿，共十二人。他们从事跑黑车，卖鸡蛋饼、馒头、甘蔗、茶叶蛋、麻辣烫、水果等行当，将三千人的电子厂门口生意牢牢把持。他们的生存技能是人海战术，各处渗透，无孔不入。还在睡觉的二儿子始终未能出现，但大儿子手叠鸡蛋饼，眼神却如刀片般切来。他抬头，脸上罩着凶气，狮子护崽般大喊阿林，让他去干什么。

我对阿林说：“你爸在叫你啊。”男孩置若罔闻：“不去！就是不去！”一个干瘦老妇疾步走来，风风火火，不住口地噼里啪啦，用猪油渣似的焦煳嗓音骂孙子。干瘦奶奶穿过街道，路过凉床，走向对面楼房。她虽年纪大，体格小，却一刹那便走得无影无踪。几分钟后，她拿着粉红水瓢出来。那颜色着实刺目，像放大镜，将她的粗黑手背、花白头发、佝偻腰身、衰颓黑脸，越发勾勒得逼真。奶奶返回时依旧用河南话不停咒骂，而阿林依旧置若罔闻。

我有些忐忑不安。

奶奶转过脸，两条蛾眉一拧，盯了我一眼——那是非常复杂、非常刻薄的一眼。

也许，这一切——训斥孩子、拿水瓢、老妇匆忙走过——都是幌子，其真实目的是催逼我这个外人赶快离开！他们——爷爷、奶奶、爸爸、妈妈、姑姑、姑父，一定上上下下将我打量了一百遍。他们揣测我是来找工作的？预备摆摊的？人贩子？而我的模样其实更像个中学老师。或者，正因为我携带的气息和整个工厂路不相符，令他们的猜测无着落，于是他们更加急切地想把我这个“入侵者”赶走。

阿林的父亲越看越不对劲，突然，父亲厉声大喝起来。而他实在舍不得放下手中的鸡蛋饼——这可是一周中难得的黄金时间。平时，工人上班后，整条工厂路车少人稀，要熬到下班才有顾客。而周末，从早晨八点到中午十二点，总有人群涌出。再说，他也不能直接跑到我面前说“你不要和我儿子说话”。于是，他还是用那一招：大吼着让孩子去干活，将排斥感通过语调传出来。

我朝那个壮实男人望去。对他，我并不陌生。春节后他从老家返回开始支炉灶时我就见过；每次从厂门口走过，都能看到他晃动的身影。但那时，他不过是个小贩，而现在，我知道——他不仅是父亲、丈夫和儿子，还是厂门口的强势力量。这力量，一面来自他的体格，另一面仰仗他众多的家人。

阿杰在外面转了一圈回来，手里举着几张花花绿绿的纸——是快餐店的优惠券。他指了指大门口："那里发的。"见我诧异，他得意起来："你要吗？我去给你拿！"我正思忖着如何离开，现在——刚好走人！我是被奶奶盯了一眼才明白，原来人的神经系统那样敏锐，能从空气中捕捉到喜欢和厌恶的微小分子。于是，我跟在阿杰背后，穿过目光灼灼的鸡蛋饼和水果车，闪过厢式货车和搅拌机，来到电子厂门口。

一位粗腰女人正拿着一沓纸在散发。她三十多岁的样子，团团的脸上有些婴儿肥，有股厨娘的温柔，但又略显小家子气。她就站在大门口，见人出来就递过去一张，仰着头，厚唇微张。而保安并不阻止，那男人暧昧的眼神，在她不知为何能如此丰腴的胸弧上扫来荡去。

阿杰指着为我要来的"超值套餐天天享"说："才八元，很便宜哦！"这张纸上的快餐，是麦当劳肯德基的乡村版——八元可消费一个汉堡或三个小鸡腿、三块小鸡翅；十元可消费两个香辣鸡腿堡。

快餐店老板娘的湖蓝长衫洗的次数多了，蓝色已泛白，黄皮鞋的鞋跟高得吓人。她是骑着旧自行车赶到这里的。她那身落伍土气的装扮，那个简陋的交通工具，皆让我失去到另一条街消费汉堡的愿望。老板娘非常忌讳卖鸡蛋饼的河南人家。她朝那个中心位置望了望，恨恨地说：“他们，厉害着呢！”但是，并不说细节。她不再言语，只是用眼神，用鼻腔的气息、嘴角的颤动，来说明那“厉害”的强度。

两个男孩你追我赶，在货车和人流中穿梭。那些庞大的厢式货车转动脑袋时，臀部还在另一处。它们只要稍微一扫，孩子们的身躯便会变得像落叶一般。然而，两个男孩依旧穿梭、飞翔，让观众呼吸不畅，自己却浑然不觉。跑累了，站定在厂门口，做起小游戏。阿林伸出黑手指喊“西瓜”时，阿杰将两只胳膊抱在胸前，一动不动，只剩眉毛、眼睛在飞舞。听到喊“爆炸”，阿杰展开手臂，向两边散开。阵阵“爆炸”喊声中，两个男孩像两只欢实的小熊崽，笑得前仰后合。那种笑从低到高，音阶的跨度成了宽广的一长串排列！

孩子们谙熟工厂路的每一个拐弯——这里是他们的战场、他们的人生。他们将吸着这条路的机油和灰尘长大，像幼兽凭气味分辨边界般，知道自己该怎么做。成年后，他们将从软软的圆形中蜕变而出，无论额头、两颧、鼻梁或下巴，都有着尖锐的棱线，而眼睛也从海豹般的濡湿蜕变成老鹰的锐利。他们将用一种平板干燥、淡然和缓的嗓音复述这里的一切。

小贩们相互对垒的秘密，是我后来才发现的。那个周末早晨，我走出电子厂宿舍去饭堂，发现门口被一张桌子堵住——内里正在大清洗。收拾碗筷的阿姨一身憨肉，粉团团的脸上绽开笑容：“来晚喽！”胖阿姨在这里洗了十几年碗，来来往往的面孔记下了不少。我曾站在厨房门口看她洗碗，她便爽快招呼我进来，参观那大机器怎么把倒扣的碗送进神秘的箱子，经过水冲、烘干等程序，再让它们干净出笼。我惊诧——才早上八点，怎么算晚？原来周末很多人不上班，喜欢睡懒觉，所以饭堂准备的早餐比平日少一半。

周末早晨的厂门口异常冷清，除河南人家的大媳妇在卖鸡蛋饼外，并无别的小摊。于是，我不得不和这家河南人正面交锋——三块钱！我知道湖北老阿姨的面饼一块，加蛋才两块。等看到递来的饼里卷着烤肠时，我便明白——她并没多收钱。

我在工厂路出现的频率太高了——自住进女工宿舍，我整日闲逛，看什么都兴致勃勃。有一次，河南老太忍无可忍，对大儿子大声喊道："她是干什么的？！"男人瞥了我一眼，用河南话回复母亲，意为"别管闲事"。可枯骨一架的老太太提高声调，嚷道："都来了好多次了！她想干什么？！"河南老太认定我有企图——难道她认定我在这条路上走来走去，装天真耍白痴，意在觊觎她的两个孙子……他们全家人一定讨论过我，因为他们的眼神里有种共同的敌意。收悉到敌意后我自然很恼火。我四处购物，就是不买他们家的——无论是面饼、油条或馒头，还是甘蔗、西瓜或菠萝。现在，我却买了他们家的鸡蛋饼，打破了这个禁忌。

傍晚时我和做饼的湖北老阿姨聊天，她是湖北十堰人，五十多岁，快人快语。她每天中午十二点发面，傍晚出来摆摊。她认定自己是工厂路第一个摆摊的。当她在电子厂大门口开始卖饼时，电子厂还不叫这个名字。她的这个位置每月要交两百元摊位费。

我说有人在这里卖鸡蛋饼时，她笑着说："那是他们占我的位置偷偷卖。"江湖有江湖的规矩。傍晚她来后，鸡蛋饼便自动隐退。她说那家河南人太霸道。她说有个卖热干面的湖北老乡和那家人吵架，嘴笨，吵不过，便花钱雇人来骂。叫板了几次后，湖北老乡也学会了套路，可以自己上阵了。“现在，她不怕他们了！”湖北老阿姨说完哈哈大笑。

第二天凌晨，当我看到卖热干面的女子时，明白她何以骂不过河南人。她实在清秀得过分，矜持古典得像西施莅临——白皮肤，细长眉，柔和的嘴唇，对每个顾客都莞尔一笑。她白围裙束腰，整个人笼罩在一种神秘、明净的光辉里。用大漏勺在滚水里烫面，提起后倒入碗中，加上调料搅拌，她干得一气呵成，干脆准确。两手忙碌着，便将下巴一抬，引导食客把钱放在木板上的盒子里，再自取零钱。每个人都乖乖听话，乖乖等待。热干面西施像有种神秘的柔慈力量，于是吃面便不仅仅是吃面——吃面的人眼神安宁了，便感觉美味是十足的。掏出五块钱放进去后，我像购买到了话语权：“你是不是有个卖饼子的老乡？”她迷惑点头：“对面那个老太婆？”

老太婆？！

湖北老阿姨若听到，定会反驳。她虽然老，还没到“老太婆”的地步吧！唉，难道刚才认为她温柔慈祥不过是我的幻觉？

我对卖热干面的女子说：“她说她有个老乡卖热干面。”她仓皇笑笑：“都是十堰人啊。”我单刀直入：“你和那家河南人吵过架？”她烫面的胳膊原本一上一下起伏，突然停顿，像鱼饵被大家伙咬住。她抬起眼皮，镇定地点点头，并不否定：“吵过！”她的眼神里残留着少女的羞涩。我好奇，这样一双温婉如母鹿之眼，要和河南老太那尖锐三角眼对视多少回，才能正视它，不怕它，并在最后占了上风……

卖热干面的女子解释，所有在这摆摊的人都交过摊位费，但摆在哪里，是经过强力角逐的。譬如，有些人卖板栗或红枣，只是下班时间堵在厂门口卖半小时，他们便根本不缴管理费，只要给厂门口保安一点好处便可；而长期摆摊的，分早晚两拨——没人有精力从清晨四五点熬到次日凌晨一两点。每个人根据自己的习惯及客户群，侧重于一天的某个时段。譬如她卖热干面，只在清晨和中午，晚上一般不会再来——晚上她要发面，还要休息。那时，她的摊位便会被河南人家霸占，用来卖水果。有时她中午没来，他们便会撑起摊子，开始卖鸡蛋饼。

三

某天中午，我想约阿坚和阿丽吃饭，便去宿管办公室找他们。没想到离下班只剩十分钟，依旧不断有人推门进来。有的人工衣破了；有的人是四十一号的脚，发的鞋却是四十四号的。阿丽朝侧门一指："到那边自己找，自己换。"换完后在单子上签名便可。有人问怎么开放行条，她回复道："先拿东西下来，放在保安室，再来宿管办开条。"这些问题可当即解决。

但宿舍的水管子坏了怎么办？"先写在本子上。"电工回答道。电工五十岁出头，长脸瘦高个，一口东北腔。果然，是辽宁人。离下班还有十分钟，他才不会拎着工具去修理。他正兴冲冲聊天，说门口的王保安已等不及到明天发工资。王保安爱打牌赌钱，拿到工资不出五天准赌光，后面的日子全靠借债。实在借不到，便觍着脸问厂门口小摊主借。或者，明打明受贿，让小贩的推车堵在厂门口卖东西。"红枣卖得最快哦！"阿丽恨恨道，"一天能卖三千多。"阿坚补充道："嗯，塑胶厂门口卖得更多。"

熬到下班时间，我和阿坚、阿丽朝火锅店走去。店主是个黝黑青年，也是一口东北腔。他和阿坚寒暄后，引我们坐在木凳上。过了一会儿，有人从后堂端出石锅，居然是刚才聊天的电工！他依旧穿着工装，但满脸洋溢着服务员的微笑。我这才知道这家店是他侄子开的，我也不是第一次来这里用餐，可怎么都没想到下班后，电工即刻转身成服务员。

火锅里的鱼已配好料，沸腾起来后，先捞鱼吃，腾出空间，再加羊肉、猪肚、腐竹、白菜。青年店主一股脑地跟我抱怨："现在的日子还不如在厂里打工，到处都要花钱。请服务员太贵，就自己干；玻璃门坏了，修一下又是钱，便一直拖着；自从盘下这个店，便没有周末，没有休息时间，熬人得很，但来吃饭的人又少，根本挣不上钱儿。"

火锅店虽正对着塑胶厂，可此刻的顾客中，没有一个是塑胶厂的人。阿坚用手指了指旁边三桌——"全是电子厂的人啊"。此话不假——每个人都套着湖蓝马甲。因为店里生意不好，店主便央求亲戚朋友们拉人来消费。对于那些常客，他自然备有小礼物。

我对电工一大家子都在工厂路做事很吃惊，可阿丽却撇撇嘴说道——"小巫见大巫。"原来，她家几乎所有的亲戚全在工厂路打工——她奶奶家和姥姥家共十二个儿女，加上儿女的儿女，大大小小五六十号人。她对我说："春节吃年夜饭，要开五六桌才能坐下。"

听到这话，我不禁脱口而出："你们这是集体搬迁啊？！"她笑得花枝乱颤，说自己在厂里随便走走，就能看到亲戚的身影。她说女生楼对面小卖部是她大舅开的。我记得那店主的模样——长得精瘦，并不热情揽客。

饭毕，从火锅店出来，正好碰到塑胶厂门口涌出的大批女工，她们的上身虽披挂着土黄工装，但腿部却异常花哨：黑短裙、米黄紧腿裤、碎花裤、丝袜。各种款式的鞋：圆头、尖头、银色装饰、细高跟。午饭后，她们去对面杂货铺买饮料，然后边晒太阳边打电话，她们的手指黝黑粗糙，但电话却被装饰得像水晶王宫。

打电话的女工一张嘴，便陡然发生了巨变——身上还披挂着工装，可家乡话像河流喷涌，她们中有的扯着嗓门开始唠嗑——让妮子来呀！有工作啊！好找得很！老乡多得很哦！

那种喊话的力度类同躁狂症患者发病。可在塑胶厂门口，这音量却并不突兀。

每一个女工都两颊绯红，像歌剧院女高音在舞台唱到最高音。那音符越过旷野高山、森林平原，稳稳地抵达某个小村。

作为东莞三十二个镇区中的一员，樟木头已是这个城市的必要组成部分，那么这片工厂区从其属性来说，亦属于城市。虽然从一开始，城市就是人为的产物，城市的本质是市场聚落，但我所目睹到的这条工厂路，依旧只处于半城市化的状态。

工厂路深夜的秘密，不是咖啡，不是货柜车，不是武打片，而是身体。

夜凉如水，“行动酷饮”店外的凳子上没有一个人。一盏路灯下，我要了杯牛奶。廖老板笑了：“不喝咖啡？”我摇头，说怕睡不着。在高脚凳上啜完润滑液体后，廖老板盛邀我喝杯他的茶。味道涩甜，是土茶。廖老板抱歉道，最近一直在忙着备料购物，上午都没开门。

和廖老板告别，往电子厂门口走去时，感觉道路异常荒凉——此刻，第一拨下班的人已吃过饭，第二拨人要等两小时后才下班。现在，所有的小吃摊都凝滞着，在昏黄路灯下朦朦胧胧，像一幅终极定本的剪影，等着，忍着，挨着。

工厂路的夜不是真正的夜。这里的时间被生产报表统治，从不曾有一丝真正的放松。虽然街面上的人变得稀疏，但这条路并没有放弃紧张，依旧持有某种对弈的力量。那疾驰而过的货柜车是四方甲虫，将黝黑路面履带般拖起来，轮胎在路面上劈波斩浪，呼呼向前，令我的头皮发麻，感觉那车轮会即刻压在身上。

躺在 B224 的床上，我终于发现工厂路真正的秘密——根本就没有现代意义的工厂。在中国，工厂亦是乡村，或者说是乡村的变体。

工厂路虽车来车往，交易繁忙，但在厂房和农民房的空隙，随处可见菜地、芭蕉林、瓦房、杂草，立着出售沙子和水泥的牌子。工厂车间貌似足够现代，但其外围依旧延续着乡村的话语、秩序、礼仪和道德。

第四章　男工来到电子厂

到达电子厂的“90后”男孩，其经历大致相仿——留守儿童，初中辍学，到父母打工的城市打工。

一

现在的电子厂，除了照常满植大王椰、香樟树，照常提供各类产品外，它的神话力量正遭遇瓦解。这里逐渐变成像公园那般的公共地带。只有车间——作为工厂的神秘标本——依旧保持着神秘，而其他附属部分已有了旅游区纪念品商店的味道。

现在，在电子厂内，不仅能看到各年龄段的人（过去多为年轻女性），甚至还有穿黑宽腿裤的奶奶、满头银丝的爷爷。路过乒乓球活动室，透过大玻璃窗可见里面地上摊着被褥，他们优哉游哉地喝茶抽烟，像坐在自家炕头絮叨陈芝麻烂谷子。

劳务公司阿彪对我挥手说道：“没有人！”随后，他的解释里有种委屈，这让他的声音几乎哽咽：“我说的人……是找工作的人！”是的，他能一眼挑出那种人——他们的目光怯生生，脚步慢悠悠，刚离开农村开始混城市。

现在，从镇中心坐公交车到工厂路，并不会遭遇堵车，只是路面变得更破碎颠簸。电子厂所在的工厂路，以前曾是荒草滩，并没有什么特别的记忆。好像是突然间，这里的人和外面的人成为不同的个体；好像是突然间，这里成了一个用不同时间计数的世界；好像是突然间，这里的一切都像着了魔，代谢得极快。

现在，工厂路正承受着各种压力——更多的人穿着工装，更多的农民房挂着粗陋招牌，更多褐色、黑色和红色的大字交相混杂，似要将所有空间占满。

现在，对工厂路的电子厂来说，其外表还是数十年前的那样庞大，但其内里已重新改装——从上万名员工到三千名员工——一个男工世界正日渐壮大。

宿舍管理员阿坚毫不讳言："近两年，员工流动率越来越高，每一千人中会有二百五十人离去。"他顺势又说出另一个数据："去年，电子厂的男工比例已达63%，大多是'90后'。"男工意味着麻烦、挑衅、悍勇、冲突和不可控。对工厂来说，女工是宝石，年轻女工则是钻石。然而，女孩们从乡村进入工厂，最多干两三年，等她们熟悉了街道、公交和男人后，便有了更多选择：售货员、洗脚妹、服务员、美容师……

男工宿舍的窗户正对着工厂路。这栋楼的正面，看起来和这条欣欣向荣的街道的其他房子一模一样：乳白瓷砖、铁艺护栏、长方形玻璃窗。若不是吊挂着密密麻麻的长裤长衫白袜子，外人根本不知这是宿舍楼。男工宿舍和女工宿舍只隔几米，可内里完全不同。女工宿舍像一个池塘，水面上落英缤纷，覆满各色各样新鲜初落的漂浮花瓣，总让人想以一种极快的速度去打捞，害怕那些花儿因过了期限便翻转到水底。而男工宿舍仿佛还是那个池塘，但能看到池底烂泥浮游生物，腐烂味让人畏惧，一派萧瑟。

阿坚长臂一挥，指着一栋栋宿舍楼，耐心为我讲解："现在，这栋，还有那栋……都是男工宿舍，女工宿舍是对面那栋。但以前，这些楼全是女工宿舍！"这些建筑看起来极为普通——普通的四方形，普通的瓷砖，普通的楼梯，普通的护栏。环绕着这些楼房的，是普通的草坪、普通的大王椰。每当上班时刻，这些楼房外很少有人影晃动。但这不是真相，这只是宿舍在一天中最安静的时刻。等到下班后，这些楼房里便会塞满工人：聊天、吃零食、喝酒、打牌、打架、谈女人、看手机、听音乐。只有那些时刻，这些楼房才会被衬托得活灵活现。

对这些楼房的理解需慢慢体会。若你只来过一次，或抱着参观者的心态，便很难有所发现——因为它们的模样实在太过普通。发生在普通之地的事件，通常会被视为理所当然。但其实，有些事儿并不普通。正是这些貌似普通的宿舍楼，让打工者有了最初的落脚点。他们从这里开始认识工厂，认识城市，认识另一个世界。对他们来说，这些楼房是整个现代社会的缩影。在这里，他们穿上工装，通过新人培训，跌跌撞撞地变成工人，进入车间，开始工作；在这里，他们逐渐适应了现代化的工厂流水线。

到达电子厂的"90后"男孩，其经历大致相仿——留守儿童，初中辍学，到父母打工的城市打工。因此，他们罕有乡村记忆。在厂里煎熬一两年后，男孩们对光怪陆离的城市开始有所掌控，但他们的发展可能性依旧弱于女孩。

他们必须接受这个现实：在有些工厂，干同样的时间，干同样的活，女工每天比男工多拿十块钱！在家乡，他们习惯了将女性视为弱势群体，所以他们不服气，去质问，得到的回答是：不想干就走人！而厂里要裁员，首先遭殃的定是男工！女性的耐心和坚韧恰好适合长时间安静地坐在流水线旁，而男性汹涌的荷尔蒙反倒成了不利因素——大胆和冒险在工厂都被贴上了负面标签。

可男孩们何以依旧呼啦啦涌向电子厂？阿坚像要说出一个巨大的秘密，低声道："这个电子厂，几十年如一日，工资按时发。如果遇到周末，会提前到周五发，绝不推后。"

电子厂的内部世界，并非像电视镜头所呈现得那么整齐划一。而一旦决定进入工厂，则意味着接受了某种准军事化的生活。男孩们掏出身份证，填表，培训，领工衣工鞋，有了宿舍和工牌后，便开始进入车间上班。他们必须立即融入所处的环境。之后，他们的生活，便拥有了两面完全不同的花色——一面城，一面乡。

工装是工厂帝国的秘密符码。穿上工装的人，会即刻感觉自己萎缩起来，甚而缩得小于自己。一眼望去——通过深蓝马甲上不同颜色的绲边，便可知你在这工厂帝国身处何级——红边是制造部门，黄边是事务部门，白边是来访的客人。"注意！"保安用枯干的声音不断提醒，像"注意！"这种类似的提醒接连进行几十次几百次后，服装的差异和人的差异之间，便建立起无法分离的关系。这种人造关系不是一下子就能拆散的。工人见到别的车间的主管，也会敛声屏息；无须向临时工打招呼，那会降低自己的身份；但对那些根本不用穿工装却在车间自由走动的人，最好不要用正眼与之对视，他们也许就是老板；还有一种穿便装的，却无须特别提防，只保持相对松弛便可，因为他们不过是访客。结果，这种暗示关系同时也影响着工人的心灵，不仅包括他们在厂期间，还包括离厂之后。

有一次我到宿管办找阿坚，没想到那个只有两张小桌、四把椅子、一个铁柜的逼仄空间，被人群塞得爆满。原来，电子厂每月逢“5”日办理离职手续。那些铁了心要脱开厂子的人，无论男女皆身着便装，身子歪斜，手捏塑料袋，怎么舒服怎么站，浑身懒散，眼神里流露出“谁也甭想再管我”的宣告，和隔壁“新人培训室”里那“多多关照”的低语，完全是两码事。似乎，他们不仅脱下了工装，还摆脱了和工装相连的各类规则。

车间生活浓缩成两个字——纪律。纪律是确保产量稳定性的唯一法宝。纪律让每一项生产计划都得以实施，而每一项生产计划都摇摆在看似根本完不成，但通过各类冲杀令，最终在一场暴风骤雨的侵袭下，顺利完成。

宿舍生活又浓缩成了另外两个字——疲惫。从车间走出的男男女女，形象模糊，眼睛通红。返回宿舍楼，穿过满是胳膊和大腿的长廊，推门进入热气从七八个人身上散发出来的宿舍。每个人都是一个按摩器，正通着电，神经质地吱吱轰响。在高低床的某一张，安放下身躯，努力修复，力图让各零件重新达到均衡，以便能应付第二天的劳作。此时此刻，床格外重要——它预示着休息不再只是自然行为，更裹挟着某种强迫——必须睡觉！必须睡着！睡觉在电子厂是一种具有轻伤害的可怕行为。如果没睡好，第二天也许会被腐烂发酵的空气搞得晕头转向，继而会装错货，会被拉长臭训，会被机器吃掉手指，会被重锤砸掉脚指甲盖。

男工宿舍里有汗腥味，还有浓重的血腥味。原来，工厂里的男人和工厂外完全不同，主要的区别是：工厂里有一个“群”。这些人年龄相仿，同吃同住同玩。几乎所有的男孩都带着暴躁、语焉不详和跃动的孩子气，有着永不驯服的野性活力。男孩们总是身处极端——把自己推向断崖而无后路可退。他们总是那样不可自控，潜藏在血管和骨髓中的怨憎，总让他们要找碴儿大干一场。事毕，每个人的身上都带着一种被重力拉扯的疼痛。而歇息一段时日后，那可怕的冲动因子会再度聚集，剧烈演变，直至，再度爆发。

正因如此，工厂对青年男工的态度极为冷淡。一旦工厂有了足够的女工，就会将那些不驯服的男工辞退。而男工地位远低于女工的处境，也让他们像困在暗黑地窖中找不到逃脱路线的困兽。

二

观看宿舍楼是一回事，进入夜晚的男工宿舍楼是另一回事。

晚上九点半，夜班刚结束，跟着阿坚一级级上台阶，进入男工宿舍，对我而言，不啻是一种挑战——这些宿舍是阿坚随机推开的，事先并无任何安排。我就这样闯入男工的原生态生活，所以第一眼对视——我和对面的男工都瞪大眼睛，心跳加速。

我直愣愣站在门口，感觉屋里的人皆脸廓极深，肤色暗沉，机警多疑，目光深邃。阿坚跟他们说，有个老师来搞调查，让他们照实说就行。之后，他便隐身而去。然而，在男工宿舍的访谈，总让我感到异常不安。

我该怎么描述这种不安呢？那是种非常奇怪、非常诡异的感受。在那个阻绝了自然光源的空间里，所有的访谈对象都像从注塑机里掉出来的产品，稳稳地，一件嵌一件地坐在床沿边，疲色尽露。有时我甚至觉得，对方的话我根本没听见。我实在太慌张了——面对这个袒露无疑的生活现场，面对这些汹涌的男性荷尔蒙分子，我实在无法做到彻底淡然，即便硬着头皮坐下来，也无法安之若素，总被慌张裹挟。

我和这些男孩的父母年龄相当，所以当我听到第一代打工者离开老家，进入城市谋生后，他们的孩子成年后，依旧循着老路进厂打工时，感觉有些难受。他们就像是我的孩子，如今也身心空荡地蜗居在工厂宿舍。

我常惊诧于他们的语言表述——他们总是只陈述事实，而不做任何结论。我总是想追问为什么，但又不得不忍住。我之所以不敢多问，实在是怕伤害了这些男孩敏感而疼痛的内心。事实上，他们当真会流露出些许不快。

我慢慢察觉到，在这些青年男工的内心深处，还有另一个隐秘世界——在那个世界里，他们随时可以退缩进去，而外人真的很难进入。但最初进入宿舍时，我并没有明显地察觉到他们的退缩、排挤、躲闪、隐瞒。事实上，他们只选择他们愿意说得出口的，而更多的内容被埋藏在冰山之下。

其实，工厂宿舍 A303 和别的房间并无太大差别。四张高低床靠墙，中间是窄道，床下画着刺目红线——标准线——鞋子要顺着线放，且要在线之内，多为运动鞋。床上铺凉席，被褥折叠成块，整个房间也无任何散发个人印记的纪念品小玩意儿。每张床都形成了一个抽屉状的狭长空间，除被褥颜色不同外，其他看起来大同小异。这空间最突兀之处，也许是那天花板的吊扇被一个硕大的圆形铁丝网罩着。这个装置实在古怪，我在别处从未见到。何以如此？阿坚向我解释："是为保护睡在高床上的人不被旋转的吊扇伤着。"他扑哧一笑补充道："那铁丝网花了好多钱！比吊扇还贵！"我诧异地问："为啥不装空调？"阿坚继续耐心解释——这是个暂居之地，只能因陋就简。装空调没问题，可工人流动性大，无法将电费平摊下去。而因为吊扇离高床太近，事故频频，那就索性套个罩子。

于是，这古怪的铁丝网，就这样深深迷惑着那些狼狈挤扁在一条小抽屉窄缝中的乡村青年——时时刻刻，那顶部的吊扇都在旋转，将室内空气搅拌得如海啸爆发。而吊扇底下的他，孤零零躺成大字，不能动弹，无法挣扎，更不可逃走，就那么被吊扇吹着。

这个空间并无异味——无论墙体、楼道、宿舍内部，虽设备陈旧，款式普通，却也都干干净净、规规矩矩。流动的凉风从窗户穿堂而过，整个空间并没有霉味，反倒有股洗衣粉的清香。房间尾部的拱形阳台，摆放着湿漉漉的运动鞋：绛红、乳白、宝蓝、黄绿。吊起的袜子则一律纯白。

然而，无论宿舍怎样整洁、干净、规矩，一旦选择住在这里，便意味着没有隐私。什么角落发生了什么事情，这个空间的人都一清二楚。你知道别人的动静，反之亦然。什么都能听到，什么都能看到。就是这样——大家生活在一起，互相分担生命中这一段时光的麻烦和欣喜。

"这里根本没有隐私！"阿坚说道，"除非你不在这里住。"

"难道工厂就不能提供更好的居住环境吗？"听到我的这句话，阿坚的表情变得有些凌厉。

我试着用另一种方式再提问："所有的工人都会选择住宿舍？"他立即摇头："这些宿舍楼建了几十年，结构上没毛病，还能再撑三十年。现在住宿舍的男工多了，但整体人数还是下降了。"也许，这正是我提问的答案。

我们通常所说的家，不仅包含睡觉，更暗含那个空间的私密性——在那里可以沉思、平静，让自己从众人中暂时分离。而在工厂宿舍里无法沉思，更没有一刻安宁，每个人都在自觉或不自觉地打扰着别人。宿舍是个暂居地，类同大街上的人行道。宿舍生活是在开放空间中进行的。这里的一切都是公共的——公共卫生间、公共阳台、公共吊扇。只有合上眼皮进入梦乡，才能彻底进入私密世界。

现在的珠三角地区，虽然大片楼房依旧挂着"大量招收男女普工"的横幅，虽然工厂为工人们准备了大量宿舍，但是进厂打工的人并没有想象的那么多。这一结果，难道和那罩着吊扇的铁丝网没有关联？

现在，那个吊扇在空中咆哮不止，奋力旋转，发出的呼呼声类同机器人的嘶鸣。它奋力搅拌，试图驱走黏稠闷热。它俯瞰着这间屋里的一切，俯瞰着那些休憩状的年轻躯体如何一点点变得苍老。

三

高利民身高约一米七，看起来白皙纤弱，一头黄发，一双分外迷人的眼睛。白T恤，细腿牛仔裤，灰色运动鞋。他胳膊白皙，连嘴唇也泛着白。他的装扮和宿舍完全不配套——像是来做客的，只略略一小坐，即刻要走。而严小强则敦实矮胖，一头罕见的原始黑寸头，粗眉小眼。上身是蔚蓝圆领T恤、湖蓝马甲，下身是藏蓝长裤，彻底一个蓝衣人。他一说一笑，甚为腼腆笨拙，但气质却和宿舍甚为般配。两个男孩都住在下铺，都在褥子上铺了凉席，枕头都早已褪色得看不出原色，被套上都起着一层小毛球。

高利民此前在这家电子厂干过一年插件工，现在第二次进厂，干的是运货的活，负责运送散热片。这种工作无任何技术含量，不过是把产品从A处送往B处。所以，他厌倦谈工作。他说的是普通话，语调轻细平稳，但尾音里却裹着浓浓的河南味。

高利民春节后离家，到达工厂路的第二天，就在美发店里染了黄头发。现在，那满头金黄映衬着他的肤色，让他有点像混血儿。他觉得黄头发是城市的通行证，让他自己从落伍和丑陋中脱身而出。染发时他为掩饰自己的慌张，便问理发师："又有什么时兴的？"话里的"又"极具暗示性，说明他一直关注着美发界的代际更迭。

当他目睹到那个镜中的自己后，倒吸了一口凉气。但显然，这帅气男人比之前那个自己更优雅，更一脸心不在焉，更有城市味。是的，他爱极了这个自己。他凝视"他"的眼神，几乎是同病相怜地看到了一个命运和自己相近的"难友"。

从这之后只要黑颜色一长出来，他便立刻去染。如果发型是严小强那样的黑色小平头，他会感到痛苦得发狂。这个男孩渴望以某种形式显示自己的独特存在。他通过观察电视剧、电影、画报，以及周边的人来获取时尚资讯，再刻意装扮自己，力图从平庸大众中脱颖而出。

那么，他是怎么找到这个厂的？

“庄里有人在这儿干哦。”

庄里？我心尖一颤。所有关于泥土、牲畜、雨雪、庄稼、收割、献祭、庙宇的深意，都暗潜在这个词的内部——庄里。高利民也许来自吴家庄、六里庄、榆树庄……总之，是“庄里”。无论高利民的服饰和发型如何城市化，他归根结底是个中国乡村男孩。

他在无边无际的城市里漂泊，移动在各个不同的工厂区，工作在各个不同的车间里，但其实，他是按照某种轨道在绕圈，他被一种奇怪的魔力掌控。他的运行路线并非没有规律，而是完全可按图索骥，有固定规律。在他生命的底部世界，有个磁场在发射能量——“庄里”。

高利民去年在这家电子厂足足干够了一年。春节后，“原是要跟着亲戚去上海开吊车”，可那边的人已招满了，一时间又没找到合适的活，“一咬牙，就又回来了”。

乡村的春节不仅是亲人团聚，还汇集了各省的打工信息。多数打工者对“经济趋势”之类的大方向一无所知。这些试图在城市寻找工作的人，其实脑袋里像漏电的线路般噼啪作响，根本是一团糟。他们只是从亲戚或老乡处获取相关信息：哪里缺工？出粮（发工资）准时吗？春节后两三周是找工作的最佳时期。错过了，便一整年都不好找。

这次重返电子厂，高利民算是老员工，他对厂里的一切奥秘都相当清楚。他怎能不知那车间里的难受！去年那三百多天的粗糙劳作，早在他内心储存下羞耻的经验，他知道他这样的角色不过是只小蚂蚁，周边是远比他想象的要多得多的财产和大得多的权力，所以……他才想到逃——逃去上海开吊车。而我根本无法想象，他那样白皙纤细的手指能操作方向盘，让沉重的吊车吱嘎转动。而就连这样的工作，都充满竞争。

他其实是被逼无奈，才选择了重返电子厂。但凡能有别的出路——任何与开吊车同等的活——他都会去干。可是，他当真有那么多选择机会吗？一旦进厂，他的生活便被工厂的生产时间表排列分割，每一分每一秒都被厂规盘剥得精光。下班后，已被掏空的身子像骨头架，除了尽快睡觉，根本没有第二个想法。周末休息时，他会试着在附近的几个厂看看招工信息，但却不敢去更远的地方，怕别处还不如这里。他只能苦熬苦等到下一个春节，等到再次返回庄里后，再向老乡打探消息，之后去他们已打工过的地方。若这希望也破灭，便只能再次返回电子厂。

高利民的母亲在东莞常平镇毛织厂打工，工资计件，已干了十几年。父亲在那个厂里当保安。父母都是“70 后”，都是十八岁时出门，属于第一代打工者。每年春节回家一次，父母脸上总泛着“这个烂地方的烂生活真的没法过”的表情。原本他们可以缠绕依偎、相濡以沫在乡村小泥屋中，而他们却选择远行。他们一心想着到远方去挣更多的钱。

高利民和他的哥哥都是留守儿童，跟着爷爷奶奶长大。从他有记忆开始，哥哥的背影就一直在眼前晃悠。其实，哥哥只大他两岁，自己都走不稳，还要拽着他，摔跤时，两人一起摔。他原本以为他和哥哥可怜，可后来发现，村里和他一般大的孩子都是这样野生野长。年纪渐长，他开始跟着爷爷奶奶下地干活，便慢慢理解了父母：种地又辛苦又不来钱，眼瞅着别人家又盖新房又买家具，他们家明晃晃地落在后面。原来，并不是父母愿意远行，而是要想兜里有钱，就得外出打工。

而最后……终于……居然……轮到了哥哥和他必须也外出打工！

奇怪得很，当他走过工厂路，路旁闪过棕榈树、杧果树、荔枝树时，经常有种时空错乱之感，好像走在家乡的土路上。他对父母的原谅，是在外出打工积累了一堆伤痛经验后才觉悟出来的。

“出门的人不是人，是一条狗啊！”此前当他父母诉苦说出门后哪里有什么像样的屋子住，不是窝挤在瓦房里，就是铁皮屋里时，他根本不理解。现在他可以住在工厂宿舍里，已算不错。

“现在打工真的比之前好多了。”他这样咕哝着。

为了给哥哥盖房，他父亲辞工回家。干了十几年又去辞工，谁都知道不划算，但为了孩子的婚事，父亲用力一跺脚，就那么辞工了。盖房花的三十多万，是他父母十几年的全部积蓄。

当时年仅二十岁的哥哥，就在那栋三层小楼中举行了婚礼，嫂子是本村女孩。因未到法定结婚年龄，哥哥嫂子并未领结婚证。但这种仪式庄里人都认。“等到了年龄，再领个证回来就行。”高利民无比清楚地知道自己所置身的乡村世界的规矩，对我解释道，“我们那里都这样。”

说着，他忍不住抱怨：“家家都想生男孩儿，搞得现在女孩儿全是宝。”现在的农村，如果男方家里没有楼房，在娶媳妇的事上根本没有竞争力。父母怕儿子打光棍，便早早相亲，早早办婚事。婚后儿子外出打工时，把媳妇也一起带上。若媳妇有了孩子，再返回老家生育，让返乡的老人照料。

突然，高利民咧嘴一笑，眼睛发光，连面颊也泛出红晕，对我说道：“明年，要盖我的房了……”原来，他要把哥哥的经历重演一遍。

“刚刚花掉了三十万，哪有钱再盖房？！”我想，三十万可不是小数目！

“哦……”他不以为然地回答，“向亲戚借喽！”高利民的年龄摆在这里。家里必须为他也建起一栋小楼，才算有了“泡妞利器”。

房子、儿子、孙子——不管走多远，“庄里”的生活还是被这些乡村古训笼罩。只要是庄里人，便极信任地接受了这个角色扮演，而不管庄外其实已发生了大改变。

我惊诧地问：“为啥非要回庄里结婚？”我以为——在厂里若遇到合适的，便可在打工的城市租房或买房，最终慢慢融入乃至成为这里的市民。而这条路何其艰难！先不说买房贵上学难，单一点便难倒这个男普工——厂里的那些女孩儿怎么会找他？！即便他精于打扮，知道再多品牌，懂得衬衫配皮鞋，也吸引不了女孩。

女孩们远非文学描述中那么诗意，她们有时现实到残酷的程度。其实，女孩们早就懂得了如何彻底改写人生的奥秘所在。女孩的目标人群根本不是他——而总要比他的档次高上一级。最终败下阵来的他，只能返回庄里，找那些相貌平常、家境贫寒的女子为妻。

“找得远，走亲戚都不方便啊！”他认真地对我说道。

高利民初中毕业后便选择了辍学。上高中要交钱，且要住校，且不一定能考上大学，且读完后还要自己找工作……而这明明是一趟无终点的流浪之途。不如从源头就截断吧，趁着还年轻。于是，工厂路都塞满了打工妹、打工仔，他们都刚刚初中毕业，一个个不过十四五岁，都是些稚嫩的雏儿。于是，餐厅服务员、保安、送快递的小哥、洗脚妹、保姆、酒店门童，晃动在整个城市的缝隙间。

他设想自己未来要“学门技术”，好像“技术”是一种神术，能将他从臃肿的现实中提拔而出，飞升起来。然而，他却不知道那技术是什么？总之，技术就是技术。当他还没有掌握技术之时，好在，尚有个坚实之地在等待着他——“庄里”。而如果高利民的孩子出生在城市，继续像他一样漂泊，便会连“庄里”这样的象征物都不复存在。

严小强兄妹三人：哥哥已结婚，妹妹在上重点高中。哥哥嫂子也在常平镇毛织厂——哥哥是电工，嫂子是车工。哥哥在老家镇里买了商品房，加上装修，花了四十万。现在，那房里住着他父母，在帮哥嫂带两个孩子。父母开了个小商店，能维持基本生活，且有盈余。去年，父母在村里盖起一栋二层楼，耗资三十万，据说是为他结婚用。严小强兄弟两座房子共花费七十万——是父母和哥嫂四人近二十年攒下的血汗钱。

严小强外出打工已六年。此前他在东莞石碣镇的电子厂工作，春节时在老家和老乡聊天，听说樟木头电子厂工资高，便转战到这里。他告诉我：“还是回老家找，靠亲戚朋友介绍。”原来，这种口口相传的方式，从 20 世纪 80 年代初至今，一直是乡村打工族信息交流的主要方式。即便现在的年轻人不会像父母辈去人才交流市场拥挤，可在网络搜索，到中介公司咨询，但靠老乡或亲戚介绍工作，依旧是最常见、最有效的办法。好像所有打工的人都是一个大家族的各类亲戚，总能碰到长辈或熟人，总有人在合适的时间来点拨你。他们一字一句地讲述经验，僵硬而欠幽默地道出详情。故事总是这样——他堂哥或表叔，她大姨或婶子，在春节那慌乱的气氛里说了那么一个地名后，便让他或她春节后匆匆上了火车或汽车，奔赴那个地方。

严小强到达樟木头后惊诧发现，电子厂周围的小贩，几乎全是他的老乡——河南周口地区的人。开黑车、卖鸡蛋饼、卖水果、开小店的，百分之九十都是他的老乡。有时下夜班到厂门口消夜，在迷离的路灯下，他会恍惚感觉回到村头田埂边。

但严小强还是后悔了——此前工作的电子厂每月收入三千七百块，而“这里才三千两百块”，更重要的是，“那边干活轻松，不站”。和少爷气浓重的高利民不同，严小强是个典型的乡村男孩，给人感觉老实、拘谨、质朴。肩膀不算宽，五官平淡，小眼厚唇，看着就让人踏实。他并不娇气，也不是没吃过苦，但他说“不站”时，声调里有种古怪的颤抖。他接着说：“刚开始脚肿腿肿……能坚持两个星期就好了！可老这样，也不是个事！站久了，人累得发疯……”他描述的自己像困在黑暗中。

那一刻，严小强定定地看着我。

我知道，即便用世上最先进的测谎仪，也能测出他没有撒谎。他是个典型的漂泊异乡离家千里的可怜青年。他体内的精血正在被慢慢地吸干。有一个看不见的机器在运转，冷静而理智地将他的人类意志一点点拆卸、切割、压缩。

我不禁感到后怕——如若连这个敦实、健壮、憨厚的男子都无法忍受“站立式”，那年龄再大些的人，将怎样忍耐呢？

站着干活比坐着有效率——这是工厂通过各种实验总结出的经验。对此，也有急躁坏脾气的工人免不了抗议：“坐着也能干活啊！”“说不定还能干得更好！”而这时，工厂管理者抬起细长眼皮，向那人射去一道细小尖锐的目光——“哦，哪里有又轻松，又舒适，工资又高的工作？做梦吧！”然后，管理者在嘴角轻轻拉出一个意味深长的笑容。

那些不能忍受“站立式”的人将成为工厂的故障品，被清除出去。当他们离开后，体内压缩进关于“站”的种种回忆。夜深人静之际，那些高压式自我训练的时光浮游而出，难免会让熟睡的身体摆出各类古怪姿势——好像，都在尽力地站着。

严小强叹了口气，说幸亏自己早有准备，“进厂时，只签了半年合同”。这个男孩，并非偷奸耍滑之辈，他当然喜欢稳定，当然希望能将一份工作踏实地干下去，但“站立式”却逼迫着他另寻他路。

高利民和严小强从外形上看，差异极大。我原本以为像高利民那样白肤黄发精瘦的男孩会一连串抱怨工作累，可自始至终，他都没谈一个“站”字；而和严小强的全部话题，都紧紧围绕着“站”。原来，忍耐力和外貌是这样不成正比；或许，高利民也恨透了“站”，只是他没办法，只好咬着牙忍耐；而严小强更活泛，可通过广阔的老乡网，在庞大的信息海洋里奋力打捞，一旦握住救命稻草，便纵身一跃，逃脱苦海。

外出打工其实没有什么经验可以传授。每一个打工者都有一堆辛酸史，可他们却无法将那些经验压缩到一个 U 盘中，交给后来者。无论怎样的蛮荒经历，也只有自己亲身经历了，才能了解。譬如樟木头镇工厂路的这家电子厂，外表朴素内敛，墙上贴着厂规，看不出和别的厂有太大不同。但是领了工衣、工鞋和工帽，进入新人培训室后，会赫然发现，在这个敞开的空间，除两排一米高的长条桌外，没有凳子。

这里什么都有——空调、电子屏幕、广告画、白炽灯、电风扇；只是——没有凳子。

一眼望去，这是一片由双腿构成的丛林——左腿向前，右腿靠后，身体弯曲，胸膛靠近桌面，右手做着记录。在这里，无论学习时间多久，学习内容如何，都要站着完成。

干了几天便自行离开的那些人，总是很奇怪自己开始的想法——不就是站吗！以为能扛得住“站”的人，开始觉得自己实在太小儿科。哪怕已经干了三天五天，也要走，坚决要走！因为实在难受。

徐富民是广东普宁人，一脸热带橄榄色，眼睛嵌在面孔上显得特别小，似睁非睁，粗腿圆肚，笨笨的样子看起来温驯憨良。饭堂里人潮如蚁，挤来挤去，他吃得飞快，顷刻间便吃完饭，走出大门。

被阿坚喊到宿管办公室后，他即刻炸开：“啊！这里怎么没空调？！”难怪他嚷嚷——他已热得满头大汗。

阿坚笑眯眯地瞪他：“有风扇还不够啊？”徐富民抱怨：“没空调……怎么过日子啊？！”

徐富民虽也是初中毕业外出打工，但却和高利民、严小强完全不同——广东省外的人要坐汽车、火车，辗转两三日才到达岭南，而徐富民从老家至樟木头，只需五个小时。这种近距离，给了他强烈的优越感——他并没有连根拔起，而只是平行挪移。他这棵树的根尚完好无损地扎在土里。他无须像北方男孩，为陡然出现的炎热潮闷所惊骇，对浓绿芭蕉树能扩张到三楼窗户而瞠目，对无辣饭菜直皱眉头，四处寻找老乡努力营造人多势众的状态……

对徐富民来说，外出打工并没有让生活有太大改变，他还是原来的他，还是那个习惯了炎热、雨季、凉茶、热带植物的他。去年，他在樟木头的另一家电子厂做工，因清明节要回家祭祖，便辞了工。

“什么？为祭祖辞工？”我诧异地叫道。

徐富民抬头皱眉看我，一脸“此人非我族类”的冷淡排斥表情。

还是阿坚有眼色，赶紧接过话：“唉，现在是什么年代！工人不愁没工做，倒是工厂愁没人来做！”徐富民根本不屑解释祭祖这件事的重要性。

现在，徐富民刚进这家电子厂，还处在新人培训阶段。阿坚看了他一眼，贼笑起来，几乎是挑衅地询问：“哪个厂更好？”

徐富民胖乎乎的脸上浮出笑容：“无所谓啊，哪里都一样啊。”但是，单凭上了三天培训课，他又生出感慨：“不过，好像这边更严肃哦！”

“严肃”？他用的词是“严肃”？

阿坚追问：“那你，干吗不回那边去？”

他扑哧笑了：“不去！不去！”说话时，他用力摆手。

“是不是，嗯，干坏事了？！”

听到阿坚这句话，徐富民直摇头：“那边男工多，老太婆多，不好玩哦。”

“什么？老太婆？！”我听完不由得瞪大眼。

突然，徐富民的目光朝我盯来，陡然间变得“严肃”——我没穿工装，两眼茫然，浑身散发着和电子厂迥异的气味。

阿坚看我们互相瞪眼，不觉高声朗笑着说："什么老太婆！不过是干了十年二十年的女工，最多也就四十岁吧。"

原来，在徐富民心中，凡二十五岁以上的女人，一律都是——老太婆！怪不得他要那样看我——我分明已是老太婆！

阿坚盯视徐富民："你说，到底赚钱重要还是好玩重要？"对方一副无辜样子，下巴微妙一歪，坦言："都重要啦！"别人外出打工为钱，而他为好玩，为打发时间，为等待机会，所以他一点也不发慌，更谈不上怨憎。他和严小强一样，只和电子厂签了半年合同。他打算做完后，"和表哥去学做生意"。

这回答像触动了阿坚的心思，他神态惘然，一时愣怔，但又片刻恢复原状，回头向我解释："他们那边的人，都喜欢做生意哦……"不知为何，我总觉阿坚对徐富民要比对高利民和严小强更和善。即便在这种乱糟糟无章法的饶舌对话里，也能感觉到阿坚那深藏的宽容。我揣测阿坚自己都恨不得即刻离开宿管办，跟着一个"会做生意的表哥"，直接进入"另一个新世界"。

而徐富民大大方方地接受着"被羡慕"。他就那样咧着大嘴，嘿嘿直笑，迈着狗熊步伐，赫然离场。那具身躯里好像没心没肺，所以才那样不急不慌。

徐富民无须着急挣钱，外出打工是为度过空闲时段。吃饭，点八元菜不眨眼；买鞋，花五六百块钱不心疼；看女工，目光海阔天空，希望能捕获到更年轻、更漂亮的；若能搭讪，最好不过；继而迎娶，当然也好；即便没机会拍拖（谈恋爱），看看也能养眼。在他的身上，没有紧张叛逆，也没有生存压力，他随遇而安，全盘接受了现实中的一切。

哦，除了，除了那些——"老太婆"。

四

无论男工如何自我描述，其实都和宿管心中的形象相去甚远。

譬如高利民，自我感觉良好，懂得将事情的真相隐蔽编造一番；到了阿坚这里，即刻被还原成典型的捣蛋鬼——赌博、抽烟、滑冰、撒谎、说大话，样样有份。

阿坚咧着大嘴笑："高利民是个奇葩。"高利民的头发染得金黄，衣着格外夸张，运动鞋穿得久了，懒得洗，丢到一边，再买新的，根本不懂节俭。甚而，还买来小音响，藏在枕头下偷听。最令人发指的，是随意使用别人的东西——毛巾、洗发水、洗衣粉。用完了，还催人家快去买——"我和你关系好，用点你的东西算什么？等我有钱了，买回来，你也可以用。"作为宿管，阿坚有一双悬浮于半空的眼睛，一眼看穿高利民是难得一见的奇葩。

新人培训时，高利民头昏脑涨，什么 ISO，什么 QC，没一个词语他能晓得来源，只是死记硬背。到车间干活时像拉磨的驴，两眼蒙住，兜着一个地方转，根本不晓得磨了些什么。他没受过穷，心智还滞留在少年状态，认为别人和他想的一样，根本不晓得别人讨厌他。

我一直记得高利民的手。他的皮肤本来就比一般人白皙，可那双手还是让我吃了一惊——指甲尖细细的、亮晶晶的，指甲盖像杏仁。这样的手应该长在女人身上：关节太瘦，手指太长，线条欠柔和。而当它属于男人时，有股古怪的刺目感，好像它不是用来劳作的，而是准备休闲的。主人慢慢受到手的感染，越来越不喜欢劳动，一钱不省，吃饭穿衣样样考究，每日生活在戏台，要装扮好了才上场。至于未来，留到第二天再想吧。

阿坚对男工们都有种遮掩不住的厌弃。理解他们，不，哪怕是面对面以平和口气和他们说话，对阿坚来说，都何其困难。更多的时候，他如天空中盘旋的猎鹰，一下子降落到宿舍草坪，面对那些不听话的家伙，奋力举起利爪。

劳务公司阿彪和男工的关系，却不似这般非黑即白。当然，他也会让自己刻意地疏远和冷淡男工。他讥讽那些“90后”男孩是“一脚踏出了家门，不管家里人吃人”。看我像被突兀的动作打断呼吸的完整性，定格住，他浅浅一笑。他说男孩们一旦离家，便像鸵鸟般把脸扎进沙堆，之后的事一概不管。

这些落叶般簇拥的人群，一到夜晚便如鬼魅流窜，两眼炯炯精光地上演一出出烂舞台剧。白天在无情的集体生活中，夜里便要给自己找抚慰品，归纳起来总不外乎泡妞、抽烟、喝酒、喝饮料、上网、打台球之类。

情场每每失意的原因，不是没有女人，而是女人身边的男人太多，让女人那柔弱的形体变成了增殖膨胀的异形，可望而不可即。他要怎么才能融入女人们的“群”？进入她们的“姊妹淘”？推开那扇门，听她们交换秘密话语？她们总是晃动在街角的拐弯，以背影或侧面闪过，然后，就淹没在雄性海洋的包围中，根本没有任何罅隙。

所以，在工厂试图勾引一个女孩简直就是做梦。

于是，男孩们便互相寻找同乡，喝酒、吃大排档、打游戏、打台球，或者干脆——打群架。而下半场全是上半场争夺异性大战失利后的衍生品。暗夜时分，这些又穷又没有明天，挣扎着一个工作换一个工作总是从普工做起的边缘人群，汇聚成一股强大的气息，不安定地浮游在工厂路。

厂内小店的香烟，原来五元的卖得最快，后来变成十元的卖得最快。饮料的销售额巨大，陡然间，一个个空荡荡的瓶子被丢进垃圾桶。对此，我感到不解——何以男工拿饮料当水喝?

阿彪淡淡地回答："嗨，他们觉得能解渴，便拼命往肚里灌，哪能想那么多？"喝饮料像按一次抽水马桶，能让体内的躁郁得到适度纾解。虽然这很荒谬，可下班后工厂路最常见的姿势，便是男工举头喝饮料。

对一进厂就琢磨着怎么离开的男工，阿彪撇嘴道："哪里的工厂都一样！"他说，有些人离开电子厂时，赌咒发誓说再也不回来！可过了半年，又来了；还有些劳务公司介绍来的人，点名要进电子厂，说不怕站，只要工资按时发。

无论高利民、严小强和徐富民在外貌、家世及性情上有多大差异，所有进入工厂的人都具有相似性：都是在被迫状态下进行的妥协选择。他们都知道这是暂时行为，总是要走的，但在找好下家之前，暂且蜗居于此。

下班时，在厂门口组成的脊背波浪，像浮动的地平线，繁密到难以概括，根本无法辨析出单独个体；而车间永不停歇地传来发动机的轰鸣声，白炽灯洒下刀刃般的辉光。而一切，就这样顽强地存在着。

第五章　午餐插曲

午餐插曲从上午十一点到下午两点上演，让我目睹到一系列荒诞而真实的场景。

一

上午十一点，我走出电子厂大门时，阿杰在大哭。这个六岁半男孩，穿红色长袖T恤，发出尖锐粗野的嗷嗷声。他用手去扯母亲的衬衫下摆，而母亲试图弯腰低头，钻进她家的小轿车，嘴里不断厉声斥责："不行……不行……"

阿杰的父亲只威严看着路面，双手扶着方向盘，对儿子的发癫行为不闻不问。弟弟阿林，瞪着圆圆黑眼，坐在钢丝床边，愣怔注目。

天天守着这条街，守着这个厂门口，六岁半男孩被外界强烈吸引，而试图摆脱现在的困境。他比弟弟更敏感，也就更痛苦。那孩子大口地呼吸着饱含工业粉尘的空气，面部扭曲呜咽起伏。孩子急了，试图将脑袋钻入车厢。车然而，那黑乎乎的脑袋，转瞬就被粗暴地推搡出来。

孩子完全暴露在街道上，和车上的父母有了一定距离。

邻居们被哭声吸引，不时抬头，瞥两眼，但手底下依旧忙碌着。没有人放下手中的活计来拉扯住孩子，劝慰他，再假意胁迫父母给予孩子某种承诺。父母要出门，不愿带上累赘的孩子——这原本是件简单的事，但出现在电子厂门口，便变得格外刺目。

母亲急了，光天化日之下，挥掌开揍。

这一刻的尖锐真相是，这里既不是花园小区，被绿树鲜花掩映，人们的脾气似乎更温和；也不是古老乡村，炊烟老牛田埂，总让邻里间有种你来我往的亲密；更不是单位家属楼，每一户都心知肚明，成年累月，积下肥厚的相处经验，总要在任何时候，都要维护“我们院”的公共形象。不，这里不属于这些性质明确、人群固定的街区村舍，这里只是临时会聚了一群人。

在工厂路，人和人的关系貌似粘连成片，但其内里又有巨大的缝隙。

在那种生于斯、死于斯的乡土社会中，每个孩子都是人家看着长大的，在孩子眼里周围的人也是从小就看惯的。而在工厂路，某种沟通的桥梁断裂了。阿杰、阿林在内的这一户从河南迁徙而来的家庭，貌似人口众多，却依旧只是单独的一户。他们没有真正意义上的邻居，而是失魂落魄的异乡人，深陷于隔绝孤立状。所以，孩子和母亲的纠缠，像一出发生在舞台上的话剧，无论表演得多么悲惨，都无法引起观众的痛感。

一个我从未见过的男子闪出：黝黑、敦实，粗大胳膊夹着个婴儿，另一只手举着伞——我揣测他应是阿杰的叔叔。他从裤兜里掏出一块钱，举着，对孩子喊，希望他能平静。而奶奶——花白稀疏头发、三角眼、满脸阴郁的奶奶，扯开嗓门，用反复唠叨着将孩子捆绑住，坐在小床边，浑身颤抖。弟弟擦干鼻涕，瞪大眼珠，定定瞅着阿杰，默不作声。

河南大家庭的午餐正式开始。做饭的是二儿媳妇。她让我惊诧：即便她穿的深蓝长袖T恤宽松，可依旧无法掩饰她的壮硕腰肢。她从电饭煲里挖出米饭，用筷子在大盆菜里啄几下，塞给阿杰。阿林坐在床沿边，吃着奶奶喂来的饭时，眼神依旧同情着哥哥。爷爷并不一起吃饭，而是从二儿子手中接过婴儿，站在冰柜前驻守。

端着碗而不愿举起筷子的阿杰，异常寂寞。在强光曝照的街面演出后，他像把所有的激情耗尽，变成一尊木呆呆的雕塑。

目睹这一番混乱后我急需换种环境，便在廖老板的“行动酷饮”店里坐定，要了杯特色咖啡。

机器轰隆，香味弥漫，令这个逼仄空间充满现代风格。好像那高脚凳便是拱门或走廊，通向内里的前厅、镜厅、花园，可看到另一个艺术世界。可惜，这样磨制的咖啡，最终却装在了纸杯中，插上吸管——这是为适应工人们拿了饮料就走的习惯。但我却不想走，一口口啜饮着，和廖老板聊天。

坐在红色转椅里，被各种写着水蜜桃、荔枝、杧果、西瓜的塑料大罐簇拥，一张小茶台上摆放着壶和杯，廖老板的公共生活和私人生活间，有着某种迥异的风格——他不喝西式的饮料咖啡，而是中式的茶。这个小资情调很浓的中年男人，操一口文艺腔，对我说：“他们说我的咖啡没速溶咖啡好！”他对“他们”的品位，几乎怀有某种仇恨。他愤怒，声音变得低沉：“可是，有什么办法呢？这些只喝过速溶咖啡的人！在工厂路，我的咖啡是第一！”穿上工装之前，这些人散居在中国村庄的各个皱褶中，在他们的身上，浸染着浓重的乡土痕迹。外出打工，下班后踱步到小店，选择喝咖啡，只是为了向同宿舍的人炫耀——“我喝过咖啡啦”。

在工厂路，几乎所有的小店门口都被方便筷、纸巾、饭盒簇拥，混乱污浊，而只有廖老板的这家小店，干干净净，散发着香味。他摆出证据：“我的咖啡豆选料精细，是公司自己烘焙的。”可是，当我问起原产地是不是荷兰时，他又有些语塞，“公司不告诉我们原产地。”他强调，“是公司自己选豆，自己做，再批发给我们。”有些香港老板喝过这里的咖啡后，又来喝第二次；他们说，在工厂路附近市场有个咖啡店，用的是三万元的咖啡机，但味道还不如这里。于是，廖老板得意起来。他的咖啡机才一万元，但咖啡的味道“不仅要有好机器，还要会用，以及原料好”；最重要的是，“要懂咖啡”。

廖老板说自己“做这行已二十几年”，没考虑过加盟连锁店。我像煞有介事装懂行：“哦，加盟费很高吧？”他不屑一顾：“不是钱的问题。对咖啡，我懂得比他们还多，不需要他们指导。我只需要他们的原料。”这个中年男人的理想是，通过做一家小店开始，慢慢扩大，形成自己的连锁店。

无论廖老板说什么，我都点头；无论深焙、浅焙、生焙的界限在哪里，无论怎样的机型能烘焙出怎样程度的咖啡，在我看来，都问题不大。我只是喜欢听和咖啡有关的话题。

廖老板的“行动酷饮”虽然小，但生命力极顽强，在这个路口已挺立七年。很多人换了工作到别处，再次返回工厂路找老乡时，大多会回到小店，喝上一杯。他们对着廖老板大喊：“老板，我们想你啦！”七年间，廖老板和顾客间建立起的不仅是消费关系，更有神秘的情感联系。工人加班后在这里喝饮料、聊天、拍拖（谈恋爱），并不避讳他。

只要往高脚凳上一坐，便能将低等而粗糙的生活暂时放下，体验高尚典雅的浪漫情怀。好像只要一端起杯子，灵魂里某些灰稠的黏液，便被一次性排泄掉。

这时候来了五个女工，叽叽喳喳，要这种冰、那种豆，还有一个，要冰沙，熟门熟路。她们聚在一起，所说的不过是些浮面上的话，但我却能感受到一种深深的愉快。她们的脸被阳光照耀，反射出光芒，让五官显得特别清晰。她们只有二十岁出头，无论牛仔裤或黑短裙，都遮不住那青春的敞亮。

廖老板舀出各种原料，通过摇晃或打磨，制成某种液体，再打开冰柜，添上各种辅料，最终，将杯子放在机器上，盖上一层膜，插入吸管，套上塑料袋。只有那个选择冰沙的女孩，举着杯子，高高的山峰耸立，还缀着些小颗粒。大家拥过去，用勺子将山挖平了，嬉笑着说好吃。

钱是一个瘦女孩付的：三十元。有个胖女孩，还专门给自己的“老公”带了一杯。胖女孩惊诧：“哎呀，你都付了？”瘦女孩点点头。胖女孩于是说道：“那明天我请你们啦。”她们急着赶回去上下午班。

我惊诧地询问胖女孩：上班通过安检口时，有保安和机器的双重检查，怎么能把这么显眼的食物带进车间？

胖女孩笑着对我说：“可以带进去的。”

在如此简陋的小店，如此尘土飞扬的空间，阿梅从天而降——黑长发，黑T恤，白短裤，一张小巧的白脸，睫毛低垂，带着股逼人的冷艳。她才二十五岁，但已积攒了足够多的打工经验。她原本在苏州干，是前两年才来樟木头的。阿梅说在苏州的日子“一点都不自由”，像生活在世界边缘，会随时跌倒下去。她说，在苏州时，“一整天都在厂里”，清晨五点起床进厂，从清晨七点开工至晚上七点收工后，才能出厂。“真的很别扭。”不是工作强度，不是工资收入，而是难以言说的不爽——上厕所要带离位证；时刻被别人盯视；出现不良品被组长骂；犯点小错误便会被罚款。人人都盼着下班，到外面去透透气，否则要被憋死。

但老板买断了工人除睡觉外的所有时间——十四小时。阿梅慢慢明白，老板根本不在乎发给工人的薪水，只需工人一直待在厂里，有活就干，没活可以聊天、玩手机，但就是不能离开车间。

日复一日的困守让阿梅困惑，不知自己该干什么，没有方向，一夜一夜睡不着，内心充满怨念。时间长了，她居然非常厌恶自己的性别。她把头发剪短，下班也穿着工装，刻意养成走路弯腰低头的习惯。然而，她越是努力，她那开花的身体越是坚持要胜过她的伪装。有一次，她照镜子，被自己释放的魅力吓得魂不附体：短发簇拥的脸孔熠熠生辉，显露着压抑不住的性感。她的肉体越有魅力，她就越尴尬，总感觉哪里不对劲，感觉自己应有更好的选择，去医院咨询了心理医生后，她毅然辞职。

二

路过“美味麻辣烫”，我驻足，朝老板小肖望去。他原本是电子厂员工，前后干过四年半——在资材部当仓库管理员，又到实装部干作业员，后来辞职搞麻辣烫。先在深圳的工厂区，第二年又搬回樟木头电子厂。

小肖说话也是一派书生腔："舍近求远不划算！无限风光在近处！"和在厂内当员工比，"厂外自由，赚钱更多，但身体和精神都更累"。厂里最后一班人凌晨十二点十分下班，所以，小肖的摊子要凌晨一点才收工。

午饭时，采购、洗涤等前期工作已完成，小肖往竹签上穿豆腐皮，另一个女人穿香菜，三岁小男孩坐在小凳上吃饭。

我问女人："儿子几岁了？"她扑哧一笑："那是孙子！"她抬起脸，依旧让我无法相信她是奶奶——皮肤白皙，眉眼秀气，除了额头上有隐隐细纹，整个脸庞并不显老，唯一泄密的是束在脑后的头发中有缕缕白丝。

她指了指小肖："那是儿子！"小肖面露尴尬，将秀气的尖下巴朝内收缩着。他如此的长相和气质，完全是个读书人，可却套着围裙，在遮阳棚下穿豆腐皮。他那年轻的母亲，丝毫没有感觉到儿子的难堪，反而落落大方地笑，说儿媳妇在电子厂上班，她帮儿子一起摆摊。

小男孩的饭盒里是一堆炒粉和两个包子。我让他给我一个包子，他瞪眼："我的！"但在我夸赞他"长得好看""这么会用筷子"后，他又大方起来，将装包子的塑料袋拎起来，对我说道："你吃一个吧！"看我摆手，笑得更欢。

孩子一边和我说话，一边朝他那年轻的父亲望去，像小猫瞪着小圆眼，一下一下看主人，传达着对主人的绝对信任。父亲嘴角浅笑，手指忙碌，并不拿眼神回望他。小肖的外表看着年轻，但那一把把木头签子，已把他消磨得暮气沉沉。

三岁小儿往嘴里放包子时，里面的肉馅滚到地上，于是他用筷子拨拉炒粉里的鸡蛋，试图塞入面团，组合成新的包子。见他拨了几次都没成功，我便帮他夹了进去。他大口大口地啃起来，还用右手接着下巴，预备着将掉下来的碎屑塞入嘴巴。孩子吃得嘴唇红润，满脸严肃，怎么看都好看。

突然，地上多了条黑影。一抬头，棚下多了个穿工衣的大脸女人，眼神如带毛刺的钩子，直愣愣甩来，充满惊诧——麻辣烫的配料尚在准备中，这顾客来得也太早了！

正忙碌的奶奶替我解了围：“哎哟，妈妈下班喽！”做妈妈的可是凡人肉胎，猛然看到陌生女人闯入，怎么会放过，那眼神刀一样划过来，让我顿觉尴尬，一下子从凳子上站起，慌乱解释：“你儿子好聪明。”接着，我又识相地补了句“我昨天来吃过，以为中午也有……”走出摊子三四步，又心虚地回头补充道：“我晚上再来……”那张宽幅黑脸终于浮现出和解笑意。

老孙头发灰白，脊背微驼，灰线衣，灰长裤，这个灰老头，脸和手比脖颈还要黑，像被火烧焦了似的。小苏矮老孙一头，粉色T恤，姜黄西裤，棕皮鞋，双眼皮里包裹着两颗瞳仁，大而无神。两人一前一后，在电子厂大门口转悠，既不像求职者那般焦急，也不像有工作者那般笃定，而是怀揣惊诧，四面寻找好玩与新奇。

两人在犹豫怎么吃午饭。小苏倾向重庆小炒，而老孙一个劲儿地说：“回去嘛，回去嘛，在外面吃，是要掏钞票的呢……”于是，他们便停留在厂门口。

看我也站在厂门口不动，老孙两眼放光，凑来搭讪：“找工作啊？”我慌忙支吾回应：“嗯，嗯。”

“你从哪里来？”

“新疆。”

“那么远！新疆是要下雪的哦！”老孙的眼神闪着贼光；而小苏的眼神迟钝乏力、散乱瘫痪。起初，我猜他俩是父子，但即刻便否定了：从体型到气质，他俩都相距甚远。老孙像个老赖子，而小苏是个雏儿。

老孙追问：“你老公呢？”

面对这种单刀直入的提问，我混乱中仓皇抵挡：“哦，在外地……”

老孙像矿工探到了宝藏，越发来劲：“你孩子多大了？”

我像后背被推搡了一把，不由自主地向前跨去，听到自己说出了一个数字，像小旦用假嗓子背台词。这种声道令我警醒——我和灰老头的关系，已发生了异变。现在，他占据绝对主动地位。他上下打量着我，揣测我的年龄，计算我的婚史，判断我的收入，估摸我的处境。

我马上反问：“你俩是父子吗？”两人都为我这个判断而惊诧，互相摆手说不，又找出各种理由，呈现他们来自不同习性的族群。老孙比小苏有经验——无论是乡村生活或打工生活。老孙已六十多岁，因我对他的关注，他变得滔滔不绝。

原来九年前，老孙离开重庆郊区到江苏打工，那是他两个儿子打工的地方。他形容那里的工作比广东更自由。话匣子打开，他启动如簧之舌——工资按天计算，没有周末；如果累了，不去打卡就可以；如果要走，老板马上结算工钱，不会拖欠；每天工作十三小时，一个月有四千块。“天气比这冷，冬天会下雪，要穿棉袄的哦！”前两年，他的两个儿子转战到虎门一家服装厂当电工，他老伴带着两个孙子回老家上学，而他在樟木头找到了保安的工作，和原来挣得差不多。

我盯视老孙——这个年过六旬的灰老头，竟是保安？！

小苏终于找到反讽老孙的机会："他一个月才两千多块钱。"老孙喜欢显摆，试图让我认识到他是个有力量的男人——"他们那些小年轻，干活还比不过我……"也许，这是真的。然而，他毕竟已经六十多岁了，头发灰白，居然还能找到工作？

"年轻人才不喜欢当保安！"小苏说起话仿佛有着一种古怪的刻薄，"那样的工作，只有他才会干！"

老孙、小苏和我，原本只是在各自的时间段过各自的生活，现在，时空倒错，令我们会聚于正午的工厂路。这种站在马路边的交谈，因时常有惊人发现而语气热烈，并伴有哈哈大笑。这样直愣愣地探听别人的隐私，让大家都品尝到破坏公众生活和私人生活界限的愉快。

老孙在谈话时，间或插上一句："回去嘛，回去嘛！"而小苏总是不断眺望小炒店，一动不动。

老孙说到兴头，盛邀我去他当保安的厂看看："走嘛！走嘛！很近的！"看得出来，这灰老头实在寂寞。然而，他对我的态度越亲昵，越让我不安。但我还是抵挡不住好奇，跟在了他的身后。

离开工厂路，离开樟深路口，每向前一步，我便犹豫着是否要后退一步。我想我是疯了！在一个并不属于自己的街区，跟着两个陌生男人，到他们所说的"那个厂"去，这个行为在此时、此刻、此地，是冒险的。

路过一片五六层高的农民房，向北行一百米，从路口进入小竹街，尽头是个电子伸缩门。这个厂和其他小厂并无差别：一幢三层楼厂房，顶部撑起门头招牌，对面是宿舍楼，仓库中堆满货，厨房里正在炒菜，有人在洗车。院子中央，用铁丝网围起一个大花圃，栽种着大小上百棵树。这歪歪扭扭的树木消解了工厂的铁锈味，让这里变得像个植物园。但老孙并不知道那是什么树，只敷衍地告诉我——“那是老板的树”。“老板”二字被舌尖推送，无限温柔。

这个厂虽小，但看起来相当正规，甚至可称得上典雅整洁。楼房外墙是统一绛红色瓷砖，宿舍楼的窗户上安装着铁栅栏，院子里铺着水泥地坪。奇怪的是，在工厂大门和仓库间的拐角，两丛金橘的中间，有个绛紫供台，上下两层，供奉着排位，摆着苹果。

自从进入这个厂后，老孙收敛起放肆戏谑，变得谨慎规矩。他被一群中年妇女围拢，他向她们这样介绍我：“是她跟着我来的，我也没办法……她说她要找工作……”直到现在我才明白，他比我想象中的更复杂。现在，他皱起眉头，满脸狡猾世故，仿佛我是个觊觎工厂的可疑人。

正如我之前担心的——我根本不该来这儿。我的出现像是入侵——我的T恤衫、牛仔裤，在镇中心还说得过去，在超市和花园小区也不会引人注目，可往这小厂一站，就显得太过文雅。不悦感缠绕在我的心头，于是我甩下老孙，自顾自地绕着厂房转。

广告牌上贴着A4复印纸，正在招聘——保安数名：限男性，有一年保安经验者优先，工资面议。工厂招聘保安的条件，并不标注出工资和加班费，而只说“工资面议”；于是，两千多的工资只能招来六十岁的灰老头。即便老孙反复强调自己的身体多么强壮，可一旦发生危险，我难以想象这位满头灰发的老人怎样去灭火、去救护。

当我掏出手机对着广告拍照时，中年妇女们尖叫起来："哎呀，她拍照哦！"老孙讪讪走来，他看起来底气不足，满脸堆着尴尬的笑容，语气游移："厂里是不能拍照的哦！"

这时，解困的稻草出现——有人招呼："开饭喽！开饭喽！"于是，我走向大门口，礼貌地朝灰老头挥挥手："再见。"虽然离老孙的距离那样远，我还是听到他如释重负地叹息了一声。

这个厂对面是一片废弃荒地，长着亮晶晶的杂草。半米高草茎多于叶片，黄绿棕褐，内里夹杂着指头肚大的小白花。这片草滩被晒得暖烘烘，散发着一股热气。草滩对面是幢六层楼。从排排小窗可知，应该是工厂宿舍楼。一件件吊挂的衣衫，挤挤挨挨。

小竹街是工厂路的缩小版——工厂规模更小。从这个厂的宿舍，能望到那个厂的车间。稀疏的榕树上，挂满"吊车叉车""移印丝印"的小牌子。街边广告栏中的招聘启事，虽用塑料薄膜盖住，但仍被雨淋湿，字迹模糊。而无论工厂怎样许诺，所招揽到的工人数量，总和自己的预期有差距。

于是，那些被淋湿的启事，便一直贴在那里，像一句句连续不断的呼唤：缺工、缺工、缺工。

小竹街往来的人们衣衫皱巴，神情倦怠，熟稔地打着招呼——"你怎么不睡觉呢？""平时想睡得要死，现在有时间睡，却又在街上逛！"工人总是试图通过睡眠来补偿自己，然而在车间工作时，长期处于紧张、冷漠和僵硬中，让身体松弛下来，会像急刹车的火车，顺着轨道向前溜一阵。两个女工，黑长发，穿着牛仔裤、宽松T恤，半蹲在厂门口，胳膊肘架在膝头聊天。她们的皮肤一模一样黝黑，神情一模一样呆滞。她们就那样，在“五金制品有限公司”的电子伸缩门前。

路旁便利店是通常所见的那种小店，卖各种吃食日用品，价格比大超市略贵。店门口支起一张塑料桌，前后连带两条塑料凳，顶部撑起一把太阳伞，满地散落着瓜子皮、花生壳。女店主胖得滚圆，上身黑圆领罩衫，下身黑紧身裤，整个像一个黑色汽油桶，威严移动，手脚忙碌。

来了个穿黄格衫的女子，五十岁左右，扑通一下，坐在我身旁，粗着嗓门开始打电话。这电话让我不知所措：是立即走，还是继续坐？因那字字句句都和我的耳膜离得太近，听得异常清楚——“你又去煮饭啊，你能煮什么？”“你个没用的东西，你真是没用啊！”“你就这么好说话，真的又回去煮饭了！”“你不煮饭会死吗？你真是一点用也没有啊！”她的湖南普通话浸泡着厌烦——她厌烦躁动的夏日，厌烦单调的小巷，厌烦她必须承担的工作，厌烦那个她曾寄予幻想的男人。她满脑凶暴闪念，甚而炸裂在半空，殃及我的皮肤。原来，凶暴的情绪是会传染的。她的厌烦让我的身体阵阵紧抽，整条脊梁绷直。

我再次打量她——鼻梁处散布淡淡雀斑，皮肤泛红，头发棕黄，滚圆腰肢脂肪堆叠，大腿香肠般欲爆裂，运动鞋软塌塌的。

她骂一句，女店主便以低八度音调接一句。

“他真是贱啊，又去煮饭了，说老板给他打电话，他就去了……”

“他就去了啊……”

“所以说贱！要是我，死都不会去的……”

“我也是……”

“世上还有这种人！说得好好的，不去上班了，辞职，一个电话，又去了，像条狗一样……”

“狗一样……”

“老板是你祖宗啊，离开就要死啊，没用的东西……”

“没用……”

她的脸部肌肉快速抖动，嘴唇上下翻飞，眼神闪着针尖般的光芒。她的诅咒毫无韵律可言，可她却乐此不疲。她在诅咒自己的老公吗？何以如此愤怒，却没迸出“离婚”二字？

下雨了，我到小店里找出把伞，在柜台交钱时，低声问女店主：“她是在骂老公吗？”女店主笑了：“是她的相好。”

原来，那个男人已五十多岁，是工厂饭堂的厨师，因“没用”，而被老婆追着离了婚，那男人和这女人“有一腿”。这女人有老公，在离这儿五公里的工厂区上班，他们就住在那里。每天，这女人骑电动自行车到小竹街上班。她是一家小厂的厨师。那男人的厂就在对面，两个厨师在互相交流技艺时，便对上了眼。女人说男人做饭的技术这么好，什么菜都会做，怎么才两千五百块？她怂恿男人到老板那里申请涨工资。老板当时允诺涨到三千八百块。昨天拿了工资单，还是原来的数。女人让他辞职。于是，今天上午男人就没去上班，但老板打来电话，说先煮饭，工资好说，男人便又去了。所以，女人说：“全厂人都会笑话他！这个没用的东西！”

三

从小竹街朝工厂路返回，一路上都是小宾馆；玻璃门上一律贴着红色大字：价格实惠。内里一律有张小吧台，撑起个牌子：

住宿登记处。而这些小店的名字一律温馨——怡情、顺风、圆梦、柏豪、佳祥、鸿运。

工厂路和小宾馆构成两个平行的世界，互相补充完善，外表紊乱，内里却有严格界限，不可轻易冒犯。

“温馨住宿”的临时房一天二十元，两房一个月两百八十元。吴生吴太说，找到他们这里的，都是准备进厂或离厂的人，这些人的诉求是：越便宜越好、有张床就好、能睡觉就好。我问吴生有没有临时房出租时，他果断摇头：“没有。”

交谈中，吴生告诉我：“对面电子厂的底薪是两千七百块，若加班，每月能超过三千块。但旁边塑胶厂，最高能挣到三千七百块，不过得是熟手才能挣那么多！”吴生上下打量我，接着说道：“你干不来的，太累了。”听我感慨生意这么好时，吴太那张尖下巴、颇为秀气的脸蛋从里面探出：“别的地方生意也不好啦！我们这里干净，来的人才多。”我并不怀疑吴太所说的干净。她自己就是个干净人：西装外套、长裤、坡跟鞋。她的身后是张双人床，被褥整齐，墙上挂着风景画；小桌上放着沓文件夹。另有电饭煲、饮水机、煤气灶。这个狭窄的空间，各种物件高高低低摆放有序，并不凌乱。

吴太的脸不仅白净，且眉宇间总透着股喜气。那种笑容，是打心眼里发出的，是朴素的，但又见过大场面的。一见这样的笑容，就像回到家，感觉很新鲜。吴太让我进来，并搬出个凳子给我，还问我是否喝水，这一系列的礼遇让我局促不安。也许是我的言谈引起吴太的好感，她变得滔滔不绝，而我对她所讲述的每一个细节，都格外留意。

吴太专心做二房东，不搞小卖部，时时盯着监控看，可疑的人不让进，晾晒的衣服统一搭在三楼平台（如遇下雨，他们便帮租客收进屋内）；遇到晚上十二点回来还唱歌的四川男孩，吴太细心劝止；租客要上网，便马上拉网线；临时房每日都要打扫，及时清洗被单。虽然现在没房，但并非能一直这样火爆，故吴太还是大力宣扬这里的最大卖点：干净。她举例说，收了临时房的白色床单后，不能一股脑丢进洗衣机，而要先泡在盆子里。两小时后，她戴着长长的塑胶手套，拿着刷子刷泡涨了的床单，清理一遍后，再投入洗衣机。

吴生和吴太退休后南下，选择做二房东开始新生活。他们的素质决定了他们的眼光和魄力：眼瞅着深圳龙岗工业园一年搬走三家大企业，便果断决定不再和原房东续租，将房间各设施低价变卖后，转移阵地，去到东莞石碣镇。干了两年，听说樟木头有楼房转租，便急匆匆赶来，接下这幢楼。单交给上一任二房东的转让费便是二十万，更别提将整栋楼租下来的花费有多大。

将大房间打出格挡、在墙上挖出窗户、安装摄像头、买双人床，是任何二房东都能想到的，但吴生、吴太的魅力在于，敢破釜沉舟，当机立断。上一任二房东总是亏本，其秘密在收来的水费和必须上缴的水费二者有巨大差距。

吴太仔细观察，那两个男孩用水怎么那么少？而那一家五口，怎么会比他们两口子用水还少？租客肯定在偷水，而她又不能到每家去盯水龙头。她拿出一万元，购买了最新水表——只要水管开始流动，哪怕滴出一滴，指针便开始旋转。一年后，水费变得收支平衡。

做二房东，不仅是经济学家，更是心理学家。吴太练就了一双火眼金睛，能在几秒钟内看穿来找房的人，并决定是否出租给他。“那种说话粗声粗气，穿着古怪，眼神晃动的人，我只说一句，没房。”甚至是房子已经租给了女孩子，不放心，怕是暗娼，坏了名声，便早起跟着女孩一起出门，假装买早点，看她是否进了工厂大门。若上班时间不出门，三五天不下楼，常有陌生男人来找，她便想尽各种办法，将那女孩赶走。

但她并非彻底保守——对那种男女同居的租客，她持以绝对宽容态度。

吴太说有对湖南青年男女，春节后一起来租房，到要过第二个春节前，女子生下一个男婴，抱着去了男方家，令男方母亲高兴得手舞足蹈。男方家一听女子是老乡，还离得不远，更心花怒放，当即给女方家彩礼。两家人一拍即合，决定趁春节举行婚礼。婚礼上，打扮漂亮的男婴被抱了出来，令众亲友邻居皆欢喜。春节后，男婴留给男方母亲照顾，新人再次外出打工，又住进吴太经营的“温馨”。

吴太又讲述了一个七百元的故事，说一个很乖的女孩外出打工，每月只给自己留七百元，其余钱全部寄回老家。而她的房租就两百八十元，也就是说，她每月只有四百二十元零用钱。可她还要吃饭啊！吴太眼见着这个女孩涨工资，从两千五到两千八，至三千、三千五，但她依旧每月只给自己留七百。女孩陆续给家里寄了十几万，终于让弟弟娶上了媳妇。

我小心翼翼地提出那个问题：“有些酒店的夜场女也来工厂上班？”

吴太瞪大眼睛，一时语塞。她不仅爱干净，且心理上也有洁癖，容不得脏污女人糟蹋她用双手打扮干净的这幢楼。吴生回答了这个问题：“可能有，但很少。”

我说有些女孩是不是没办法才去夜场，吴生爽朗大笑：“百分之八十的女孩去酒店上班，都是自愿的。”自然，他们是亲眼见过那些女孩怎样蜕变的——开始怯生生拎着包来租房，上班一周后腿肿了起来，但咬着牙挺过来，到月底拿到薪水时开心极了，说“好多钱啊”。然而，就是这个怯生生的女孩，某一天，跟着一位同乡大姐离去。再回来时，也阔绰了。她时不时来找公寓内女同乡聊天，但吴太总希望她快点离开。

当我说要走时，刚好有个人来退房。吴生索性把钥匙递给我：“你自己去看，我要做饭，没时间陪你啊！”接过钥匙，捏着“409”的小牌，我一步步上了台阶。“在四楼右侧。”吴生特别强调。

这幢楼在设计时，并非为了出租，而是自住，所以楼梯宽四五米，不像其他农民房那样不到两米。而且，那样干净。这种整洁是可以一眼望见的，但又让我微微不安，好像昏暗中忽然看到一盏灯。显然，这一切是勤快吴太的功劳。她笑眯眯地拿着扫把拖布，干活干到浑身发软时，整幢楼便如出水芙蓉。

一楼楼梯拐角处，有面长镜子。我下意识地从上到下打量了自己一番。感觉自己脸上的灰尘加深了一层，而眉宇间有种轻微的痛苦。我赶紧逃开。

在三楼拐角处，可望到平台阔大。半空中横七竖八地拉着钢丝绳，吊着密匝匝的衣衫、床单、被套、枕巾。温暖之感扑面而来。

在四楼凝立的片刻，咯噔咯噔的脚步在身旁踩响，是个穿夹克衫的男孩，呼啦掠过，兀自留下缕酒精味。这种擦肩而过，这种气味，皆让我浑身肌肉紧张。

我知道吴生、吴太不会放形迹可疑的人进来，我知道楼道里有监控，我知道这是大白天，但恐惧并不会被这些外因阻挡。

这个男孩脖子很长、胡楂茂密，他在尚未套上夹克衫之前，在某间小屋，用牙齿咬开酒瓶盖，对着瓶口仰脖咕嘟咕嘟乱灌一通。那些燃烧的液体，一滴滴进入体内后，即刻着起大火，让他处于灼烧状态。他拖着两条腿，脚步时而沉重，时而轻飘。

扑通，扑通，一级，又一级。我像在别人暴乱荒谬的梦境里穿行。

拐入那条逼仄的黑乎乎楼道，两侧都是小屋，门对门的距离只有半米。一直走到头，走到407时，门开着。一个黄衫男孩在刷牙，两个男孩站在床边看电视，床上铺着白床单。刷牙的男孩顶着一头红发。三个男孩同时抬起脸——六只眼睛齐刷刷地看向我。他们如此相似，无论肩颈手臂、脸颊瞳睫都比女人还楚楚动人，眼神皆充满敌意，皆牛仔裤、运动衫、帆布鞋，皆疲惫困倦。而这些混杂信息让我感觉瘆得慌——为什么现在的男孩都充满阴性气质？都像蛇一样冷冰冰的？

黄衫男孩一面从嘴里取出牙刷，一面用瘦长、弯曲、粘着白色泡沫的手指抓住门把手，砰，将门关上。那门着实单薄，将震颤传至整个楼道，甚至让我的头发梢都噼啪作响。

他们和409只隔着一块薄板。我哆嗦着，用钥匙开门，转了又转，终于，打开了。

它只是一间小房，一张单人席梦思，而床头脏污得看不出原来颜色，侧旁一张矮桌，铺着泛油光的塑料布。卫生间除洗脸池和水龙头外，别无一物。玻璃门隔开的阳台，仅一米宽，放着扫帚簸箕。这就是全部。我突然发觉自己变得异常硕大——是的，我被逼仄空间逼迫着膨胀起来。

突然，一个声音从头皮碾过，让我浑身发麻。原来，车轮碾轧的声音是从阳台爬上来，穿过关不严的玻璃门，径直砸向我的脑袋。这声音不是松弛有张，而是持续地张、张、张。那碾轧声，一声又一声。前一声还没有消失，后一声立刻占据了位置。一切都变得粗糙起来，像被一双麻木的手指钝钝地抚摩过。

于是，吴太引以为傲的干净被消解了；我试图在这里租一间屋，在这里写作的想法，也被消解了。那种噪声，简直是白蚁集体啃啮脊椎。

我将钥匙还给吴太时，她依旧笑眯眯。但我却面露羞愧，只想仓皇逃跑。我知道，无论我说什么“噪声太大”“最好有不临街的房子”，都不能掩饰这个真相——我还没被生活逼到死角。而在我周围行走的那些人，却已疲劳不堪。某种生活内部的严酷，推动着他们滚滚向前。

在他们的眼中，“温馨”内的一切都是美好的：有床，有床单，甚至还有自来水。三块钱买一个水桶，十块钱买一个“热得快”，两块钱买一条毛巾，十五块便能痛快洗澡——生活多么美好！

午餐插曲从上午十一点到下午两点上演，让我目睹到一系列荒诞而真实的场景。

我在工厂路及其周边看到的，不仅仅是一个小地方的小戏码，更是变革中的中国纵身一跃后扯出的千丝万缕。

第六章　十九岁出门远行

在他们心中，大城市璀璨明亮，到处是发光的霓虹灯，人们穿着节日盛装，吃着糖果喝着咖啡。

一

认识这两个十九岁男孩，是在刀削面摊上——看他们吃得津津有味，我也跟着要了一碗面。

两个男孩是堂兄弟：高天山比高天水大几个月，但两人身高都是一米七左右，都有一张窄小的脸，身形都格外单薄——细胳膊细腿，连眼神都是细的。

堂兄高天山的牙齿有些问题，令他吃得很艰难——头伏在盘子上，每吃一口都要大嚼一通，发出轻微嘶嘶声。堂弟高天水相比之下显得斯文一些，维持着礼仪和规矩。

这一年正月初五，两个男孩从四川老家赶到樟木头。旅途中的一切都令他们惊诧——中国那么大，人那么多，车站那么挤，车厢那么聒噪——他们甚至都不愿意开口说话了。起初，纯粹是因为嘈杂；而后，他们发现沉默能带来力量，便以此为策略。于是一路上，他们视而不见，充耳不闻，来到广州，转和谐号至樟木头。后来，等他们回忆起这次长途奔袭，才惊诧地发现，这次穿越几个省区的大跨度旅行，在记忆里已变得模糊。

在他们心中，大城市璀璨明亮，到处是发光的霓虹灯，人们穿着节日盛装，吃着糖果喝着咖啡。但现实中的广州令他们无语——火车站近乎废墟，有种大火后的焦煳味。楼房像金炉里被烈焰吞噬的一整扎一整扎冥币，黑色镶金，歪曲丑陋。远远近近的行人，皮肤黝黑，充塞在华丽污秽的街景，踩着一种娘娘腔的烦琐舞步行走，时不时用玻璃珠眼睛互相瞪视。

两个男孩像闯入巨大梦境，里面的每一个人都和自己一模一样。像草原上成千上万朵花茎在风中摇晃，那成千上万具身体也在摇晃的场景，令他们胃部痉挛，涌起阵阵恶心。地图帮不了他们——制造那东西的人以为上面提到的地名尽人皆知，而两个男孩除了知道“广州”外，其他便一无所知，试图在这里“待一待”的想法即刻熄灭。在火车站转悠了几圈，吃了碗泡面，便转车来到樟木头，他们对视一眼，心有灵犀——就是这里！

他们要找的地方，就是这种让穷人显得不太穷的地方。樟木头只比老家高出一两个档次，这让他们获得了自信心。在樟木头火车站，他们很容易问到工厂区的位置，找到八路公交车，到达工厂路电子厂。然而，他们却吃了闭门羹——这一天，电子厂尚未开始招工。

是在电子厂旁住下苦等，还是去旁边的镇试试运气？他们身上全部的钱加起来仅六百元，这也让他们对此感到为难。当获悉正月初七会招工时他们不由得一阵狂喜，但随后又如同跌入冰窖——工资要“押一付一”，也就是说他们上班两月后才能拿到第一个月的工资。用六百元维持他们两个人两个月的开销，显然不够，于是他们只能先去附近的镇打零工，挣到钱后再回来。

他们在塘厦镇太阳城找到了临时工，是干 QC（质检员），一小时十元。一个月后，两人各拿到两千多块钱，重返樟木头。

我问他们："为什么不在塘厦干，反正都是电子厂？"

高天山像被噎住，嘴唇动了动，嗫嚅道："那边不太好……"

"怎么不太好？"我习惯性追问道。

他看起来像是要忍住不再多说话，似乎再多说话便揭了自己的老底："唉，看快了，看不出坏品会挨骂；看慢了，又要堆货！"听到这话，我似乎看见他们拿起刚生产出来的塑胶产品，在白炽灯下盯视翻动，查看有无黑点、凹槽、披锋。产品源源不断涌来，让他们像沉船难民，拨开一浪又一浪，直至手臂麻木，双腿僵硬，头脑昏困。同一个动作重复千万遍后，他们眼涩口干，感觉自己变形缩小成面板上的那些个微小瑕疵。

我接着追问："要不要点眼药水？"

高天山愣怔，脸上是一言难尽的表情。这回他说得一字一板，声音也雄厚了。那是急于证明自己强壮的少年都会有的瞬间昂然："嗨！揉两下就算了！然后——接着干，九小时或十小时，有时一天十三小时。"

"刚开始真累，可是习惯就好啦……"话虽由高天山说出，听着却异常耳熟。类似的话在珠三角不断出现——"出来打工，累是肯定的哦""累一点无所谓，只要工资高哦""一般是连续做三小时，再休息十分钟哦"……

原来，散落在这里的工厂有些还处于原始状——大量人群密集攒在车间；每一道工序都是手工操作；工人们像剧组里的群众演员，双脚固定，手指翻飞，眼珠左一下右一下摆动，直演到浑身瘫软如泥；各种导线、电子板、螺丝、塑胶料、纸箱四处堆放；角落里散布着烟头、纸片、透明胶带……

返回樟木头电子厂，高天山他们俩做好干长期工的准备。

一下公交车，便见有人在路边举招工的牌子。在被一个西装男带到附近中介公司后，男人对他们说一人交三百介绍费便可进厂。

我脱口而出："黑中介！"所幸——他们觉得贵，拒绝了。之后，在旁边小宾馆租了临时房，到厂门口吃刀削面，想着伺机进厂。他们须在最短的时间内找到工作——临时房一天二十元，一碗面五元，日常生活所需的一切都费钱，手头的几千元会转瞬底朝天。

于是，说着说着刀削面慢慢变了滋味。两个男孩因急着挣钱，脸上浮现出雾霾般的阴郁。他们非常害怕——我几乎可以听见他们的心脏在承受某种极限时怦怦的声音。若计划不周，他们会变得比离家时更穷。只有钱才能带来真正的兴奋。惶恐袭击着他们，让他们外表干干净净，内里却虚弱得一塌糊涂。

二

掏出手机，我给劳务公司的阿彪打过去电话。

此前阿彪跟我说过现在长期缺工的情况，听我说有人想进厂，他热情高涨地回应道："来！让他们来找我！"我随后发了短信，报上高天山他们俩的名字、年龄、籍贯，叮嘱他多多关照。

我突然想起厂门口的招工启事上，写明作业员（普工）要初中毕业。高天山对此说道："有毕业证，放在老家了。"但直觉告诉我——他在撒谎。

但我希望他们能获得工作机会。于是我居然说出"不行就做个假证"，居然还这样补充道——"其实，初中的假证查不出来！"

到达工厂路后，我一度不解何以常能看到"假证"，不解真有人去买。现在，我居然建议别人去做假证，并说"查不出来"……两个男孩抬起头，直戳戳地把目光对着我，不吭声。

天色一直阴沉，空中飘着细雨。我撑起伞对他们说："我去门卫那儿问问。"当我问保安"普工要学历吗？"，他笃定地摇头："只要身份证！"想到"不用办假证"，我异常开心。

我赶紧返回告诉他们："明天上午九点，拿身份证在厂门口找阿彪，就说丁老师介绍的。"笑容是预料之中的，而那在震惊和诧异后显出一丝疲倦的笑容，却让我莫名忧伤。

高天山约我去他们租住的农民房"坐一坐"——他们实在没什么拿得出手的谢礼。

走过陈旧凋敝的暗黑街巷，扑面而来的街景令我骇异不止。这片农民房的最大特点是什么都像——既像禽类垂着翅膀伶仃天地，又像鲸鱼发出浊重鼻息搁浅陆地。这种介于瓦房土屋和摩天大厦间的四方火柴盒建筑，最具当代中国之特点——典型地反映了城乡结合地带的样貌。

那么多人会聚于此，形成一种强烈的惊悚气场——似乎任何事情发生在这里，都理所应当。在这里，空间被极度切割和碎化——到处是四五层方块小楼房，无任何特色，清一色的背靠背、墙挨墙。这些"贴面楼""接吻楼"的建筑群内部像曲折迷宫，前后左右皆为相似楼群，外人根本无法辨析道路。楼宇间像建筑工地残骸大仓库：不到一米的楼间距里，胡拉乱扯着各类电缆配线；各角落被污水、垃圾、杂物簇拥。

跟在两个男孩身后，从楼底堆着的破床垫、旧椅子、自行车、三轮车间绕过，穿过玻璃门进入前厅。弧形小桌围起个吧台，转椅里的二房东顶着一头烫成爆炸的黄发。她慢悠悠抬起头瞅着我们，既不表示惊讶也无显露愠怒。台式风扇吹起她的刘海儿，却没把她的眼神弄乱。她一言不发，我们也一言不发。随即，她低下头，开始翻弄电脑旁的账本——默许可以通过。

我们三个依次上楼。即便白天如此明亮，二楼走廊依旧昏暗晦涩，只有微光从尽头射进。通道四处弥漫着暖烘烘的发霉汗臭尿臊味——那是潮湿的青苔、发酵的垃圾、做饭的油烟、男女的汗腥，一块块、一堆堆、一沓沓凝结而起的味道。

两侧房屋门对门，门梁上红油漆刷着房号。一扇门打开，闪出一个女孩——她被我们吓坏了，我们也被她吓着了。她和二房东虽模样迥异，但眼神却出奇相似——意味深长地瞅着眼前的三人组合——我的年龄和两个男孩太不配套，她也是一言不发。随即，她低下头，“咚咚”下楼。

打开 211 房门，白炽灯下的小屋比楼道更局促。其实，就是一个长方形盒子——四壁青白发黑，双人床靠左墙，另一侧离右墙仅剩一米。白床单发灰，无任何讲究地铺陈着。在床和阳台之间，用水泥墙隔出个卫生间——没有门——就那么敞着。地上错繁累聚着各种物件：两个黑色拉杆箱，两个双肩包，红水桶里装着洗漱用具，杂物中露出一把吹风机。

我们三个人进去，两个男孩让我坐塑料凳，自己坐床沿。我们从刀削面开始聊，高天山说四川人会做菜，说四川的气候和广东不同，说老家工作机会少而使得他们不得不来到这个面食差劲的地方。

高天山不断夸耀自己的社会经验，并时不时看向堂弟；堂弟并不搭理他，任他一味聒噪。有时，高天山似乎丢给堂弟一个话题——好像在讨好他，但堂弟毫不领情，只直愣愣回答“是”或“不”。但堂弟的眼神更澄澈，像孩子般执拗而无知；而高天山虽还没有彻底成人，但眼神里总是快速切换频道上演各种对世事的讥嘲。

对他们来说，现在最需要了解的，是电子厂的工作情况。我不想将消极情绪传染给他们，却又不得不如实发问——“站着上班行吗？”

他们强烈要求我仔细说一说“里面的情况”。他们的眼神充满憧憬，期待着我的讲解。

我说我曾到过这个厂的内部，看到车间四周到处张贴着“危险”的警示；我说车间里没有凳子——所有的人都站着，穿工装（颜色不同，职位不同），戴工帽，在机器的轰鸣声中埋头苦干；我说长条状的工作台上，刚留出一个空当，马上就被另一个毛坯占据了位置；我说有的女工站得太久，便一只脚立着，另一只脚提起，让身体形成个三角形；我说也许胳膊会卡进转动的轮子，膝盖会夹入活塞之间。

我说上午两小时是最忙碌的时间，因为那时精力充沛。到快下班的最后一小时，车间的模样看起来和清晨一样，人们照样忙碌，但行动明显迟缓；嘈杂声制造的紧张感看起来并没有减少。我说这个时候，整个人会两腿酸胀，手像鹰爪，眼如幻灯片。聪明的老手懂得窍门，知道把省事的活留在这个时候。最后半小时不干新活，只是打杂整理。但并非天天如此幸运。有时，熬过了一整天，到快下班时，又摊上棘手的活——那就必须努力干完。

我说对车间的布局，等穿上工装开始干活时便一目了然。新手很快会熟悉一切。车间的活，太聪明的人反而干不好，如果脑袋愚笨些，便不会讨厌正在干活的自己；时间久了，还会喜欢那个工作中的自己。

聊天中，我才得知高天山的父母四十岁出头，在福建工地打工，但他并不知道具体地址——所谓工地，便是某个未完成的大厦。当大厦建成，工人们便又迁去另一处。他平时跟父母是打电话联系。

我对此追问道：“一天打一次，还是一周一次？”听到这问题，他愣怔，身体轻微晃动。原本他的面部表情是统一的，现在像受到干扰，眉毛眼神各自飞扬到不同地方。

“那个，其实，一个月，也不打一次……”沉默像木楔子，硬生生塞入这间小屋。男孩嘴角下沉，像在掩盖一份难堪的困窘。

他这般支支吾吾的回答，让我震颤。而他吃惊于我的吃惊，并很快从窘迫中解脱出来，讪讪一笑，解释——“父母在工地干活，累得很，没事打电话，只会打扰他们休息……”

他有三位姐姐，都已结婚离家。现在父母出门，“干最苦最累的工地活”，主要是为给他攒钱结婚。虽然他才十九岁，但父母希望这一两年就把婚事办了。

“你还不到结婚年龄啊？”现在，他已慢慢适应了我的大惊小怪，变得不那么敏感了。他耐心解释：“我们那里都是先办酒席，年龄到了再领证。生了孩子也没关系，再补办手续。只要办过酒席，大家就都认了……”

高天山家生了三个女孩才有他，可想而知他是家里的宝，但他却没娇纵自己的条件。和别的乡村男孩一样，春节后，他就背上行囊外出打工，自己给自己找饭吃。他说他家的情形在村里原来属于中等，转眼物是人非，现在已算较差。父母用打工的钱在他们镇上买了套商品房，一百多平方米，花了二十多万。

“现在的女孩都希望男方家在镇上有房，村里的房子再好都不行！若男方条件差，很可能打光棍！所以村里有男孩的父母拼命攒钱，改善住房条件。车可暂缓，但房是硬条件！”

“这样的话你干吗不在厂里找女朋友？”我这样问的意思是——为什么把尚且年轻的父母搞得身心俱疲？

男孩再次感到骇异。他的声音低沉：“哦，那不可能的！”原来，工厂的年轻女孩都是宝，不是在老家定了亲，就是被父母反复叮嘱“要回来相亲”，所以很少搭理外乡人。那些打工的女孩，年龄不大，相貌天真，但心眼不少，处事老辣。有时，她们会和同厂男工拍拖，但等到了春节——该返家返家，该相亲相亲，该结婚结婚。

像高天山这样的男孩，虽外出打工，但要想结婚，还要回到村里，找同村女子。所以，他的父母下了血本，买下那套自己和儿子现在都无法入住的商品房。他们的钱只够首付，余款问亲戚朋友们借。“要全部还完，还得五六年。”所以，这个男孩大年初三便离开家，踏上南下的长途火车。他急于找到工作：“多赚一点，可以多帮帮父母。”

我又忍不住问出了那句最不讨人喜欢的话——“怎么不好好

上学？”

听到此话，他彻底震颤得嘴唇僵硬半张，怎么都合不上。这十九岁男孩在惊诧和不知所措后，转而诚挚地笑了起来，他答非所问：“唉，希望下一代会好一点……我是没有机会了……”他才十九岁，就已开始寄希望于“下一代”，且断言自己“没有机会”？！

父母常年在外打工，三个姐姐相继出嫁，高天山从小跟着爷爷奶奶长大。像他这样的留守儿童，大多不喜上学——孩子天性好动，喜欢偷懒，长时间疏于管教，成绩差是必然。恶性循环就这样开始：父母为让孩子过得好，不得不外出打工；而打工导致长时间离家，让孩子处于放任自流状态，无法顺利完成学业；孩子辍学后，沦为新一代打工者。

“出了门，才知道爸妈好辛苦……”他补充道。

堂弟高天水只有一个弟弟，和他的年龄仅相差两岁，他的家庭情况一直很差。

他的变声期还没过完，声音沙哑略带窘迫：“我们家是轮流生病。”爷爷奶奶年纪大，各自有病，相继去世；在煤矿打工的父亲被压断腿后，又查出肺病，不得不放弃当矿工；母亲曾在食品厂干包装，得了喉炎，呼吸困难，也不得不离厂。

经老乡介绍，父母到上海送报纸，每个月能挣八百。“活倒不累，但存不下钱”；又去汕头印刷厂，用三轮车送货，“那活真累”，而父母已过青春壮年期，再这样熬下去，怕连命都要搭上；现在，父母又到中山工厂区开了家小音像店。起初生意还行，但现在的年轻人不是泡网吧，就是玩手机，小店门庭冷落，“离倒闭也没几天啦”。

所以高天水比堂兄忧郁：狭长的瘦脸上总像涂了层铁锈。堂兄也累，但只是累，而高天水则是累到极致。他相当羞涩，我问一句他答一句，间或点头。

他的父亲比我还小一岁。他将我看了又看，感慨地说：“我爸看上去像个小老头，皱纹多得很！”他母亲甚至比我小四岁，然而，“也有很多很多皱纹！”

和高天山一直留守在老家不同，高天水自小学起便一直跟着父母——到上海、到汕头、到中山。但频繁迁徙，让男孩的学习热情越来越低。“刚开始还行，后来老师教的一句都听不懂，只想睡觉。”求学无望，他并不怨父母生活不稳定，只恨自己“听不进去”。

现在的他，显得暮气沉沉，简短总结：“想太多也没用，做好现在的事吧！”他只有十九岁，从头到脚一身肌肉新鲜无比，却全部都笼罩着烦忧。他像看到了自己的未来命运，看到了自己轻若鸿毛的一生。然而他不愿自暴自弃，收心把自己调整到恒温状态，不冷不热地补充道：“我想，我总可以混出点名堂的。”

我惊诧——说这豪气之语的，不是夸夸其谈的堂兄，而是谨小慎微的堂弟。

高天水家也在镇上买了商品房，也欠了十几万外债。

“啊？”

“别人家都这样。”

同样地，正是这笔债逼迫着他和父母，春节还没捂热被窝，便匆忙踏上南下之路。他忍住对我惊诧的厌烦，把眼帘放下，把目光衔在帘间，似瞑非瞑，似笑非笑。

他轻描淡写地说起那一次——他从教室中走出，回到出租屋，头晕恶心，浑身难受。喝了杯水，躺在床上迷迷糊糊，又睡不着。他知道，只要他一说出那个决定，他的青春便随之死亡。

昏暗灯光下，他向面黄肌瘦、皱纹横生的父母坦言：“我明天不想去学校了！”他以为这是自己突发奇想的一句话，但其实，这是他注定要收获的结果。

男孩抬起头，看着父母，像小狗瞪着双眼，直愣愣看着主人，突然间，父母的视野也变得清晰，看清孩子未来的航道就摆在那里——他只能以那样的时速在那样的跑道里前行。他们突然恢复了地理感，确认了坐标系：“不想去就不去吧。”轮到男孩错愕抬眼。

起身告辞时，两个男孩坚决送我下楼。

穿过门厅时，二房东抬头，闪动着“一切尽在掌握中”的沧桑眼神。站在路边时，堂弟高天水像记起某项规定，面露微笑，羞涩道：“丁老师，谢谢帮忙啊。”

三

到达工厂路后，我将目光锁定在“90后”男工身上。我总觉得，年轻人最敏感，总处于令人眼花缭乱的社会变迁最前沿。工厂男孩正值生命历程的中间阶段——从青春转型至成年，这个阶段不仅具有个人成长的意义，更具有特定的社会意义。我希望了解他们是通过怎样的过程而最终“变成男人”的；我希望通过自己的眼睛观察得到感官感受而不是通过僵化的数据、表格和问卷来了解当下中国之巨变。

事实上，接近男工的过程常令我从心底泛出一种懊悔惆怅之感。听着他们描述自己的世界、自己的经历、自己的悲喜，总让我有一种隔着防眩玻璃观看的残酷之感。我从外围看到的，不过是些模模糊糊的影子，其内部的惨烈惨痛，我根本看不见。

事实上，在那天之后，我再也没有见过高天山和高天水。在第二天打通电话获悉他们顺利进厂后，我便和他们失联。开始时，电话打通没人接，短信不回，后来，电话无人接听。是他们不愿见我，还是太忙？而我就这样把他们弄丢了。

后来，在电子厂大门口，看到瘦长身条、漫晃乱走的男孩，我总会停下脚步，下意识地多盯几眼。

再后来，我逐渐意识到，我和他们何以失联——工人上班时间不能带手机；晚上九点多下班，吃饭冲凉后，要马上倒头就睡，才能保证第二天七点四十分赶到车间；周六下班后在网吧熬通宵，周日大睡一天就算休息。而最初到达工厂路的我对这个生活节奏并不熟稔，所以，总是在错误的时间打了电话。

后来的后来，我从阿彪处获悉：高天山只干了三天，高天水坚持了一个月。阿彪冷笑——“多进几家厂，也许，他们还会回来。”但如果回来，高天山不能再次进厂，高天水则可以，因为电子厂规定：未干满一个月离厂者，不能被再次雇用。

第七章　母与子的战争

母子俩面对面，呼哧呼哧大喘气，能听到对方的心跳，看到对方的汗水，以及对方的决心。

一

在工厂路待久了，我慢慢习惯了粗红的脸庞、油垢的头发、裤管上的泥点、鼓胀的编织袋。

在镇中心，越来越规范的红绿灯，越来越豪华的酒店，越来越时髦的超市，处处散发着诱人的魅力；而工厂路却不同——在这里，实用性压倒了审美性。但我对镇中心的酒店、商场却没有了解的热情，认为那些地方很容易掌控，反倒是杂芜的工厂路，像个难解的谜团。

并非所有的岭南小镇都有工厂路。但只要置身工厂路，便会为一种阴霾的荒凉气息所笼罩——整个世界的光度被调暗了，到处是荒凉的皴裂地面、荒凉的塑料桌椅、荒凉的面粥店铺。但厂房却貌似坚固，厂门口的条例却貌似威严，货柜车却貌似繁忙。

“我早晚要走……”每个到达工厂路的人都这么想。但何时走，如何走，是不同人的不同选择。

在工厂路逛一圈，很容易发现，服装厂的厂房相对更簇新、摩登。从围栏朝内望去，简直是个大花园。院墙外围着修葺整齐的灌木带，大门两侧伫立着威严罗汉松，院内草坪上茂盛着荔枝树、杧果树。厂房和宿舍楼，不是惯常所见的灰黑棕黄火柴盒，而呈高低错落积木状，外墙颜色招摇，以夸张赤红、宝蓝、银白等炫目色亮相。

服装厂的主楼有六层，顶楼风格延续外墙的童话味——从天井大玻璃处透下的光亮，令环形内部像银色森林。而其中最大的玻璃屋是展示厅——四壁挂满样品，每一件都优雅精致，都凸显设计师的奇思妙想，都针脚细密色彩和谐……但这些衣衫似乎并不是为“展示”而诞生的，每一件都释放着独属于它自己的强烈情感：欢快的、沉思的、温和的、激越的……

没想到会客厅并不纷繁绚丽，而是像一间不记得编号的偏屋，呈高冷风格：黑色椭圆形桌台，黑色靠背转椅，冷香空调，银色玻璃门把手。

但也许你做梦都想不到，就在这层楼板之下，是个超级大屋子。第一次进入，感觉它根本不像车间，而更像实验基地。楼上的墙壁全然消失，这里阔大得像片海滩，但光线又昏暗如地下停车场。三四百台缝纫机在旋转，三四百号人坐在吊扇下的凳子上。一眼望去，每一台机器和每一个人都一模一样，像某个艺术家在进行装置实验，很快就会被喊“停”，但那“停”一直哽咽着，哽塞在嗓子眼里。

一种乱哄哄的混响悬浮半空，像三四百个蜂巢被三四百个扩音器放大，声音强劲火辣。这里像大战揭序之前，烽烟四起，快马加鞭，每个人都吼着说话，试图从巨大的背景音乐中跳脱出来，态度狰狞；每个人都明显地感到空气中隐隐约约全是人数超过自己的埋伏者，故而他们变得极端焦躁。

轰隆隆，轰隆隆，声音碾过脊背和头颅，让肩膀哆嗦。鼻孔塞满硕大粉尘，腰肢像一支琴弓被演奏者的激情压弯。这里的一切都处于倒伏飘荡状，像丧失了时空坐标系。没有人的头和脚，只有旋转的轮子、蛛网般的细线以及一块块碎布。

二

林小月是“70后”，脑后拢着束黑发，白衬衣，灰中裤。巴掌大的小脸，鼻子纤瘦，小嘴扁平，面部表情稍显缺乏，但是，唯其因这点呆滞，倒更显出那温柔淳厚的中国乡村情调。

她不断回忆自己人生中的诸多“第一次”：第一次来到服装厂；第一次参加应聘；第一次做“开袋”，战战兢兢；第一次领到工衣、工鞋、工帽；第一次拿到工资。

她清晰记得进厂日期——不假思索地脱口而出——2006年2月6日。而进厂后的日子，过得那样快。现在想起来，还像是做梦。她的眼睛是安宁的，神情是丰足的。她笃定宣布：“我已经习惯了这里！”她口中的“这里”就是服装厂。她已习惯了这里的线条、颜色、构图。

林小月干活是一把好手——车衣服（缝制衣服）像写毛笔字，几百几千万个横、竖、撇、捺，丝丝入扣，无可挑剔。她将自己固定在缝纫机前，像它的附件。她像着迷于某个简单动作，反复操练。看着年轻人只签半年合同，或干一两个月便跳槽，她直摇头——这些孩子！那好不容易进的厂，被他们像废纸团般揉掉。

服装厂和电子厂的作息略有不同——工作时间是早上八点至中午十二点，下午一点半至五点半，晚上六点半至九点半。周日不加班，一个月有两天假期。林小月打工八年，什么事都没碰到，从未跳槽。年复一年，日子像永不断头的线，就这样扯下去，每一天都一模一样。

现在，她每月工资四千多元，根本不必耗费心机频繁跳槽，不必再经历选厂时的对比、纠结、失望、愤懑，而现在只需要坐在车间麻利干活。她要的是简单、安定、有序。她觉得自己就像是齿轮，和车间作息时间表刚好互嵌，严丝合缝，囫囵圆满。

而令我惊诧的是——八年来，她一直住在工厂宿舍！

我知道买房对她有些困难，但她老公也在镇里打工，女儿曾来这里打过暑假工，为什么没租房，在“一间自己的屋子”里过家庭生活？她轻描淡写地说，租房要缴水费、电费；中午休息一个半小时，若赶回出租屋做饭，便要以急行军速度。而住宿舍，下班几分钟便进食堂吃饭；且大部分时间，她其实是一个人——她老公干的是建筑，和十几个老乡住在工地，流动性大；女儿暑假打短工后，开学即返回老家。

但这些都不是问题的核心。事实上——她从未想过租房！

当她用冷静的中年人的态度，诉说八年来她一直住在宿舍，周末去镇中心逛逛，晚上在手机上看电视剧时，某种残酷就潜伏在这里。长期住宿舍，长期和丈夫、孩子分离，让她从未想过租房——难道，她真的不需要“一间自己的屋子”？

无论宿舍多么方便，它都不是家。家庭生活首要的私密性，被宿舍的高低床撕得粉碎——你在宿舍的一言一行，皆被一双双眼睛注视着，长期寄居宿舍，会让个人生活变得异常单调，但几乎所有的工人都只能这样选择——为了省钱，为了方便。

林小月告诉我——她的儿子叫吴宏伟。她希望他结实强壮，但他长成了一个皮肤白皙、举止秀气的少年。儿子是她身体之外的生命，是比她自己更重要的生命，她认真地对我说："他就是要天上的月亮，我也要摘下来。"可现实是——她没有带过他，她儿子说自己从小就没有母爱。

从儿童成长为少年，儿子那些需要父母陪伴的时光，是和姐姐、爷爷、奶奶度过的。儿子的眼睛细长，眼皮一睁开，亮晶晶的目光如水，痛苦就盛在里面，什么也不掩藏。儿子之所以痛苦，是因为他比绝大多数同龄人更纤细、更敏感。而她只能这样回答："大家都是奶奶带大的啊！"她反复强调——"大家都是这样啊！"儿子内心的埋怨，却如一条条发出去的短信，即便从手机屏幕上删除了，还在半空晃悠。

林小月发怒："是不是因为我在你小时候没带过你，你就这样？！"潜藏的死火又燃起来，不堪回首的旧时光翻涌而来，让少年浑身战栗起来："你还知道没带过我啊！"她一抬头，仿佛看到儿子盯着自己看，单眼皮下全是嫌恶。

她似乎听到自己身体里发出清脆的破裂声，虽然声音细碎，但破裂确定无疑。她和孩子间曾拥有的千丝万缕，像都已断裂，她和他成了两个互不关联的人。八年来她到底失去了什么，她并没来得及仔细盘点。

吴宏伟初中毕业后到岳阳上技校，后去远大集团分公司上班。但这一切，似乎都和母亲没关系——林小月在儿子成长的每一个阶段中都以缺席出现，所以她简直没资格和儿子交流。而懵懂少年已跌跌撞撞，自己开始小打小闹混江湖了。“他不说一个月挣多少钱，我也不问！”林小月的口气发狠地说道。

林小月只知省钱存钱，不知打电话联络感情。她满脑子都是干更多的活，挣更多的钱，甚至连她女儿都打来电话问她：“妈，你给家里打电话没？”她的身子绷紧，一下子烦躁起来：“你奶奶耳朵背，听不清；你弟弟调皮，总不在家。”她试图用草率的词语来敷衍自己的过失。女儿默然。林小月甚至能想象得出女儿沉思的模样。在这个家里，什么都反过来了：女儿、儿子个个显得比自己的年龄成熟，甚至比父母还成熟。成熟的女儿像母亲的母亲，顿了顿，还是说了出来：“妈，你现在不给弟弟打电话，以后他就再也不给你打电话了。”

听了女儿的话，林小月并非没有触动，只是没想到事情会演变得那样严重。果然，等儿子再长大一些，突然就不愿接听她的电话，也很少给她打电话。母子俩的对话总是轻描淡写，没有真正的倾诉或探听对方疾苦之热情，而总是那样简短，像电报，咔嗒咔嗒之后，即刻结束。但儿子并非对谁都如此冷血。离家上学后他总给奶奶打电话，有时也会打给姐姐。

林小月省吃俭用，和老公两人耗费十年，存下二十万块钱，准备在老家盖房。儿子对此满脸烦躁：“别人都赶着往外走，你们还在家里建房子！”林小月有点尴尬，但大家都要下台阶，于是她耐着性子微笑：“那你说，在哪里买房？”吴宏伟只是希望不要在村里建房，要在市里买房——但哪个市，他也不知道。他一口气说了周边好几个城市的名字，“随便哪个，就是不要在家里！”

“随便哪个？！”林小月瞪圆眼睛，起了急，“好大的口气！”“嗯！”儿子的笑声里有一种少年有时才会有的残酷特质。

母亲声音发颤，骇愕低吟：“到底是哪个？！”

“不知道！”儿子对答时以一种难以掩藏的厌倦神情看着母亲。

林小月慢慢点点头，眼神伤心至极：“你好好说，在哪里买？”儿子抬头，还是那三个字：“不——知——道——”母亲惊诧眨眼变成大人的儿子，有如此强的抗争能力。儿子执拗的倔强如野火，就这样烧着。母子俩面对面，呼哧呼哧大喘气，能听到对方的心跳，看到对方的汗水，以及对方的决心。他们互相都接收到了对方的信息。母亲看着孩子，满眼都是无望的疼爱；儿子看着母亲，却试图从那种过于真实的人物关系中摆脱出来。

母亲拉扯了下孩子，却被他甩开——好凉软的手。他居然连拉一下都不肯。陡然间母亲幡然醒悟——儿子确实已长大。一旦长大，便不再盲从。母亲复述了多遍的未来，在儿子的眼中，不过是在旧生活的木头上刷了一层油漆，内里并未改变。

儿子离开童年的襁褓后，被环境改造成另外的面孔。他终将要独自面对生活。从上小学开始，他便清晰地认识到这一点：他没有靠山。

那个他从出生起就待在那里的小村子，他已待得厌烦了。而现在，父母居然要回到那里建房，这想法让他抓狂。儿子渴望的是彻底改变。

有那么一瞬间，母亲甚至有点儿心慌，感到自己差点儿要妥协——那么就顺着孩子，随便找个市，买下楼房，等孩子再到那个城市去工作、去居住。丈夫一句话点醒了她：“可是，他自己都不知道在哪儿工作啊！”女人一抬头，看到丈夫黑透了的面孔。丈夫说，家里的老人不愿出门，在村里住惯了，说啥都不会搬去别处的。

于是，林小月又向亲戚借款二十万，开始在宅基地上盖房。无论是砖块、木料，还是水泥，她都一一过问，仔细盘算，力争花最少的钱干最多的事。家里因为盖房忙成一团糟，可儿子却不闻不问。那段时间是母子俩关系最坏的时光。有一阵子，他锁上房门，在小小的封闭空间里玩手机；要是出门，便是到网吧打游戏。返回家，照样蛰缩在小屋不现身。母亲喊他出来帮忙，他隔着门板懒洋洋地嗯一声。

对母亲他还是爱的，但不知怎么去爱。他也深知母亲爱他，也是越来越不知该怎样去爱。但他对奶奶就是另一回事了，一想到奶奶，他就浮现出太多和奶奶在一起的往事。而他的往事里没有母亲，母亲只是春节时回来几天，一走一年。母亲只记得寄钱，却不知道打电话和寄钱一样重要。等到和母亲一起生活时，两个人都异常别扭。母亲问他吃了吗，他说吃了；母亲又问吃饱了吗，他说吃饱了。翻来覆去就是这几句。

母亲让他帮忙，可他的整个思维还陷在网络游戏的厮杀中。母亲又喊了一声，他照样懒懒散散，只答应不动身。母亲终于忍不住敲开门，看到棍子，抄起来就打过去，可被儿子一把捏住。两个人直愣愣杠上——四眼对视，火星闪烁。

母亲怒斥："你这个不孝子，成天就知道上网，家里那么多活，一眼都看不到！"那声音尤其刺耳。

儿子的肤色日渐黝黑，骨节日渐粗大，眉眼日渐鲜明。他现在的壮硕，正是母亲所希望的，而他现在的霸气，却是母亲没预料到的。儿子大吼："人人都出去闯外面，你们可好，把房子盖在家里。我不住，我也不帮忙！”母亲浑身发抖，锐声控诉：“问你在哪里买，你又说不知道。外面买的房子，又贵又小，你爷爷奶奶不愿住。我们在厂里打工也不住，买来干什么？！”儿子耍赖：“横竖我都不要在家里建房！”

母亲的心被一只脚狠踹了几下：“你爷爷奶奶老了，上楼住能方便吗？再说，趁着我们还能拼命做事，先把房子建起来。再过几年，想建都建不起来！”儿子又横又浑，眼神里满是火光：“我才不会像你们那样拼命做事！”母亲的声调提高八度：“人不做事怎么行？要想过上好日子，就得要做事！”儿子像愤怒的弹簧，调门更高：“不做事才是好日子！做事算什么好日子！”母亲和儿子眼对眼，沉默充斥半空。终是母亲敌不过，眼圈发红，喉头、鼻腔灼热到难以呼吸，便松开了手。儿子噔噔向后倒退了几步，扶着墙，总算没摔倒。

儿子眯眼看母亲——永远是那件洗得发黄的白衬衫；永远是那种乡下人的谦卑谨慎。他突然换了种口气：“这屋子就是建好了，我也不住！”然后转过身，一步步走向门，拉开门，最后把门带上，每个动作都是用足了力气来做，做得恶狠狠。“砰”的响声使整个空间震颤良久。

母亲的眼泪止不住地流下来，是一个中年女人呜咽不成调的哭声，隔很久才剧烈地抽噎一下。她边哭边想自己为何把这个妈妈当得如此糟糕。那些远离孩子的日子，一天天，原来都是罪魁祸首。现在，它们像四方四正的砖块垒砌起一堵墙，硬生生阻挡在母子之间。

屋子盖好后，林小月累得病倒了。在医院躺了半个月返厂后，人都脱了形。儿子在医院凝视着母亲，看到她躺在被子里是那么薄的一片，脸色白如石膏。于是儿子哑着嗓子说：“妈，我们不吵了，好吗？”母亲愣住了。从枕头下摸出个盒子——新款手机。她想，以前给儿子打电话是少了，现在，就用它来补偿吧，争取做一个好母亲。儿子哽咽着。等听到母亲说“多打电话”时，儿子终于泪如雨下。

儿子真的有所变化：周末给母亲的电话里，叮嘱她“别太累了”。这亲昵的话语惊得母亲一动不动，就像手心摸着凉滋滋的细腻皮肤。而她已忘记曾触摸过那种细腻皮肤的感觉，忘记触摸时的舒适感。

之后春节全家人聚齐时，儿子像从一场高烧热病中痊愈，恢复了常态神情。更高更壮的他，周身散发着勤勉和洁净。他说起办公室，说起同事，完全是一个陌生人。他的寸头，他的白衬衫和牛仔裤，他的白牙齿，处处都是母亲所陌生的。

见儿子捏着个破手机，母亲奇怪：“我给你的那个呢？”他叹息，恨不得把脸藏在裤裆里：“在宿舍被偷了。”母亲心疼：“怎么不买个新的？你不是有工资吗？”儿子一个劲摇头，一连串嘟囔：“舍不得……舍不得……舍不得啊！”母亲长舒一口气，深感欣慰。

突然间，母亲扑哧笑了：“真舍不得？！”他点头时，一股红热爬到脸上、脖子上。他的脸上出现了毛躁的青春痘，让他从少年那细腻的凝练中突破而出，变得粗壮。什么都是成人的：转身，甩手，步伐。他的言语异常笃定：“真是舍不得花钱啊！”他呵呵地笑，还原了大男孩的开朗眉目，感慨道：“挣钱好辛苦啊！”知道挣钱辛苦就能知道妈妈打工辛苦，就能一笔勾销十几年的怨气吗？理解母亲是个非常冗长的过程，但只要开了头就好。

林小月好脾气地问："妈妈再买个新的？"儿子忙摆手："算了算了……"他喘了一口气："等我自己攒够了钱再买！"母子间那场扯着木棍互相瞪视的战争，似乎已宣告结束。

住宿舍八年的林小月并非不想拥有"一间自己的屋子"，而是一直都在为梦想中的屋子——在老家的新屋，做着准备。八年间她从未抱怨过宿舍，是因为她认定这根本不是"自己的屋子"。

以最快的速度干活，以最简朴的方式生活，尽量存下每一分钱……林小月的日子，就这样实际，这样安稳，这样淡然。

当林小月年龄再大一点，手脚更迟钝一些，眼睛又老视几度，她不得不离开服装厂时，无论如何还是有一点不舍。而除了不舍，她是否有怨憎情绪？她是否觉得在这个花园工厂里度过的那些青春，完全不是"真正的青春，真正的生活"，因为它们像水渍，那样轻易地一笔勾销。

但林小月想不了更远，想不了更多。"大家都这样"，她便也这样。只有当儿子奋力反抗时，她才被迫停顿下来，躺在多人居住的宿舍里思索一会儿。她和外部世界的距离越来越远，彼此互不干涉地运转。她像一瓶罐头般沉闷，只默默地等待过了保质期后，从货架上被清除。但她能怎样？大家都这样。

三

见到刘红英时，她一身黑：黑衬衫、黑中裤、黑布鞋。她的脸细致而轮廓鲜明，黑眉毛如飞翔的柳叶，鼻子小而直，皮肤呈栗色。和林小月一样，她也是"70后"，也有一女一儿，孩子也在老家，由老人代管。但她比林小月敏感，总有股莫名的哀愁笼罩在脸上。

刘红英的丈夫也是本厂员工，故两口子住在厂里的“夫妻房”中。她比画着说：“房子不小，放了床、柜子、桌子后，还有空间。”尽管“夫妻房”每月要交钱，但很少。

我心头一暖——原来，拥有“一间自己的屋子”并不难。

在那间“自己的屋子”中，刘红英夫妻俩像河蚌有了阻挡异物侵蚀的硬壳，将自己柔软的腔体藏匿于私密空间。每一个夜晚都是柔弱而松弛的时刻，都能适度消解白天遭遇的暴力伤害。

然而，说起孩子时，她突然哽咽起来。原来，虽然她和丈夫可以一起工作和生活，却依然要和孩子分离。这种撕裂的痛，让她过得并不快乐。

女儿顾小薇已上高中，儿子顾伟杰上小学五年级。两个孩子先后到服装厂看望过父母。刘红英是幸运的——服装厂为鼓励本厂员工的子女暑假来厂里住，配有专人看护，带孩子参观车间，教孩子画画、跳舞。

刘红英在生产部干“包装”，其实就是把制作好的成衣折叠起来装进袋子。这样的活没有什么技术含量，只一个字——“快”，拿的是计件工资，谁手快谁就挣得多。为了叠得快，刘红英干活时一直站着，手脚配合，让参观者眼花缭乱，喘不上气。儿子顾伟杰一进车间她就看见了。孩子睁着一双黑眼睛，带着懵懂目光，那种横冲直撞一下子就撞上了母亲。两个人用眼神打着招呼时，母亲的手指依旧按节拍演奏，毫不松懈。她从孩子的眼里看出惊诧，也看出心疼。

晚上孩子给奶奶打电话说“妈妈工作好辛苦”，刘红英的泪水随之就像烈酒一样在眼眶里灼烧。

躺在床上，孩子劝她：“妈，你干活那么辛苦，为什么不能少做一点？”母亲很难说清“计件工资”，只能说道：“不行！车间有安排，不能偷懒的。”儿子于是判断：“一定有监控，对不对？”母亲欲言又止，索性点头。

孩子闹了好久还不睡，最终还是在母亲手掌的催眠下，慢慢合上眼。孩子的面孔和母亲很像，像两只瓷器，某种底胎的质地触感有一种神秘的相近。睡着后的小小身躯让被单起伏成一座小山脉，跌宕曲线上下浮动，哪里都是浑圆，哪里都是娇嫩。到这一年，孩子的脚已正式超过她，要穿三十七号鞋；饭量也大过她。一起吃一样分量的快餐，两小时后就喊饿，到处搜零食。孩子的书包里，多了个带密码锁的笔记本，眼神总是墨黑墨黑地四处打量，到处探寻，见什么都大惊小怪。这样的时刻最需要父母陪伴。

没有父母陪伴成长的孩子，满身带着股流浪味。这样的孩子长大，来到父母打工的城市和他们一起工作时，看到父母只能强颜欢笑。

母亲的手一寸寸抚摩儿子，所到之处的曲线全是陌生的。母亲轻轻抬起孩子的大脚检查。脚丫的侧面有一点蜕皮，脚底的纹路细腻，处处都是她所陌生的。孩子一天天长大的速度比她想象的要快。她知道自己在深夜里格外脆弱，知道自己这样悲情实在有些夸张，但还是惘然地对丈夫说：“心里酸酸的！”

第二天刘红英夫妻俩上班后，孩子去了厂里的小教室。等大人下班回来，看到孩子蹲在卫生间洗衣服——不是自己的小衣裤，而是爸爸的大衬衫。那衬衫的面积实在太大，只好先打湿，再铺在地上，赤脚蹲着，拿刷子刷。孩子早就开始洗自己的衣服——冲凉前先泡上，然后唰唰几下就洗好晾起。这一次看到爸爸脱下来的衬衫，便想要表现一番。看到父母吃惊，男孩露出一脸兴奋灿烂的微笑，又骄傲又害羞，让母亲险些落泪。她宁愿儿子像别的孩子那样耍赖偷懒，可孩子太懂事，知道和父母在一起的时间有限，就极力表现自己，希望下一年的暑假有机会再来。

儿子甚至还会做饭。而且，不是用电饭煲焖米饭，而是炒菜，不仅是炒青菜，甚至连辣椒炒肉片也能弄得像模像样。这一手是在老家学的，爷爷要忙地里的活，奶奶身体不好，他便帮忙做饭。一开始学做蒸米饭，后来学蛋炒饭，乃至炒菜。青菜容易，肉菜有难度。肉太软，切的时候掌握不了分寸，切不匀，只是一个个小方块，但味道还不错。

儿子炒的菜，令刘红英在这间屋子的生活变得有滋有味，但这样的日子屈指可数。

刘红英的老家在湖南娄底山区。坐长途车从娄底市区出发，在终点出现的小镇毫不显眼。再从镇里出发，穿行过十几里盘旋山路，才能看到深陷山坳的小山村。她家就是村东头的一院土屋，并列四间土房。屋前是几亩薄地，种着稻谷蔬菜；屋后是山坡，有条蜿蜒的山路。女儿顾小薇在学校寄宿后，这个家便只剩下爷爷、奶奶和男孩顾伟杰。

从村东头到镇小学的路，一圈一圈绕着山体向下，原本是沙土路，后来铺上了柏油。大人一口气要走半小时，孩子走走歇歇，要近一小时。顾伟杰是个爬山好手：个子不高，人又精瘦，灵巧得像只猴子，一个劲往山上直蹿。

顾伟杰在林子里转悠，看到四周树干一模一样的粗壮，树和树之间的距离差不多相等，又在同样的高处发杈，便觉奇怪。

“这些树为什么不像班里同学，有高有低有胖有瘦呢？”可一见奶奶，便又在嘴上挂了锁。问也是白问，索性不问。顾伟杰走山路上学，不怕热，不怕冷，就怕下雨。某个傍晚噼啪落雨，让山路变得模糊汪洋，腾起白雾，找不到边界。大雨拍打着树叶，发出扑簌簌的声响。顾伟杰半眯着眼，一点点朝前挪步，浑身哆嗦。可他又不得不加快脚步，不然书包就被淋透。四周扑簌簌的声音像被收进一只黑匣子，他轻手轻脚慢慢向前。夜色越发浓重，树木浓密，相互粘连，形成一道墨墙，似乎再往前走一步，便要撞上脑门。从树影间透出的微弱光亮，像野兽的眼睛。

一脚踩空，男孩结结实实地摔了一跤，手臂都蹭破了。趴在地上，男孩想伸出胳膊把自己撑起来，但努力了一下，又跌落回去。他没有力气爬起来，浑身发虚，脑袋迷糊，昏睡过去。朦胧中远方走来一个人，轻声说：“男子汉！没关系的！”——对，男子汉。妈妈一直这样称呼他。

“男子汉！没关系的！”男孩扭动了一下身子，虽疼痛，但挣扎着，用手掌撑着湿地站了起来。他知道妈妈在远方看着他。摇摇晃晃向前，在密林里摸索，山路从来没有像今天这么长。他能感觉到呼哧的喘息、焦灼的嘴唇、扑通的心跳。走到山路尽头时，雨停了，山峦和天空异常明亮，棕褐小屋线条浓烈。

顾伟杰把这件事写成了一篇作文，以《山路》命名。这篇小作文虽然才几百字，可老师还是在班里朗读了一遍。女儿把作文复印后寄给妈妈。妈妈本来很高兴，可看着看着，却哭泣起来。

事情永远都不像看起来的那么简单。刘红英僵着身子定住，想到最后一次打女儿，她五年级，十一岁，春节时天气突然变冷让她多穿衣服死都不肯。于是，凶巴巴的母亲便挥手揍了不听话的女儿。那之后，女儿悍然要求住校，脸庞默默然释放出不和解气息。于是她苦苦生恨，认定女儿是在故意折磨她，因为自己似乎这么多年不曾管她。

现在，女儿寄来儿子的作文——作文虽是儿子写的，却也是女儿的檄文，是女儿将母女拉锯战形象化，用一声炮响来刺激母亲令其发现自己的蠢行而觉悟。

到了下个学期，顾伟杰背上书包，被母亲接到了樟木头。母亲在学校附近租了间房，每日下班后和老公一起赶回家。但儿子放学时间早，等他们赶到出租屋已晚上十点，中间有五个多小时的空当。母亲让顾伟杰去旁边面馆吃晚饭后写作业，尽量不要出门——“丢了可不得了”！

男孩独自在家，写完作业就翻书。把几本书翻破后，倍感无聊。刘红英和丈夫商量，不如弄台二手电视？问题似乎解决了——顾伟杰果然不再闹腾，安安静静地在屋里待着，坐在床沿用遥控器让电视画面不断切换，困守着那个小方框。日子也就这样过了下去。

难道母亲不能八小时工作后下班照顾孩子？你如果这样想就太不了解工厂了。事实上大多数工厂要求工人必须加班，工人也愿意加班——单靠八小时工作，一个月不过一两千，除去吃喝，根本存不下钱。工人要想存钱，全靠那点加班费。

刘红英周末去早市买菜做饭。她对主妇角色的生疏，让她在狭小的空间里生出了无数多余的往返。而孩子似乎第一次有了着落感。他等在餐桌边，每吃一个菜就说好吃。三个人叽叽喳喳似麻雀，语速快了，脉搏也快了，高高低低没完没了。父母和孩子交换着分享着如此多的信息、如此多的新知。

顾伟杰亦慢慢习惯了学校，成绩虽中等，但热爱劳动，性格谦和，常受老师表扬。于是母亲便认为决定正确，以为可以这样陪儿子中学毕业。然而有一天，父母摸黑回到出租屋，打开门，里面一股浓烈的焦臭味。昏暗光线下，母亲看到孩子趴在床上睡着了，电视一片焦灼，原来是电线短路。可男孩不敢出门，即便出去了也不知找谁，急得团团转，累了，便趴着睡着了。

刘红英站立不稳，眼前一片墨黑，好一阵才慢慢缓过神来。她冷水灌顶般猛然明白，原来这光鲜城市虽貌似井然，却充斥着不可预知的危险；乡村虽偏僻，但周边尚且安全，孩子可疯跑疯玩，日常生活又有爷爷奶奶照料，实在比现在这样要好。

母亲彷徨无主，喃喃自语道："怎么办才好？"终于，她咬咬牙，又将孩子送回老家。于是，顾伟杰从城里的"流动儿童"，再次变成乡村的"留守儿童"。

送走孩子的那一夜，刘红英连哭的力气都没有。浓稠的黑夜无边无际地包裹着她，让她的心里充塞着一股巨大的悲恸。在她的心底，总有一张粒质粗糙、模糊跳跃的画面：一个男孩背着书包，一点一点地走在山路上。傍晚时，那一个个山包像倒扣的碗，一坨一坨灰蒙蒙，将那条路完全湮没不见踪迹。她想让孩子离开那条弯弯曲曲的山路时，根本没想到，离开并非像关电灯那么简单，只需咔嗒一下。

儿子没能留在自己身边读书，彻底打消了刘红英在樟木头定居的念头。她意识到——"落叶还要归根"。刘红英讲这句话时，语调充满酸涩。显然，她比林小月灵活聪慧，更懂随机而变；而且在她身上，还有股说干就干的爽利劲。她要为自己和家人的未来好好盘算一下。外出打工前后二十年，她和丈夫共存下四十万。如何安排这些滴着血汗的辛苦钱?

左思右想，刘红英还是要在老家建房——即便自己和丈夫现在无法居住，但可以让老人和孩子先住。于是，咬着牙拿出来了二十万，盖了栋二层楼，一百五十多平方米。剩下的二十万，她居然决定——在娄底市再按揭套商品房!

什么，什么?！丈夫的太阳穴上凸出一道霹雳形状的紫青血管。他从木凳上弹起，说:“村里建房，可以让老人孩子住；市里买房，现在又没人住，要它干什么，不是资源浪费?！”妻子耐心解释说虽然在服装厂一干就是十年，但经过“出租屋事件”后，她陡然觉得，如果不在这个厂做，她也不会去别的厂，她会选择回老家。

回老家——对刘红英夫妻俩来说，并非直接回到山区小村种地卖菜，而是到市区打工或做小生意。这些年，虽然人在岭南，但刘红英和家乡亲人的联系却非常紧密。她知道内地也在慢慢发展，工作机会在变多，与南方的工资差距在缩小。在市区买房，可先出租；等过几年回去发展，也有个落脚点。于是，刘红英的日子变成了“两手准备，两手都硬”。然而，即便这样，当她向我挥手告别时，脸上的微笑依然有着难以言喻的落寞。

当我重返工厂路后，那些路边挂须的榕树，那些隔离带中的树篱，全在正午的阳光下失去阴影的陪护，过于逼真地凸显出来，像一张张曝光过度的照片。

第八章　追时代的“90后”

“追时代”频频出现在他们口中——好像这个现成的时代，需要用“追”才能赶上。

一

如果电子厂是一座庙宇，那利润便是它的供奉对象。

每一个走进电子厂的人，都需要通过不断的身份认同，才能找准新的定位。一旦进入电子厂，便是进入了利润游戏；一旦进入电子厂，便成为利润机器的细小齿轮；一旦进入电子厂，无论在里面如何龇牙惨叫，待试图讲给别人听时，却不知从何谈起。

A326，是一间没有桌子的男工宿舍——五张高低床靠墙摆开，吊扇下空空荡荡。男工的东西比女工少得多。这个宿舍和女工宿舍完全不同：那里因为有各类布帘，让人生出一种温馨之感；而这间屋子如原始洞穴，就那么赤裸裸打开，毫不掩饰，一眼望去尽显破败、狼藉、晦暗。

我来到这间屋子，是为着跟住在这里的男孩聊聊，了解他们各自的故事。

十七岁的王小门来自河南，一张蜡白的脸，眼神涣散，神情阴郁。当我向他提第一个问题时，这少年便用翻白眼来回应我。他眨巴着眼睛说出自己的名字时，脸部肌肉微微跳动，越发显出孩子气的恼怒。他对我说："进厂才一周，在制造部当作业员，干组装。"

是的，他尽量用最简短的语言应付我，希望能尽快结束这干巴巴的对话。看我一时间不会收工，他便决意反抗，将话锋一转："其实，我去年就在这儿工作过半年。"

看到我惊诧地瞪眼，他得意地笑了起来。他当然知道这里要"站"，他也不想来，但又没找到别的活。

我顺嘴一问："你做的是什么产品？"这次轮到他惊诧瞪眼："产品？我做的是货吨。"工厂生产线的最大特点就是高度分工，这样劳作效率更高，品质更可靠。生产线都是小批量、多批次按订单生产，员工根本不知道产品的名称，干脆一律叫货。无论电视、照相机、手机、钟表、眼镜、手袋，还是电玩、五金、塑胶件，在拉线旁操作的那个人看来，千篇一律，都是货。

我问他晚上怎么打发时间，他说看小说。我于是朝他的床铺扫瞄过去，却没看到一本书。他又扳回一局地笑了起来："我在手机上看哦！"

"看小说看入迷，第二天迟到怎么办？"我追问道。

他挪开枕头，咧嘴笑："我有法宝！"除了手机定时闹钟外，他还备有两个小闹钟，放在枕头两侧。那两个巴掌大的小东西，像两个小婴儿，到了钟点就一起啼哭，将他从沉睡中唤醒。

我抬眼端详他——灯光昏黄，烘托出眼睫、鼻翼很立体。这样的面孔，出现在这样的地方，以这样的方式抵抗这样的粗陋……我莫名心痛。

他说，打工虽然是混江湖，可混也有混的章法。他坦言自己十四岁初中毕业就开始打工，从过去的三年打工生活可以总结出两条经验之谈：“不要迟到”和“要快”——迟到的错误简直是“秃子头上的虱子”，明晃晃，就等着挨训和扣钱吧；而一旦起床不够快，而是慢了，那么穿衣就慢，洗脸上卫生间也慢，及至吃饭慢，到车间动作慢……归根结底罪魁祸首就是一个字：慢！

王小门没有女朋友。他不知道要找什么样的女朋友，只说“看缘分吧”。以前他听别人说，“电子厂是姑娘村，五金厂是和尚庙，制衣厂是婶子店”，等他到了电子厂，乌压压都是大老爷们，只零星地见到过几个婀娜多姿的女孩，还没等他细细打量，对方就即刻消失在人海中。

他有时会去厂门外的士多店（杂货店）前打台球，让眼睛换一个频道。每天看的都是生产线上的黑色周转胶箱、不锈钢机壳、绿色线路板、白色无尘衣，当看到正打台球的女孩趴伏时，他便咧嘴笑。

我问他：“发工资那天都干啥？”

“吃炒菜、喝啤酒呗。”他之所以喝啤酒而不喝白酒，是因为自己有病，医生不让喝。我心想，他的皮肤那样白，是因为有病？但对于这一点，他绝口不提，我也不好问。

后来再次见面时，王小门带来了他的同学邵新磊。两个人简直是“黑白配”——邵新磊个子矮小，头发浓密，脸庞黝黑，五官刚硬，十指粗短。

邵新磊说他第一次进厂非常拘谨忸怩。来电子厂之前的一年多，他在北京朝阳门卖糖葫芦。但邵新磊用干巴巴语调描述的北京，和升国旗的北京却没什么太大关系。他在北京卖糖葫芦的生活就是日复一日地早出晚归。

邵新磊穿行在巨大的摩天楼高架桥间，他接触到的顾客大多古怪：古怪地臃肿，古怪地散发香气，古怪地发出尖厉的笑声。深夜躺在胡同小平房的木板床上，整个人黏涩得快要发出咸臭味。他真想赶快逃跑，趁那股臭味尚未溢出。和他一起卖糖葫芦的，是他的舅舅、姨姨们。他们形成了一个家族作坊流水线：女人制作，男人销售；每人每天工作十二小时。所以，邵新磊说："卖糖葫芦的人是北京最忙的人。"

邵新磊的父母总是吵架，而他完全不能理解成年男人对自己女人的不耐烦，亦不能理解男人可以将女人长时间丢在家中不管不问。最初，父母一起外出打工。但现在，父亲在县城跑车，母亲在村里种地，家里还有在上小学二年级的弟弟。邵新磊初二时便辍学，但并不遗憾，"村里和我一起玩的男孩到了初一、初二就都不上了""老师讲的听不懂""父母想让我上，但我自己不上了"。于是，他选择了去北京卖糖葫芦。

在北京忙碌一天捏着零碎毛票回到小屋，舅舅、姨姨们直通通射来的目光，仿佛能把五脏六腑捣烂，令他咽不下米粒。有时卖得不好，他索性不吃饭。饥一顿饱一顿，让他不仅仇恨糖葫芦，也仇恨北京，因为"那地方不是人待的"。

电子厂站着上班是累，可卖糖葫芦更累——"还要喊"。对邵新磊来说，"喊"带给这个男孩的羞耻感，远甚于"站"。而试图张开的嘴巴里，仿佛插满了碎玻璃片，喊出的每一声都是哀鸣，完全不像职业小贩。他那样以此为耻，也就招揽不到多少客人。现在，他"身累心不累"——在电子厂，只需把分配的活做好就行，下班可完全放松。电子厂的工资明码标价——“干多少活拿多少钱”。吃饭无须看别人的脸色。

邵新磊也没有女朋友。不是不想找，而是——“还没找到”。我对他说：“慢慢找，总能找到。”王小门听后一个劲儿地冷笑，轻蔑评价道：“做梦！”

朱文十九岁，湖南湘西人，中等个子，挺着小肚腩，油嘴滑舌，是个老江湖；卢开元十七岁，四川达州人，黑瘦周正，性情温和。看我进来，卢开元把吊在床沿边的袜子收起，又让赤着上身的朱文披上衣服，这种沉稳细致在男工宿舍很少见。

朱文两个月前来到电子厂，之前在塘厦镇那里的工厂做焊锡。他父亲在佛山工厂做，母亲在老家种地。父母在他五六岁时离家打工。爷爷奶奶年龄大了后，母亲回到老家。他是独生子，小学毕业后就到外面闯，年纪轻轻就认识了“外面的世界”。现在，他会时常给母亲打电话，上个月还给母亲寄去了一千元——“不是老妈缺钱，而是多余的钱放在老妈那里更安全。”

卢开元此前在深圳五金厂干数控，也是站着上班，所以到这里并没有不习惯。他父亲在内蒙古打工，母亲在老家种地，家里同样有还在上小学的弟弟。他初中毕业后想继续上高中，但分数不高，又不想读技校，于是便放弃求学——“出来混一下也好”“认识一下社会”。他感觉在电子厂工作和在寄宿学校差不多，但合同期满后，他“不想再在工厂做了”“想回家学门手艺”。

卢开元的情感生活一片空白。他叹息：“没钱没资本。”他说现在的女孩简单又直接，她们喜欢玩，“玩爽了再说别的”。

“怎么玩？”我不解地问。

“花钱呗！”他回答道。据说现在有些女孩根本不给家里寄钱，每月工资都被自己花得所剩无几：买衣服、化妆品、新款手机，吃大餐，美甲，唱 K，喝咖啡。女孩自己的钱不够了，就找个给自己花钱的男朋友，一起玩几天可以，可说到结婚，根本没门。所以，卢开元说自己听听情歌就好，不能多想，想想就会心生悲凉。

四个男孩虽长相各异，来自不同地区，却有诸多共同点：皆为“90 后”，父母皆四十来岁，并且都是父亲在外打工而母亲在家操持；皆未能上高中；皆抽烟。这些“90 后”男孩是第二代打工者的主力，他们的命运和父母辈不同，甚至和他们的弟弟妹妹们也不同。他们喜欢到有老乡或熟人的厂里。王小门和邵新磊是同学；朱文有老乡在电子厂；卢开元的叔叔在电子厂旁的工业园工作——“让我自己找，我是找不到这里的。”原来电子厂三千员工之间，不仅仅是单纯的同事关系，有些还是老乡、亲戚、熟人等关系。

夜里，工厂路的网吧、台球、小餐厅等各类小店中，总是聚着一群男孩。他们崇尚影视剧里的江湖义气，有自己的“江湖”。躺在宿舍时，他们用聊女人来打发时间。他们无须按月给家里寄钱。无须为在老家盖房子的事费心——在每个人的老家，作为第一代打工者的父母都盖起了楼房；他们虽都在外打工，但自知这是临时行为，总在不断寻找出路；他们并不排斥回老家——如果老家发展了，工作机会多了，也可以回去。

“追时代”频频出现在他们口中——好像这个现成的时代，需要用“追”才能赶上。而他们确实是在努力地“追”。先从外在上“追”——衣着、发型、说话的腔调，都从电影、电视、周围的人那里模仿；再从态度上“追”——他们很少紧张、愤慨、焦虑，更崇尚自由、轻松、愉快。“挣钱当然重要，可太受气了也不行。”卢开元如是说。

他们最紧要去“追”的，当然是——女朋友。

朱文是这四个男孩中的老江湖，老江湖总是滴水不漏——绝不会把失望、担忧、疑惑露给你看。老江湖给你看的，都是他最得意的东西。他坦言自己有女朋友，是在惠州打工时认识的——他和她在同一条拉线上，他便展开了追求攻势。

“泡妞（追女孩）谁不会啊！”他的嗓音磁性放电，一副如鱼得水的模样。他说自己曾经为了追女孩，一个月花了七千多块钱。

我忍不住问：“那你当时一共有多少钱？”

“两万！”他毫不讳言。

他说他十二三岁就知道“泡妞的事”。他很早就通晓如何和女孩搭讪。他懂得怎样低下腰身极尽讨好之能事。他会讲笑话，具有男工中鲜见的喜剧天分。

“泡妞的那一月”，他带女孩去KTV唱歌、爬山算命、酒吧蹦迪、洗脚按摩，又给女孩花钱买衣服等。“溜冰场的啤酒贵死了，要八九块一瓶！”但溜冰却不贵，一个人八元，可“往吧台上一坐就要花钱”。他最讨厌逛服装店，“每一次都花五六百块钱”，“一共去了四次”。他心痛地说：“再多去几次，我就破产了！”

当我得知两万元是他在老家当粉刷工挣的，便诧异地问：“粉刷工这么挣钱？”

他瞥了我一眼，说道：“干工地很挣钱的。”初中毕业后，他跟着叔叔干了两年粉刷工，练就了一身技艺。他说，几年前在工地上干活，小工一天一百八十元，大工两百八十元，粉刷工按平方计算，一平方米三元。手脚快的工人一天能刷一百二十平方米，稳挣三百六十元。再多干点，一天挣四百元，也是没问题的。

然而，朱文的两万元是诱饵，在“泡妞”的工程里，能说会道才是真正的利器。他的舌头可以弥补他的全部缺陷。朱文启动他的三寸不烂之舌后，给女孩的感觉是——你不跟他混，你就不配活在这繁华世界。

另一个要“追”的，是时尚潮流。

朱文告诉我：“我朋友挣钱很容易，三个月就换一辆摩托车，新款一出来就换。”

“啊？摩托车不便宜啊！”

他解释道：“追时代哦！”

见我愣怔，他接着补充道：“我知道‘90 后’的想法，至于‘00 后’的嘛，我就不知道了哦！”这种宣言让我纳闷。显然，“80 后”“90 后”“00 后”的想法，我都一概不知。他说，骑上新款摩托车，载着美女，在暗夜的街上疾驰而过，那种快乐并不虚妄，而是能用手实实在在掌控的。

“90 后”男孩更注重享受生活。他们要把更多的爱留给自己。他们小时候大多是留守儿童，在他们的成长过程中，貌似有亲人存在，实则举目无亲。所以，他们更依赖自己。现在，青春就是他们的资本。

所以，朱文理解“90 后”男孩——换辆新款摩托车不叫换车，叫“追时代”。但他更喜欢手机。现在，他正在为怎么“追”

而苦恼，苦恼于自己的钱不够。

他终于卸下老江湖的面具，露出难得一见的软弱：“追新款手机是追不上的哦！”

他感慨电子厂的工作总结下来就是一个字——累。除了中午休息一小时可以坐一坐，其他的时间只要在车间，都要站着。一天熬下来，腰疼腿疼。

他有些发慌，感觉像是被锁在一栋所有通道都关闭的大楼，虽然能看到各种各样的窗户，但却走不出去。也许到了该离开的时刻了。所以，他准备和女朋友一起回老家，再干粉刷工。

二

我是住进工厂宿舍后才知晓：想拿三千元工资必须加班，加班费要在每天干够八个小时后才开始计算；加班不全是为了赶进度，也是摊薄生产成本的方式；要是有紧急订单，甚至会通宵加班——有时候甚至会夸张到连续上班三十多个小时。

我还知晓：大部分宿舍摆满十张床；第三饭堂专属管理人员；冲凉房只是一间房，靠手工舀水冲凉；热水供应有时间段限制；新入职的工人的工资是“押一付一”。

无论珠三角工厂打出的“招工启事”怎样花哨，事实都是打工者依旧处于被挑选状态。如果工厂要招聘的人员是会计或电子工程师等重要职务，将会对求职者进行面试。面试官除考察求职者的工作经验、专业知识外，主要查证学历真伪，询问毕业学校所在的详细地址。若对方回答顺利，便再问从当地火车站乘哪几路公交车能到学校。

当我称 A211 为“驻马店宿舍”时，三个男孩都笑了。这个隐遁密宅共有十张床，住了八个人，六个来自驻马店，而现在只有三个在场：赖高强、李海洲、刘文闯。

赖高强说他二十几岁时，我追问："二十几？"没想到这让他感觉尴尬。他顿了顿，坦言："我不记得身份证上是哪一年的。我拿的是别人的身份证。"原来，他只有十六岁，一米六的个头，巴掌大的小脸上一双细长眼。他是一个半月前来到电子厂的，原来在长安镇的模具厂工作。现在，他已慢慢习惯了站立式工作。他哥哥二十二岁，也住这间宿舍，去上夜班了。他和哥哥现在"手上都没钱"，所以要"老老实实待在厂里，攒点钱"。

我心想，什么叫"老老实实"？难道此前他不老老实实？

赖高强突然发出一种短促的笑声，像公鸭嘎嘎的声音。他说他十四岁时外出跟着哥哥找工作，进了一家玩具厂，是典型的"三合一工厂"，也就是第一层是车间，第二层住人，第三层是食堂。先交了一百元押金，发了厂证后开始干活，是给玩具塞丝绵。每天加班到九点。工作了半个月他们提出辞工时，老板给他结算了四十四元；哥哥干活慢，非但没有工资，还要再倒付四十元生活费。哥哥一听，从办公桌上抄起剪刀要拼命。老板被吓到，于是重算，结果算出了一百元。

赖高强坦言曾有过两任女朋友，但都分手了，现在还没找到合适的。他说之前的女朋友都是拉线上他身旁的女孩儿。

"为什么？"我不解地问。

他再次启动公鸭般嘎嘎笑声，接着形容拉线上人和人的距离其实"很近很近"，"只有巴掌大的空隙"，所以即使车间是"静音模式"（不能随意讲话），但一天十小时旁边都杵着相同的人，也很容易日久生情。

“泡妞嘛，很容易的哦！”——他帮她多干点活，他向她使眼色表示“老大来了”，这是第一步；他给她送巧克力，她吃了，则完成第二步；她让他用自己的水杯喝水，便完成第三步。之后，一切水到渠成。

赖高强让我想起邵新磊——都是身形精瘦，但赖高强身上有一股要搅得生活惶惶不安的戾气。他眨巴着眼睛说起女人时，有种难掩的污浊感。邵新磊没他这么厚脸皮，目光总是怯怯低垂。

李海洲大脑袋大肚腩，像个松皱肥胖的大孩童。他和赖高强、刘文闯此前并不认识，但都通过一家劳务公司介绍进厂，在“新人培训”时认识，正好又分配到同一间宿舍。和赖高强、刘文闯不同的是，已满十八岁的李海洲此前从未进过厂。初中毕业后，他在上海“玩过一段时间”——其实，是和父亲一起做大理石装修。后来选择进厂，是为了“出来玩一下”“看看大世界”——其实，是他以为电子厂女工多，能很容易找到女朋友。

然而，电子厂的打工生活让他发现——“还没跟着老爸自由”“这里规矩太多”“不好玩”。

赖高强尖声大笑，跟我补充道：“他说的不好玩，就是还没找到女朋友啊。”赖高强显得比李海洲更有社会经验。似乎，一旦读懂了工厂的秘密，便有了另一个观察世界的角度，便会撇嘴嘲讽，觉得别人蠢。

李海洲只是讪笑，并不否认。他感慨这里“河南人太多了”。街边那些小摊贩，“一说话都是河南口音”。于是，他总是买饼吃，不仅因为快餐没油水，还因为能听到家乡话，“有种亲切感”。他一天不吃饼就睡不好觉。他说自己是“犯饼瘾”。也许，是因为“饼”不仅和咀嚼有关，更是一次精神回流。“饼”这个字在充盈的口水里浸泡得湿漉漉，再被舌尖恶狠狠弹出口外，在空中爆炸得余音袅袅。

到了岭南，李海洲发现这里的人对面食一窍不通。他回忆起某次寿宴上吃到的肉饼——那肉！那饼！一切关于那次饕餮的精细、丰繁、弹性的感受，都真真切切地回来了。他断言自己还可吃下三五个，可惜被抢光了。

李海洲说自己不喜欢“外地女孩”，他更倾心“老家的”。他希望在饼摊前碰到个驻马店女孩，然后他和她四目相对，从相识到相恋，再回老家结婚，再一起返回这里打工——这就是他的“完美人生”。看起来，李海洲是在电子厂工作，其实，他像是在他们村口晃悠。他每天雷打不动地出现在饼摊前。

李海洲思虑的是实际问题——“如果找外地女孩，她要天天吃米怎么办？”而且，“春节回家还要吵架”。所以，他天天去吃饼，希望碰到口味一致的同乡女孩。电子厂人流如潮，李海洲选择守株待兔，静候饼摊，耐心等待。任何一场邂逅都会变得温暖亲切——有饼护航，这恋情错不了。

刘文闯身高约一米八，黑衬衫，黑长裤，黑短发，算得上“黑马王子”。他习惯性地绞扭双手，两道眉毛浓得不近人情，眼睛像蓬乱草檐下的马灯，再亮都显得昏暗。他曾在深圳的电子厂干过半年，后又回老家两年，一个半月前来到这家电子厂。

在老家，刘文闯只能打零工，但他现在想来，那活既“自由”又“工资高”。他干搬运，一天挣三四百块钱是常事。但他又嘿嘿一笑，“有的重活干不了”，像扛大包，他怎么都不会干。他主要在火车站卸啤酒。他并不隶属哪个公司，只要卸货单位有需要，就打电话，他再召集同伙。他叹气，“打工不是长活”“在厂里不能干一辈子”，所以他想去“学点技术”。他想进驾校正规学习，再搞个车开开。

三个人中最成熟者当属刘文闯。他说，在厂里也能找到女朋友，但没合适的结婚对象。他认为女孩最好二十岁出头，因为这个年龄的女孩“更靠谱”——如果十七八岁，“只是玩玩”。

当我问刘文闯不同年龄的女孩有什么差别时，他用锐利的眼神把我一瞥，认真回答道：“差别大了！”当他定下主攻人群的年龄段后，却发现，厂里虽熙熙攘攘有上千女工，但每一位都和自己“离得那么远”。如果贸然搭讪，效果不好，自己也会没面子，所以他一直没找到女朋友。现在，他最不喜欢过的就是休息日——“除了睡觉还是睡觉”，要不就是“几个大老爷们出去玩”，没什么意思。

我不禁劝他：“你可以主动一点啊。”而他却说：“我对爱情害怕了。”他变得一脸正色，坦率承认——“其实，我算是已经结过婚的人。”

原来，刘文闯曾在二十岁时和一位十九岁女孩相爱，并育有一子，但没领结婚证。后来，那女孩离家出走，原因是他们几乎“每天都吵架”。他抱怨那女孩的行径——女孩总为一些生活琐事生闷气，“怎么哄都哄不好”。他叹息道：“我们吵架时我天天盼着她走，她真走了，我却连续两天没吃没睡。”他实在不懂女孩——不懂她总是忽喜忽忧，时而微笑，时而蹙眉。

“你还爱她吗？”听到我的这句话，他露出惊慌之色，喃喃自语道：“啊！问题不在这儿……”

他陷入了忧伤，对我说道：“你知道的，娃娃总是哭着找妈。

而且……那个人，总打她……”而他，根本无法想象那个他熟悉的手臂、腰肢、膝盖、脸颊、脖颈，在遭遇各种暴力后而变红变青变黑。

即便这样，那傻女孩也不回头。铁打的事实逼视他。也许，她非但不傻反而聪明，以敏锐之眼看透了男人，断定他无用。她对他的绝望应该是逐级发展的，每个阶段都比上一个更难以忍受，最终绝情离去。

刘文闯狠狠盯着女孩离开的背影，目光的力度和它所含的诅咒足以变成两颗大钉子，把女孩的肩膀钉在门框上。只要她不走，他就还有指望。他从来没像那一刻那样充满恶毒地祈愿——愿这个女孩离开自己后倒霉得落花流水。他若及早洞悉她的去意，定不会跟她赌气。

这段故事非常突兀，又栩栩如生——从和女孩吵架，看她离家，到陷入忧郁，整个过程如快刀斩乱麻，毫不拖泥带水。但其实，后来女孩打过电话，“喂”字里的喑哑浮胀，即便相隔十万八千里也难逃他的耳膜。但他接听电话后，对方便不再讲话，任凭分秒流逝。

他熬不过她，于是对她说：这是长途电话，可以啦……其实，他的意思是——“你可以回家啦……”而她却又可恶地挂断了电话。

后来他才明白，她打电话是为了刻意炫示告别。原本她是一只风筝，那电话挂了后，风筝线便彻底断开。她走后，他的心田长出漫漫荒草，除了寂寞还是寂寞。

那个已两岁的小男孩呢？小家伙被母亲遗弃后，在村子里晃荡，让他在乡村社会遭遇道德沦陷。他在老家待不住。媒人为他抱屈，说“不好再找啦”。于是他选择南下打工，想在厂里找个女朋友带回家，可进厂后才发现，二十岁以上的女孩很难找。他想找适合结婚的女孩，却又悲惨地发现，对方已名花有主。

刘文闯是个奇怪的人，而朱文则完全不同——朱文是个彻底的老江湖，而刘文闯总喜欢使用轻浮字词，可他说出它们时，表情一点也不油滑，语调甚至苍凉。从本性上来讲，他是个认真刻板的人。他的言语中充满过来人的经验：“年纪小的女孩玩性不改。”他顿了顿，咬牙切齿地说道：“她们又爱玩又现实。”

刘文闯一直在努力寻找合适的女性，却不得不承认，“这很困难”。现在，他屈辱地笑着，形容自己“两头不好找”。在老家，邻居们知道他的糗事，皆退避三舍；在城里，二十岁以上的女孩都有了主，哪有合适的人剩给他？！而他又有什么过人的资本？命运朝着无可挽回的方向倾斜，而他毫无办法。

在一次次失败后，最终，刘文闯也许还会返乡，随便找个女的。总之，“唉，是个女的就行”。

三

晚餐时的饭堂，人潮拥挤，沸腾着一种不知要发生什么事的欢闹。

据说，第一、第二饭堂生意最高峰时，容纳过一万人就餐。现在人少了，但一日三餐算下来，也有五六千人。我夹在队伍里向前漫游时，感觉各种气味烈火燎原地混拌后，涂抹在脸上，胶结为一层面膜，赶都赶不走。

一回头，身后脸庞甚为熟悉，居然是——邵新磊！穿了工装的他比在宿舍时还单薄，简直是一片薄木板。我问他“宿舍的人是不是都下班了”，他摇头，紧绷的脸庞躲进暗影，不愿多谈，只是淡淡地对我说——“哦，我们不在一条线上。”

邵新磊是一个人下班后就来到了饭堂。我说我请客，他摇头，抢在我付现金前，把饭卡往卡机上一刷。等我端着餐盘四处张望时，他已倏然不见——我根本无法把他从一千多张膨胀变形的面团脸中找出。显然，他不愿和我坐在一起，他害怕被别人的目光盯视。

我点的六元快餐，包括黄豆炖猪蹄、青菜豆干、煎鸡蛋、蛋花汤。菜量虽不少，但匮乏油水，也没什么滋味。

吃完饭后，我下意识四处张望，希望能看到李海洲。然而，没有。他还是固执地去厂门外买饼?

此刻，正是晚餐的酣畅时分：满室热雾，恍惚迷醉。饭堂里的六台电视同时打开——有人看新闻，有人看纪录片，有人看爱情剧，更多的人在看武打片——模糊的人形液态流动，提棍的提棍，舞刀的舞刀。偶尔，中国人和外国人各据一方对峙，剑道高手般蓄着内功好大张力，瞬间爆发，擦身而过，接着又各就各位。对决时刻，男主角迤逦出镜，狂风暴雨般挥击痛殴，直打得对方哭喊窜逃。观众癫狂嘶喊：“打他！”“揍他！”“扁他！”屏幕不断变化的青光，让观众的脸庞变幻莫测。这些脸庞和身体的其他部位并不协调——脸庞像被海面上的雾气包裹，释放出独有的妩媚，而工衣、工裤、工鞋，却油腻邋遢，曲线模糊，被沉重的现实扯拽着，深陷泥沼。

我居然又看到了——邵新磊！灯光下他的形体线条柔和，但却不知什么地方不对劲，总让他显得和这个世界格格不入。在这个松弛的片刻，他的眼睛大睁，嘴角上翘，扯着一丝微笑。

最终，我梦游般走出了饭堂。站在B栋宿舍楼下抬头时，青灰色的天空被大王椰切割成一块一块。我突然感觉，这锯齿般四分五裂的天空，无论怎样细致拼合，那些碎片都粘连不起来；那些碎片和碎片之间的空隙处，都埋藏着一股诡异的死静。

第九章　学生工的抗争

年轻人受点委屈就不干了，那是因为年轻人没被逼到死胡同，而他们脑子又活，知道还能寻到别的出路。

一

一群人坐在饭堂的长条桌前，并不吃饭，像巢里的蜜蜂般嗡嘤。那是贵州来的学生工。一眼望去，到处是灵透的女孩——她们个头不高，衣衫鲜艳，肤色发亮，散发着薄荷般的清新味，和车间重油味完全不同。

饭堂的气场亦和平日不同——还是那样拥挤，只是衣衫花花绿绿。人一旦套上工装，就偏离了常态，偏离了时尚。工装里有种强行灌注的规范，将人的本性表征遮盖住，让形状和色彩流失。

坐在餐桌顶头的男人，很粗的手臂，很尖的胳膊肘，很大的喉结，很可观的身高。每当他意识到自己的威严时，便深吸一口气，同时猛一勒脊梁骨。他发出一种对所有事情都准备就绪的眼神。而他将那样壮的身躯硬塞进餐桌，别扭显而易见。

他右手攥着五六十张身份证，眼睛盯着表格，但因他处于视线焦点，每一个动作都显得有些僵硬。他也在调整，逐渐适应裁判角色。举目巡视，学生们堆挤在长凳上，左侧较为安静，右侧尚且亢奋。他的脸上升起浅淡的笑容，眼皮垂下来，像打了个短暂的盹儿。

他朝右侧挥臂道："这边的，开始了！"最前排的女生端直走向他，滞在桌前，将掌心的身份证递出。男人举起身份证，一点也不偷懒地盯视，核对眼前之人与照片上的是否重叠。男人将这张真实面孔微缩定格，让它与照片不再分离，终于确认两者一致。之后，他将四方卡片收纳掌心，嘴角浮笑，允许她进入下一环节——入厂考试。

考试实在简单——要求读出"上面那行"或"下面那行"的英文大写字母。纸条用透明胶固定在餐桌边，低头便能看到。每行十几个，顺序凌乱。学生们战战兢兢，努力让视线清爽，从最细处辨认。她们凝神屏息，随之那僵硬的 E、K、N、B、F 被一一辨认，从舌尖翻腾而出，恍如唤出"芝麻开门"。

一些学生的表现令我咂舌——有人把 H 读成 M，有人根本不认识 Q，有人只认识 A 和 B。在那高个男人的逼视下，她们的唇齿舌慌乱选择，一个个读音被磕绊送出时，落地即死，根本救不起来。

在工厂，各类字母、各种符号四处乱飞。没有解释，没有后缀，只是那么突兀古怪地组合：QC、LED、IC，甚至连汉字也令人眩晕——工单上是繁体字，小卖部是简体字，楼道的通知是繁体、简体、英文和网络用语的大杂烩。工人们虽穿统一工装，但聊天时一张嘴，便能通过方言确定是否为同乡。

高个男人被一些学生的表现弄得发癫，到后来甚至已经不会愤怒了。他试图心平气和，但功亏一篑。那些笨学生被男人用长胳膊扫到墙角后，并不离开，而是低着头，捏着纸，嘴里嗡嗡嘤嘤。那纸上铺陈着密密麻麻的字母，有正常顺序的，有顺序颠倒的，每个字母下都标注着汉语——B：闭；F：矮夫。她们必须将这些现代主义冷色调极简字母攻克，如此才能进入工厂大门。她们脸上浮着一种古怪的坚定，仿佛在说“既然来了，就不走了”。

有名纤细女孩，一把青丝衬着雪白瘦脸，颧骨跟刀削似的，刘海湿湿的，一绺一绺贴在额上，眼窝暗灰地塌着，两排黑睫毛，唇上无一丝血色。她软软地抬手，递出身份证。男人用眼神扫瞄，静默片刻，反问：“这是你吗？”警觉和敌意一瞬间射进对方内心。

我心里一紧，咯噔，完了。我确认这个女孩会即刻出局。然而，女孩却小声回答：“是我自己。”她并不胆怯，而只是口慢，声音细细的，句尾微微扬起，带着一丝被质疑后的惊奇。她抬着眼皮，眼睛透着超脱。

“是你自己吗？！”男人把重音放在“自己”上，充满怀疑和排斥。这句话的潜台词是——他根本不相信！他被激怒了，黧黑脸庞涨红，眼睛直勾勾地再次盯视女孩。

“是我自己。”女孩依然不慌，扬起蜡纸脸，温柔地望着男人——那种任人宰割的温柔使她显得有点儿蠢。

男人抑制着愤怒，将面皮一紧，脖子一扭，不再多看她一眼。在这样的女孩面前发怒变形，打乱自己的节奏、气度和修养，实在不合算，但他还是有气要出。他的气来自这执拗女孩的不折不挠。因此，他感到自己在某种程度上被女孩冒犯了。

他向身旁男人开火，满眼犀利："发现不是本人，要你们负责的哦！"男人捣蒜般点头，忙打圆场："知道！知道！"高个男人再次拿起身份证，摇摇头，一脸平静地说道："一看就不是，这么明显。"听到这样的宣判，女孩依旧辩解："是我自己。"男人发出一声"哼"。我以为他会爆发，把身份证丢出道弧线，再用手指点住女孩的额头，咆哮着让她滚。可他居然——把身份证拢进掌心，一挥手，让那女孩过了。

坐在我侧旁的女孩，黑眉圆脸小虎牙；她的伙伴是位黑皮肤的姑娘，但五官精致，牙齿洁白。两人用普通话聊得不过瘾，又说起家乡话，还不时大笑。小虎牙女孩叫曾莉莉，十七岁；黑姑娘叫严美兰，十六岁。严美兰举着身份证，赫然出现的黑体是"穿青人"。她的唇上围着一圈细茸毛，眉毛眼睛也都毛茸茸的，长得确实不像汉族。"你们有没有自己的文字？"女孩瞪大眼，对着我，茫然无措地摇头："不知道哦！"考试结束，学生们三三两两去小卖部，拎着红牛、绿茶、酸奶、甜筒回来，嬉笑着吃喝。这些自由的身体和灵魂，还没为工衣所束缚，只随着性子畅快地欢笑。她们的笑那么嘹亮。

曾莉莉用炽烈眼光跟踪着一个男人。那男人裸麦肤色，身材修长挺拔，在实际身高之外给人一种继续向上的错觉。男人是她的班主任，姓邹，但曾莉莉并不叫他"邹老师"，而是叫"老班"。老班身旁站着的男人，红格衫衣、牛仔裤，模样比老班时髦，但曾莉莉却只盯老班，关注他的一举一动。

老班快三十岁了，此刻的言行举止保持着优雅。老班笑眯眯地看着她们，看了好一会儿，而所有的眼光都在盯着他。老班终于扬起男中音，抑扬顿挫地讲起来。他说话的态度严厉但不苛责：“培训时要认真听哦！不懂的先记下来后面再问哦！态度要好哦！这是最要紧的哦！”老班控制着说话节奏，努力让每个人都能听得到、听得懂、听得舒服。

老班的相貌着实俊气，但让他减分的是服饰——蓝裤、蓝T恤，圆头黑皮鞋有些旧。这是小镇时尚青年的装扮——什么都和大都市相似，但怎么看，都有股甩不掉的泥腥味。然而，在曾莉莉眼中，老班就是老班，就像电影里的男主角。她爱他的每一个举动，甚至连他停顿换气的样子，她都爱。

听老班说要交照片，曾莉莉从粉色钱包里掏出一沓小照片。她说这是老班在学校里帮她们拍的。奇怪得很，照片上的她颇显成熟，简直就像她的大姐。我想起不久前那女孩反复强调“是我自己”，及至现在，连我都迷惑了：那女孩是不是在说谎？

曾莉莉扯着嗓子喊：“老班，照片的底子不是白的，是蓝的，怎么办？”喊完话，她又抿嘴向那男人飞了一眼，似乎她和他有个秘密，她在提醒他别忘了。“先交上哦！有问题再说啦！”老班拉长声调地回答，越过一屋子的噪声，安安稳稳地落在她的耳膜上。

发证件让学生们亢奋。牌子上有四个鲜红大字：新人报到。学生们拿到牌子像拿到玩具，把它们夹在任何地方——T恤衫领口、连衣裙领子、夹克衫拉链、上衣口袋、短袖袖口。每个人都仰着脸，笑得简单爽朗，和我平日所见的那些面孔截然不同。

老班扯着嗓子喊：“安静！安静！要分宿舍了。”

“怎么分？”

“按名字分。”

“唉！”曾莉莉一声叹息，带着某种难以解释的委屈。她不断大喊：“老班！老班！我们要住在一起。”她希望和严美兰住在一起，但其实她更希望的是老班对她给予那种斩钉截铁的关注。

老班先念名字，再念房号；每次念完，都会引起一片唏嘘。有的人激动得跳起来，有的人则吵闹不休——总有相熟的人被拆散。老班安慰，只是临时住几天，后面还要再分。可还是有人离开座位跑上前，强烈要求调换。

老班叮嘱大家：“进到宿舍后，看见哪张床没人就睡哪张，手机要带在身上，钱先存在我这儿。”即便如此混乱，老班的优雅也是明显的。

曾莉莉和严美兰依旧被迫分开：一个B404，一个B402。老班安慰她们：“离得那么近，晚上可以串门啊！”曾莉莉没有因此责怪他。

严美兰突然问我：“宿舍可以做饭吗？”我告知她——何止不能做饭！甚至不能使用吹风机、电磁炉、电风扇！她颇为惊讶，不甘地噘嘴道：“我们都习惯自己做饭哦！”虽然两名女生叽叽喳喳又问了许多，但始终笑嘻嘻，并不觉得马上要工作，而只是像换了间学校。

我一直记得她们的笑——她们那么年轻，那么美好。然而事情最后何以发展成另一个意想不到的结局？好像是突然间发生的变化，又好像是一点点积累所致。总之，异变像货柜车到来，轰隆隆，轰隆隆，让心脏骤然紧缩，继而疼痛。异变到来的那一刻，我想起第一次见到她们时的欢笑场景。

第三天，在宿管办公室和饭堂间的窄道上挤着一群人，套着湖蓝绲红边马甲，捏着笔记本——原来是新员工要集体考试。考试内容是他们前两天培训时所学——公司哪一年成立？主营什么产品？哪些化学品有害？如何使用灭火器？如何与他人相处？曾莉莉很快答完，而严美兰则答得有些慢。

我发现她们都有了轻微的变化——从湖蓝马甲散发出的某种规则，将她们的散漫拢起来，甚至连笑的幅度都有所收缩。曾莉莉知道加班的工资是平时的两倍，而严美兰补充道："如果周末加班，也是两倍哦！"两个女生都换了本地电话卡，但都记不住那串号码，只好举起电话卡，把数字念给我。但曾莉莉很快发觉了自己在混乱中拿了别人的卡，于是只好用电话先打通我的手机，再让我念出那串数字，记在笔记本上。

曾莉莉说，住进 B404 时，宿舍里已有了七个人。一进门，她就感到一股强大的排斥气息。她告诉我："她们都是同乡，说方言，只对我说普通话。"这时的"普通话"不是高看而是敌视。她看到有张床铺堆着行李，就取了下来，把床铺上的报纸和杂志清到垃圾桶，铺上自己的被褥。有名老员工一进门就变脸说道："为什么把行李取下来？"等曾莉莉要出门时，那女工从齿缝里迸出一句"把垃圾带出去"。曾莉莉懒得多言，便提着大袋子出了门。过去在学校里培养的生活秩序在这里似乎已轰然坍塌，她感到这里和学校确实不同。而当她从外面回来，请舍友们吃橘子，舍友们却爱答不理，这时曾莉莉才真切感受到一种难以言喻的疼痛。

宿舍原有七个人，加上曾莉莉等三名学生工，大家把所有的床铺都塞得满满当当。冲凉是宿舍最紧张刺激的常规项目。每个人都得拎着自己的水桶，先接热水再兑凉水，排队等在冲凉房门口。等别人出来，自己再进去。在狭小空间转动，用舀子将水泼在身上，尽力让周身被淋湿。这种原始冲凉法要靠高超技艺支撑，才能干得迅疾快捷。若冲得时间长，出门后便会遭臭骂。

曾莉莉和严美兰交了试卷后，还须填“新员工安全培训记录”。女老师扯着嗓门一遍遍强调——时间要写成“前天”，也就是她们刚到厂的那天，中间空格要写“制造部”，然后写上自己的“工号”，并在“受教育人”那栏填“自己名字”。老班也轻声细语地叮嘱：“下午一点要回来，还在原位坐好，继续培训。饭卡不要掉，掉了就是钱。同宿舍要和平共处。有矛盾找我。”

曾莉莉变得异常安静，她望着老班的那炽烈眼神，似乎足以燃起一场大火。当老班发现女孩那样用心打量自己时，翘起嘴角笑了。似乎任何女性对他的好感都在他的预料之中，似乎太习惯了这种注目而让他甚至有些疲倦。

前两天吃饭，学生工是数着人头进去的。今天终于拿到饭卡了！一天饭费七元：早餐一元，午餐、晚餐各三元。厂牌是饭卡的豪华版：有彩照，盖了章，每个人都有编号，还有用繁体字写的“入厂日期”。无论是工装，还是饭卡或厂牌，都不仅仅是它们本身，还裹挟着一股新颖而强大的力量，一股新工人既试图抗拒又不得不屈从的力量。

接近中午十二点时培训结束，大家蜂拥到饭堂打饭口，自觉地排起长队。

二

一周后的晚八点，我走进了饭堂。饭堂大厅的白炽灯还是那样明亮炫目，还是那一摞摞不锈钢餐盘，还是一大桶的鸡蛋汤以及冒着热气的白米饭，然而，一阵阵欢笑声从嘈杂中突围。

在电子厂待久了会发现，饭堂非常重要——宿舍和车间都将人群分成一格一格的，那些小格子成功地将每一个人封锁起来，唯有吃饭时是人人露面的大团圆时刻。每个人虽然体貌不同，但经过饭堂气味的熏染，又都变得格外相似。

我循声望去，那些缺乏纪律性的笑声来自打牌者：四个穿红色运动服的女工正在打扑克，有个男工在观战。而打扑克只不过是幌子，她们只是借此公然大笑尖叫。“少说话，多吃饭，撑死了就是一条汉！”“老乡，老乡，躺着中枪！”她们那么会说笑。她们的眼神电力充足，脸颊像轻轻一弹就要破裂的生宣，红晕如水彩染了一纸。我暗自祈求，希望学生们千万别在厂里待得太久，否则，红晕便不复存在，清朗笑声也将消失。

我感觉她们和曾莉莉、严美兰有点像，于是上前与她们攀谈。“曾莉莉？不认识哦！”一个女孩说，“可严美兰是我同学哦！”大家突然安静了下来，都看着她。她浓密的刘海将整个眉毛遮住，瓜子脸，细长眼，眼神闪着麦芒的光，但声音却异常粗粝，哧哧啦啦，像风刮过戈壁滩时碰到大石头。她的右耳上闪闪发亮——三个耳钉像三颗小钻石，依次排列。我问她：“扎耳洞疼吗？”她眉毛一挑，颊上飞起两朵桃红，笑声如脆铃：“只疼了一下就不疼了哦！”

我又问她叫什么名字，她脱口而出：“谭小菲。”

新一轮牌局开始后，三个女工和男工玩了起来——他们把谭小菲留出来跟我聊天。谭小菲告诉我第一天上班“脚很痛很痛”，然后她摸摸自己的腰，又把手放在肩膀上：“这里，腰，像要断了；这里，肩膀，硬硬的！”车间里不能走动，只能在一个地方站着！第一天站了八小时，之后便是十一小时。可第一天的痛却清晰如刀刻：“不是脚趾尖，而是脚后跟，像有一千根针在扎。”当晚，女生用热水泡了脚。这并不是她的主意，而是培训课上老师交代过。但那种痛依旧在，从未消失。

谭小菲说第一天晚上睡觉好香。我笑着问她：“多久就睡着了？”她伸出手掌：“绝对不超过五分钟！”她一直沉睡到第二天早晨，差点迟到。她以为自己第二天站不下来，可她却硬是挺过来了。谭小菲和严美兰是小学同学，一同考上幼儿师范学校后，她在一班，严美兰在二班。我问她：“你们班主任就是那红格子衫帅哥？”她随即笑着点头：“就是就是。可他已回去治病，现在一班、二班都归老班管。”

突然，像是对我如此耐心的嘉奖，这个女孩的声调陡然发生了改变，一个字一个字地清晰吐露：“其实……我……不叫谭小菲。”我愣怔住，感觉周身笨拙，非但不能世事洞明，甚至连最基本的判断力也被废掉。女孩面露羞涩，仓皇解释：“我叫刘丽英。”而她其实才十五岁！因为年龄不够打工，老师便拿了张别人的身份证给她，证件主人叫谭小菲。此后，同学们便统一改口叫她“谭小菲”。当她慢慢适应了“谭小菲”，听到“刘丽英”这个名字时，反倒会犹豫。

我想起第一天招工时那个女孩反复强调“是我自己”的那件事。我问她：“你和谭小菲长得像吗？”她哈哈大笑：“很像很像！简直一模一样！”她们这些贵州女孩，个个都额前挂刘海，脑后扎马尾，小圆脸，精瘦黝黑，肤色泛光，牙齿洁白。但现在的问题不是刘丽英叫谭小菲，而是——她为什么告诉我这个秘密？但她并不解释，只是一如既往地笑。笑声越听越像十五岁。我听出那笑声里夹杂着刺啦啦的毛刺，便问她“是不是受凉了”，她瞪着眼珠，不置可否。我拿出一包润喉糖，她听话地含了一片，又把其余的塞给旁边的女孩。突然，那个女孩大叫道：“要回去了，再晚就没热水了！”牌局顷刻间溃散。

学生工到来已两周，但电子厂依旧在大量招工。下午五点半，一群新员工涌入宿管办公室，要求换宿舍。女宿管阿丽捏着的大圆盘缀满钥匙，一抖动就哗啦啦作响。进来的十几个女工大多二十几岁。有个女工很扎眼，四五十岁，脸色蜡黄。年轻人说的是普通话，而她满嘴湖南方言，粗声粗气要求换宿舍。阿丽取下钥匙，让每人再交五毛钱，说厂里只配一次钥匙，第二次用钥匙的钱要自己掏。拿到钥匙后，这群人团聚在门口，听阿丽讲宿舍规矩——每人按床位牌号轮流搞卫生；宿管查房时安排哪个搞就得搞；下午五点以及晚上七点、九点放热水，各放一个小时；不能私自换宿舍、搬动床位；宿舍不能用插线板，不能用吹风机；中午尽量不要回宿舍，不要影响上晚班的人睡觉；每天都要冲凉……之后，大家拎着大包小包，走向宿舍楼。

我迎面碰到劳务公司的阿彪——他刚从女工宿舍出来。他说前天来了个新员工，住进宿舍后第一天便因吵架要换宿舍；第二天又吵又换；第三天吵架后直接要求辞工——她甚至还没等到新人培训，不知车间是啥模样，但她振振有词：“钱能不挣，气不能受。”阿彪摇头：“‘90后’女工的忍耐力真是越来越低了哦！”

我和阿彪正说着话，迎面碰到个男工，堆着一脸嬉笑：“借我二十块钱，我一天都没吃饭了哦！”他的口气里暗含着威胁。

我能感觉到阿彪的身子有些抽搐，他的点头是缓慢的。显然，他不是第一次面对这种无耻拦截。他的脸死沉沉地走了样。若周围没人，他定会挥拳开揍。他讨厌胁迫——更何况，是当着别人的面。

阿彪掏出钱包，抽了两张。那男孩即刻跑向饭堂。阿彪瞪着那背影，惋惜着两张纸币的命运，他说："年轻男工既缺乏长远规划，又没有存钱意识。"可他却不能彻底不管他们的死活。男工们总是到了快没钱时才进厂，熬不到发工资已弹尽粮绝。名义上找阿彪来借，却往往还不了。阿彪说，这样贴出去的钱，累计已超过了两万元。

阿彪当过兵，也挨过饿。"现在的男工跟女生一样娇气！学生工更好管，他们没有社会经验，又有老师帮忙……"他感叹，"如果在社会上混了两三年，心就活了，就会变得格外挑剔。"似乎还有一个隐形工厂，藏在这些灰扑扑的四方建筑物内。学生们初来乍到，迷迷糊糊，尚无能力辨识；似乎那个隐形工厂有保质期，一旦过了期限，人们便参破天机，看清迷雾后的真相。

阿彪生于1990年，河南开封杞县人，2006年入伍，退伍之后的经历平平淡淡——2009年干装修，2010年到东莞打工，而2012年是他的转运之年。有个劳务公司的老板送人到厂里，里面的一个男工突然精神失常，需有人护送回老家。老板获悉男工是阿彪的同乡，便请他帮忙。那男工以前在家就总泡网吧，到了厂里后不吃不喝，大吼大叫，因为他犯网瘾了。阿彪把男工捆在大巴车上，一整天没合眼，终于将男工安全送到，因为这件事，阿彪赢得了劳务公司老板的信任。

从2012年8月开始，阿彪便举着牌子，到东莞各镇区招人，满口说的都是“服务”二字。他对我说：“劳务输出卖的是服务。我们是在一线工作的，一定要把员工稳住，要关心他们的工作和生活……”

然而，可怕的现实是——“没有人”！他所指的“人”，是指“找工作的人”。2013 年之后，阿彪突然发现——“没有人”！

阿彪说：“2012 年，员工们还求着我们找工作。但到了 2013 年，出来打工的人突然越来越少，厂里又急着用人。”他们和各省区的合作公司联系，得到的回答都格外一致——“没有人！”在珠三角，几乎每家工厂都在呼唤——请求运来更多的工人。而这种呼唤自始至终，贯穿在珠三角数十年的工业发展史中。

工人之于工厂，如镰刀之于村庄。虽然村庄业已废弃，田野业已荒芜，年轻人涌向都市，但这些人中到工厂求职的越来越少。于是，劳务公司的重心便落在了“服务”上——要留住人，就要让人带人！电子厂为鼓励老员工介绍新员工，每介绍一位则发五百元奖励；而劳务公司将原来自已拿的“人头补贴”发给新员工，叫“车费补贴”。对此，阿彪强调道：“2013 年之前可没这些补贴哦！”现在，劳务公司还给每位员工缴纳了一份“工伤意外险”。

2013 年，性别问题在工厂才尖锐起来——众多男工成了工厂不折不扣的梦魇。现在工厂的重点是管理好二十六岁以下的男工。他们讲义气、好攀比。“不是攀比存钱，而是花钱！”一个月下来，存不了几个钱。而二十六岁后，男工们差不多都结了婚，有了养家糊口的责任，便要想法子去多挣钱。于是，有些人会选择干工地，虽然苦，但挣钱多；若进厂，也会和老婆进同一家工厂。

阿彪说自己其实更喜欢管理男工——“他们要是调皮，我可以震得住！大吼一声，想做做，不想做走人，准保管用！”而面对女工，“一会儿撒泼，一会儿撒娇，很难管”。然而，“难管也要管，难留也要留”。

阿彪并不讳言——“其实，年纪大的人更好管”，因为他们的想法很简单——多挣钱。他们上有老下有小，吃过苦，知道挣钱不易，所以能忍。年轻人受点委屈就不干了，那是因为年轻人没被逼到死胡同，而他们脑子又活，知道还能寻到别的出路。

三

第三周时，我去 B404 找曾莉莉。有个年龄四十多岁的女工在上铺绣十字绣。她的长手长脚似要把铁架床撑爆。

听到我说“怎么没拉帘子”后，那女工瞪我，没好气地说：“还没发钱，哪有钱买帘子！”她用瞳孔将我深深地看进去，随后问我：“你是曾莉莉的老师？”我立即答道：“啊？不是哦！”她听后喘了口长气。

曾莉莉的床也是上铺，木板上铺了层薄垫子，被子也薄，用块花布挡住床侧的玻璃窗。这张床也没有挂帘子。

下楼时，我迎面碰到了穿便装的曾莉莉，她和她的新舍友张丽在一起。两个女孩一见我，高兴得跳起来。我询问她们上班累不累，两个女孩拖着长音异口同声地回答：“累——”那么亮的声音里，有一层金属光泽。她们叽叽喳喳地说起车间里的事，东一嘴西一嘴，激动得语无伦次。

原来生活是逐渐粗糙起来的；原来日子久了，工厂生活的真相便清晰得不忍盯视。她们说下班后虽然回到了宿舍，可神经依旧亢奋，伸出无数触角，还在敏锐地搜索信息；她们说耳畔还在持续嗡嘤；她们说身体在车间的金属丛林里一寸寸硬起来，从头到颈到肩到脚；她们说每一块骨头每一寸肌肉都在喊疼；她们说双脚固定着，但手指却异常忙碌，到晚上睡觉，手臂不能弯曲，一定要平摊着放，弯一下都觉得累；她们说眼酸是一周后的症状；她们说连食欲都迟钝了，嘴巴、牙齿异常疲惫，没有力气对付肉蛋菜，只想喝水。

曾莉莉像宣誓般一字一句说道：“我一定要站得平平稳稳！一定不能左斜右靠！”她用手指了指自己的臀部：“要不然，两边会不一样大！”

原来，有些女工的身体已变形——四肢、手指、脚趾，都好好的，但是形状发生了异变。据说，这已成为女生们毛骨悚然的热门话题。学校的舞蹈老师总强调体形，让她们劈叉下腰，盯着镜子看。在舞蹈老师眼中，身体是用来展现优美的，要像岩石雕刻般有形；而在电子厂，身体是用来配合机器干活的。

曾莉莉认真地补充道：“我可不敢那样啊！舞蹈课的作业就是跳舞，如果身体变形，考试就完蛋了！”也许，女生们这样节制，不仅仅为了作业，更出于爱美的本性。可张丽说，站了几天，感觉身体已变得僵硬，不能像在学校时那样弯腰。她们都担忧，如果三个月后，腰硬得像花岗岩，她们那“身材好极了”的舞蹈老师一定会骂死她们！

一个月后的周六傍晚，我想约曾莉莉吃夜宵。我去她宿舍敲门，开门的正是她！原本扎成马尾的头发散落在肩，还是那双黑眉黑眼，满含笑意：“丁老师啊！快进来坐！”一抬眼，我又看到上铺的那位中年女工依旧在埋头绣着十字绣，她的床依旧没有搭帘子。我惊诧极了——好像这间宿舍被定格住了，一直没有改变，一切都如最初所见。

曾莉莉表示，她不能和我一起去消夜，因为老班规定晚上要“查寝”。“九点要是不在寝室，事情就大了！”曾莉莉说，“现在，腿不疼了，腰也不木了，比刚开始好多了。”她已慢慢适应了车间生活，但对车间外的生活却心惊胆战。

学生们来到工厂路这件事非常怪诞——原本，她们的生活根本不可能和工厂有交集。而现在，她们却容身于此。在工厂路行走时，她们的方位感很差。有时，甚至连时间感都丧失掉了。没有哪个学生能说出樟木头镇的全貌。存在于她们头脑的这个工业小镇，不过就是工厂路。她们惊诧地发现，这条路被秘密的面纱包裹，所以她们根本不敢去镇中心。下了夜班，在厂门口买个鸡蛋饼，乘着夜色逃回，钻进被窝慢慢咀嚼，一天也就打发了。她们害怕街道上的每一个行人。她们总是结伴而行。

正说着话，严美兰旋风般跑进来，用家乡话急促地吼叫，语气激烈。然后，曾莉莉和张丽触电般尖叫：“啊！”继而旋风般开始披衣服。

原来，周六晚八点要到乒乓球室开会，她们全都忘了——而现在已是晚上八点二十分！于是，她们飞快地跑下楼梯。我跟在后面，浑身紧张，生怕一脚踩空。那些刷了墨绿油漆的台阶，被昏暗灯光映照，黏糊成一团。

到达乒乓球室时，门口已聚起一堆人，正交头接耳。老班将人群分成两排，自己站在中间，俊气的脸因疲惫而坍塌。他扯着家乡话，数落着、嘶喊着。他一个劲儿地说，所有的人都看着他。那声音尖锐如刀，一下子就挑开了耳膜，直直地捅进心脏。

“你们……不要……不能……否则……”那声音与声带无关，与喉咙无关，甚至与大脑也无关。它从舌尖直接蹦出唇外，没经过任何一个中间环节的过滤。那声音如鼓点，直敲得人心烦意乱。

曾莉莉像被霜打，整个人都蔫了，脸上显出浅度的恶心，榆树叶儿形状的眼里盛满伤心。她不断撇嘴，从齿缝间发出嘶嘶声。原来，她和他完全不是一类人。她终于忍无可忍，直言道：“我越来越烦他了！”曾经“人见人爱”的老班彻底变了，一点也不像在学校时那样。老班根本不在意学生到了工厂后的精神状态，只知一味地打压，试图让学生们驯服。他总是训斥学生，甚至将训斥视为习惯。在饭堂，看到男生试图鼓动女生回校时，他触电般跳起，唰地变脸，即刻就开骂。

老班训完话后，学生们并不解散，反而将劳务公司的代表团团围住，不断发问：“你说的两千九百块钱，怎么又变卦了？”对方反问：“你不吃饭吗？你不交工伤保险吗？这些钱都要扣啊！”

学生们的意思不是说要纠缠两千九百块钱，而是——劳务公司原本许诺的两千九百块钱，并没说要扣饭钱和工伤保险。工资虽然还没最后兑现，但车间的活儿太苦太累，学生们人心浮动，暗地里互相串联，商讨着如何辞工又不被抓住把柄。

学生对劳务公司的怨愤情绪越来越强，而老班又不断向学生施压，甚而威胁。从表面看，丝毫看不出老班遭受过任何暴力之伤害。而他瘦了一圈，不像最初那样亢奋和神采奕奕，而像是被一种不爽利的暗黑情绪包裹，易怒如火药桶。

从我和曾莉莉所站的位置看过去，视线中的老班原本仰着脸站在人群中，却突然转身，静默地迈着松垮大步，陡然消失。

啊？他溜掉了？！

老班就这样辜负了大家。那一刻，曾莉莉深深地看着男人的背影，她已看透了那些隐蔽行为，那些漫天谎言，那些明暗交易。她把他的残忍看得那样透，透到足以让她从此死了心。

“啊！”曾莉莉的眼里打出一道闪电，突然拉起我的胳膊叫道：“快走！快走！”她一路飞奔，直窜到B栋楼下才松开手，大口喘气。

女孩惊魂未定：“男生们都憋着一团火，什么事都能发生，咱们还是离得越远越好！”男生的骨子里潜藏着反叛。他们有的是勇气和体力，可以从从容容地肉搏，所以工厂讨厌男工，尤其讨厌青年男工，将他们视为危险的代名词。

其实，已有两名男生离开工厂——当各种理由都遭拒后，他们采用了最原始的办法：不辞而别。从表面看，工厂和学校差不多，但这里的压抑是活生生的。压抑笼罩着电子厂上空，让这里变成卡夫卡式的小宇宙。于是，那两名男生便翻墙而逃。

我问曾莉莉：“你也想走吗？”她一脸惊骇，连忙摆手：“不走，不走！一定要坚持到结束！”现在，曾莉莉目标明确：再坚持两个月。

来到工厂的这一个月，曾莉莉对老班失望透顶到“看都不要看见”——这样的语言属于十七岁，它是无忌的，更是唐突的、不圆滑的，有着孩子般的莽撞。老班的行为让她感到愤懑。

曾莉莉叹了口气。那气极轻极弱，如细细的一缕烟云从我的耳膜擦过，却像一根木棍杵进心窝，钝痛随之而来。我轻声地对她说：“曾莉莉你别叹气，你还是个孩子，叹气是大人的事哦！”

曾莉莉反驳："谁是孩子！我都十七岁了！"然后，她又绽开一个十七岁没心没肺的笑。而我清晰地听见青春的花叶在她身上卷缩枯萎的声响。

工厂生活带来的疲劳和疼痛终究会慢慢平复，而在心上刮擦出的伤口，却终身无法愈合。在异乡度过的工厂生活，最终，将化成血化成骨地长在曾莉莉的身体内部。她将继续做一名学生，直至毕业，但却已不再是原来的自己，但她依旧是美丽的。

和曾莉莉告别后，我抬起头，发现夜空如洗，月是细细的一牙，周边的星星闪烁如炬，夹杂在大王椰的树冠间。原来这个时候的星斗，竟比以往所见大出数倍。

第十章　给“女神”打电话

严怀仁不断地给“女神”打电话——站在阳台上打，躲在被子里打，倚在走廊上打，坐在床沿边打……

一

推开男工宿舍 A503 的门，屋内的男工们或坐或躺，似乎每张床上都塞着人。仔细盯视才发现，有的床只是摊着被褥。A503 共有六位男工，都是十七岁，都来自贵州。

乍一看，这屋子和别处一模一样——同样的高低床，同样的粗陋被套、油腻枕头，同样吊挂在床沿边的袜子，同样垂悬在阳台上的牛仔裤，但这里却弥漫着一股特殊的氛围——一种特殊的欢快。也许是因为我的宿舍空间限囿，舍友们相互陌生，所以工厂宿舍给人一种死气沉沉的印象，但这间屋子全然不同——这里有特别的专属笑点。

我感觉自己进入的不是一间宿舍，而是某个家庭的客厅。每当我和其中一个人说话时，另五个人便侧耳聆听，随后肆意大笑，而那个答话的人，眼神紧张，不仅关注我，还瞥向在场观众，以防他们从舌尖射出意外攻击。

这个时候，答话的人总显得有些窝囊——似乎总有把柄捏在别人手中，无法放肆地美化自己。“真的吗？”“不是吧？”遭遇此类言语挑衅的男孩眼神都直了，结结巴巴圆着谎，自己听着都觉得别扭，恨不能有个地洞钻进去。他在恐惧、羞辱和欢快的气氛中，谨慎回答，字斟句酌。

我慢慢感觉到，和我说话的人不像坐在床沿边，而像坐在聚光灯下，周围的那些人则是观众评委，他们龇牙咧嘴——在别的宿舍，一个人说话时别人只是听，也点头，也插话，但却难得表现激动，更不会亢奋。即便是笑，也只是应个景。而这里却那么不同——那种笑是憋了很久很久，终于稀里哗啦地释放出来。是每个人都铆足了劲儿，存心想要笑，超额地笑。等我和别人访谈时，前面那个人变得快活，转而“攻击”别人，同样丝毫不留情面。

原来，他们不仅全都认识，还是朋友；原来，他们是相互邀约着从贵阳来到樟木头，然后又一起来到电子厂的。他们五人——尚小利、严怀仁、朱新勇、黄家贵、贺宏伟，都是贵州省一所中等职业学校的学生，放假后相约外出打工，所以集体从学校宿舍搬到电子厂宿舍“A503”。朱新勇、黄家贵、贺宏伟都曾是留守儿童，他们的父母现在都在外地打工，但他们的个性却各不相同。朱新勇性格开朗，他的爷爷奶奶年龄不大，在村里为人活络。因父母常寄钱回老家，所以他家的生活过得不错。在村里玩着长大，并不让他觉得自己有所欠缺。黄家贵性情平和。虽父母缺席，但他有个好姐姐，所以他在成长阶段从未感到孤单。这次外出打工，令他越发理解父母的艰辛。贺宏伟是个大个子，看着成熟，却一问三不知——不知父母多大年纪，不知家里盖房花了多少钱，甚至不知父母打工的具体地点。他很少给父母打电话，他的眼里有种没开悟的生涩与混沌。

罗大勇不是他们的同学，但他的女朋友是跟他们同个学校的，且是朱新勇的表妹，所以他和男生们玩得很熟。他的脸异常白净，看着很稚嫩，却三句话不离女朋友。他说她十七岁，是他的初中同学。他在学校旁租房打工，只为约会方便。他说她最大的好处就是不作。他说有的女孩有办法把任何爱上她的男孩逼疯。他对她的迷恋难以言喻，无法自拔。但“贵阳打工太便宜，一个月才一千多哦”。听说男生们假期外出打工，便跟着一起来。

几句交锋后，我看出尚小利是这群人的精神领袖。虽然他的外形毫不起眼——一张皱巴巴的小脸、小平头、细长眼，一开口却眉眼飞扬，妙语连珠。

严怀仁总是被大家唤为“B 哥”。为什么不是 A 哥？对此，尚小利笑着说：“电影《古惑仔》里有个 B 哥啊。”

严怀仁十七岁，是六人中最帅的：一双媚眼，黑发梳理得一丝不苟，但近距离观看时，那张年轻的脸上，总挂着不耐烦什么的神气。尚小利嘲笑起严怀仁来——“他说话非常肉麻！”某次，有女生在饭堂里递给严怀仁两张餐巾纸，他便唤人家为“女神”。吃饭的当儿百般赞美，其谄媚做派能令听众当场呕吐。他要到“女神”的电话，又嘱对方存下自己的。之后，便展开攻势。

“女神”是兴奋剂，让 A503 变成一锅开水，腾起股股热气。

所有的人都陷入亢奋——除了严怀仁。他无力地摆手："没有啊！不是啊！不是那样啊！"可话音一出，即刻遭到强力反击。严怀仁的手指点过来："你们……你们……"他却突然变得口吃，无法把后面的段落连缀起来。大伙儿盯着他，耐心地为他的表演评分。

严怀仁不断地给"女神"打电话——站在阳台上打，躲在被子里打，倚在走廊上打，坐在床沿边打——"宝贝""亲爱的""你最美""想死你了""永远爱你""一百年不够"……这些语句裹挟着巨大的破坏性，令整个空间火烧火燎。那场景看起来真令人惊讶：身处多人共居的混杂环境，严怀仁竟然能完全沉浸于自己的唱腔念白，视周遭如无物。

严怀仁像为语言所控制，身不由己。他像在和恋爱语汇谈恋爱。甚至到了晚上十二点，还手机不离手。那种胡拉乱扯毫无意义的废话居然可以讲一两个小时。只见他眼皮不抬，奋勉说话，依旧是惯常的娘娘腔。直至打完电话，准备睡去，露出一张肤白唇红的脸。

我问："那女生漂亮吗？"

大家立马答道："正常人，看上去一般般，但在B哥眼中就是女神喽！"

严怀仁试图反驳却又结结巴巴。原来，问题的核心不是严怀仁狂追"女神"，四处煲电话粥，而是——人人都知道，他在贵州有女朋友。现在，大家扯着嗓子开喊："杜——娟——"

杜娟当然不知严怀仁泡"女神"已如痴如狂，照旧打来关怀电话。杜娟和严怀仁似乎已有了比订婚更深远的关系——像老夫老妻。杜娟的电话一来，严怀仁就在唇边竖起手指，示意所有的人都隐遁起来。他怕有人扯出“女神”，还要他费力地解释。大伙儿借此讹诈严怀仁请客吃饭。吃得次数多了，他不免嘀咕，可一听“我要给杜娟打电话”，便如遭电击地跳起来一迭声拱手说“好好好”。

另一个问题浮出了水面：原来不仅仅是一个“女神”，而是“女神”们！严怀仁不仅仅是脚踩“两只船”，而几乎是——“见一个爱一个！”严怀仁喜欢往女工堆里凑，愿意和女工们眉来眼去。他的口头禅是“男人有什么好聊的”。他愿意给女工干任何事情：提包、打卡、倒开水。他真是个极好的男孩，可惜好过了头。在车间，看到尚小利身旁的女工漂亮，他居然觍着脸找到拉长——他希望拉长把自己换到那女工的身旁……他吞吞吐吐地把话说完后，眼巴巴地望着拉长。

拉长四十八岁，一直都自信满满——为他那一米八的高个儿。年轻的时候，无论在车间还是在大街上，他都感觉周围的人都在看他——在嫉妒他，在琢磨这个高个子是谁。不论他进入哪个场合，他知道只要他想，都能轻易地征服那里的女人。可现在他去参加饭局，在场的女孩对他都视而不见——对她们来说，他不过是个疲惫不堪的老家伙。他试图凑过去，把一肚子的经验、眼光、笑话都抖搂出来，却发现他所掌握的一切都被视为过时。那些女孩射来的 X 光，径直穿透他的心肺。

拉长瞪着严怀仁，脑子不停地转动——这小子除了十七岁，有什么资本？！

“你说这话真是脸不红、心不跳啊！你不是在追‘女神’吗？那你说，你到底爱谁！”拉长的语气好斗而挑衅。

严怀仁随即支支吾吾的。

于是，拉长说严怀仁根本就没有真正爱过。

严怀仁坦白："是的，我没有爱过，可我一直在努力去爱——就是这么回事。"他就这么换来换去，谁都爱，谁都不爱。每一次去爱时，他都那么认真；但他遗忘的速度，又那么快。

拉长的训斥里饱含着嫌恶——"你还这么小，就这么懂泡妞啊！"严怀仁的请求遭拒后，脸上清清楚楚写满痛苦。满车间的人都能看到他发生了改变——他的眼睛蒙上了一层阴影，干活时手也不再平稳。然而，一步入饭堂，看到"女神"莅临，那令他粉碎的痛苦即刻烟消云散。他绽放笑容，快步走去，启动恋爱话语系统，喋喋不休起来。

六人中只有严怀仁有这样的艳福。而尚小利斩钉截铁地说自己"从没交过女朋友"，又补充说"没经济啊"。

我纳闷于"经济"一词被如此使用；但他的意思我懂——没经济，就是说没钱。

严怀仁一个月有生活费七百元，在几个人中算是个小富翁。然而，他虽然钱多，却花得也快：煲电话粥、请吃饭、买礼物。不到月底，兜里的钱就花光了。于是他倚着楼梯给老爸打电话要钱，听到老爸的质问后干脆耍赖——"那你让我在这里饿死吧！"

尚小利无情揭发严怀仁——"每周他都给他爸打电话哦！每次都是要钱，都能要上二三百。"严怀仁对此否认："哪有啊！有一次才打了一百哦！"

尚小利发狠抖出老底："他一有钱就出去！几天就把钱搞完了！"

严怀仁虽然为车间里的年轻女孩所迷，但他又极实用，知道自己不过是“耍一耍”“不能当真”。等干够三个月返回学校，他自然要回到正牌女朋友杜娟的怀抱。到那时，无论是“女神”，还是“靓女”，都逃不脱同一结局——“走了就断了呗。”他的表情陡然间肃然。

听到这里，我不禁为车间里的女孩们叫屈！

尚小利虽对严怀仁又妒又恨，这时却为他解围：“那些女孩该吃吃，该喝喝，哪会来真的？！”听到这话，我禁不住瞪大眼，惊诧不已。

尚小利进一步解释：“到春节回家，她们该相亲相亲，该结婚结婚，没什么损失啊！”

我突然意识到——我的标准非黑即白，不是乡村就是城市，但这恰恰不是电子厂的风格。从各个地方会聚到电子厂的人，像逐水草而居的游牧者，他们都是勇敢的迁徙者。他们是活跃的一群人，而且由于规模庞大，因此在打工之地已形成了一个十足的工业集市。他们似乎已不再隶属乡村，但遗憾的是，他们一直处于漂泊状态。

严怀仁热衷于给“女神”打电话。而与其说他喜欢给“女神”打电话，不如说他喜欢那种状态——说情话的状态。

男孩在甜言蜜语中，重新燃起热情。每天在车间长时间地劳作，他需要发泄。他不是说情话，而是念台词——全宿舍的人都屏息，等待他继续演下去。大家跟着他，一起享受情话的眩晕。只有在每晚的一通电话后，满面飞红，才能安然入眠。

但令我费解的是“女神”——她们何以允许男孩这样做？她们和他聚在一起时不停地聊天，分开后一连几小时打电话，好像在靠词语维系关系。难道她们和他都染上了词语症？在电子厂，恋爱是有期限的——对严怀仁来说，是三个月；对她们来说，是春节前的时日。于是，一种新的恋爱格局这样形成：一个不当真地说，另一个不当真地听。女孩们有的是时间倾听。

其实，在电子厂，恋爱无果的原因是他们根本就是一群灰色人。他们长期生活的地方不是自己的“家”——而被称为自己的“家”的地方是想象中老了以后才能回去的地方。这种“生活不在当下”的精神痛苦，导致这一结果——不断给“女神”打电话，而那些电话又根本不算数。

严怀仁等几个男孩如愿共住同一间宿舍，但没被分配在一条线上。上班后各自散去，下班后集体行动：一起吃饭、打台球、打游戏，什么都一起。在电子厂，每个人都是一点萤火，孤单晃动，难免会感到渺茫。所以，一定要“一起”——工厂很讨厌男工的这种结盟状态——其中的哪一个人要想走，便呼啦啦一起走人，因为一时之间找不到替补工人，于是拉线卡壳，生产随之被耽误。而年轻的女孩会安然置身拉线旁，整齐排列，啪啪挥动手指关节，专注肃穆。时间一到，铃声一响，女孩们同时抬头，离座，走出车间，走出厂门——连摄影师都会为下班人群的整齐感所震撼。

到达樟木头之前，A503的男孩们对工厂生活一无所知，但尚小利的父亲在黄江镇打工，而黄江镇紧挨着樟木头，这个地理位置信息给男孩们壮了胆。每一次，尚小利和父亲通话时，总是按下免提，让粗粝的男中音响彻全宿舍。他们每个人在听到电话后，异常亢奋，气势顿长。

看起来，男孩们的生活和在贵阳没太大差别，只不过白天进的是车间而不是课堂。但车间到底是车间，里面的一切都在考验男孩们的忍耐力——无论是脏兮兮的墙壁、黏腻腻的地板、站着不能移动的长时间劳作，还是飞舞在头顶的训斥。他们在一天辛苦劳作后，累得瘫倒在床，但一说要出去玩，立马又兴高采烈。

男孩们在业余时间里夸张胡闹，是对车间僵硬生活的反叛。他们异常坚韧，要让这个假期成为自己的“成人礼”。假期三个月，他们要痛快地挣一把钱。学校一年的学费加生活费要一万多块钱。三年花三万多块钱，对农村家庭是沉重负担，所以男孩们趁假期外出打工，干满三个月再返校，每人存下的五六千块，能给家里帮大忙。

“在学校时总听人家说外面怎么怎么好，等出来一试才知道，和想的完全两个样！”男孩们没想到一来就是“站”。“哇，太邪恶了！”每个人都愤愤地咒骂。每个人都站得腰酸脚痛。“不加班还能撑，一加班就特别累！”但是，“一定要坚持下来！”七嘴八舌的声音里并不全是绝望。这个时候的男孩们，眼神温柔又茫然。

尚小利挥手说道：“只要选择了远方，就要风雨兼程！”

第二天晚上七点二十五分，我在 A 栋楼下给尚小利发短信时，他回复说正在换衣服。我即刻懊悔——不该比约定时间早五分钟。

男工们七点二十分下班，三分钟后走到宿舍，脱下工衣，换上便装，对着水龙头抹一把脸，用手指捋一下头发，到出门时至少七点三十分。在电子厂，生活精确到每一分钟。

在楼下等待时，我看到了宿管阿坚。他刚从派出所回来，说今天在那里耗了一天。上午九点，车间里两个男工发生争执，一个人抄起手边的铁棍，朝另一个人的肚腩捅去：一个人被拉进医院，另一个人被拉进派出所。阿坚配合警察办案——不断带车间里的目击者到派出所，录完口供后再送回厂里，来来回回折腾到现在。我邀他一起去吃饭，他即刻点头："正饿着呢！"

看我和阿坚站在楼门口，A503的六个男工全都停下了脚步——他们怕的当然不是我，而是阿坚。原来此前，他们在宿舍嗑瓜子，瓜子皮扔了一地，因此被阿坚狠狠训斥过。

男工们看到阿坚后，第一反应是想转身就逃。但事已至此，便只能硬着头皮往前。更何况，是大家一起。一起就好。于是，我们集体朝厂门口走去。

我和阿坚商量吃什么。他说："还是去之前那家吧！"我点头。他指的是厂里电工的侄子开的火锅店。电工和阿坚一个办公室，总是央求他带人去光顾，所以阿坚每次吃饭，总首选那家店。虽然它正对着的是塑胶厂，和电子厂有两三百米的距离。

我们八个人往凳子上一坐，黑压压一片。这一堆人中，我是唯一的女性，令旁边吃客不时拿眼神扫瞄，揣测我们的关系。等热腾腾的火锅端上来，借着啤酒和白酒的劲儿，吃客的面貌混淆成一片后，便再没有人朝我们这桌张望。

阿坚点了两个锅，且无论羊肉、羊腩、魔芋、茼蒿、大白菜、金针菇，每样都两份。哗啦啦端来的盘子把整张木板桌占得满满当当——我疑心根本吃不完。阿坚吃了一口羊肉，惊声哑住。待再开口时，眉头越深，忍不住抱怨："这羊肉怎么有味，味怎么这么大？"

我也夹起一块羊肉，放在舌尖。那味道没有天山羊的鲜嫩，也没有内蒙羊的鲜美，一定是东山羊。而那淡淡的腥膻，是羊肉的招牌，确定无疑。这块羊肉在我的嘴里前后咀嚼，吃起来倒也顺畅。

阿坚手里的筷子变得有千斤重。他犹豫：这里？那里？简直不知该如何取舍。

和阿坚的犹豫恰成反比，六个男工你追我赶，忙个不停。他们频频举起筷子，准确打捞食物，迅疾咀嚼。

男工们忌惮阿坚，不似昨晚在宿舍和我聊天时那样放松。除尚小利偶尔调侃几句外，其余人只顾埋头猛吃。也许，他们早就吃厌了饭堂，刚好换换口味；也许，换个场合，他们又恢复了趾高气扬、妙语连珠的状态。而现在，所有的目标都是一个字：吃！捞起食物，即刻吞咽，毫不忸怩。

刹那间，所有的盘子空空荡荡。继续点菜！再来些啤酒！再来瓶白酒！男工们开始给阿坚敬酒。阿坚直瞪眼：“一个一个上啊！”但他为人实在，每次碰杯后，皆咕咚一口全干。

罗大勇不敬酒也不喝酒，脖子上套了条蓝围巾。纤细的骨架在黑T恤、牛仔裤的包裹下，像某种水鸟。他哀叹昨夜“痛得想死人”，今天在宿舍“又死睡一天”。但如此大吃一番后，白脸上显出红晕。蓝围巾是他女朋友的爱心，免不了被别人调笑。但罗大勇不是花心的严怀仁，他的女朋友是他唯一的“女神”。他自然也给他的“女神”打电话，只是偷偷地打，绝不招摇。那个他日夜思念的“女神”——不仅让他爱，还让他膜拜。他不许别人用言辞轻薄，大伙儿也就收敛三分。

吃到正酣，阿坚起身，手端酒杯，朝旁边桌子走去。那里聚着六个男女，吃喝正酣，其中有个女孩长发蓝风衣，颇有女神风范；另一个“男孩”，短发、格子衫、牛仔裤。阿坚一走，男工们都松了口气，纷纷向我敬酒，灿烂地微笑，嘴巴像抹了蜜。从那桌返回后，阿坚低声道："你看到穿格子衫的那个人了吗？"他眯着眼微笑。随后，我听到了那句话——"她是个女的！"啊？！一时间，我听不见木板长条桌旁嗡嗡的交谈声、咀嚼声，以及餐具轻碰的刮磨声。我慢慢看清了那张脸：不施粉黛，五官玲珑，皮肤白皙，骨骼清秀。有那么一瞬间，我和她的目光还碰到了一起。

她是那种重义气，有话挑明了说，不拐弯抹角的女孩吗？她是那种因被男人伤得发狂欲死转而寻求彼岸抚慰的女孩吗？现在，那叉腰、那挑衅、那吆喝，处处都印证着她溢出雌性之外的雄性气息。而那个长发蓝风衣女孩，只低头浅笑。

男工们不为所动——该吃吃，该喝喝，每个人都拉下眼睛的帘幕，绝不透露出一丝丝情感的判断。只有我，举着筷子，不知所措。其实，我很想问一问他们的感受，但他们一本正经吃东西的那种状态，让我把要说的话忘了。

尚小利突然说起上午车间发生的冲突——"人被抓走时，戴着手铐，还有脚铐！"听到这话，所有的人都顿住了筷子。

尚小利强调了一遍："真的，真的是脚铐哦！"那个冲突暴力时刻，车间里的人都不敢擅自挪动位置，大家只是看到宿管、保安的身影交错晃动。而尚小利所处的位置，刚好能纵览全局。但他只瞥过去一眼，便"吓得不敢多看"，赶忙低头干活。他在心里感叹——"还是管好自己吧！"

这时，空降来一个老头——端端正正的脸，规规矩矩的西服，满头银发梳得锃亮，缄默不语，行走如风，把威严的磁场留在身后。

尚小利的词库中搜不到对那老头的合适称呼，慌乱间选了一个异常别扭的词——“管理者”。

“我看见管理者也来了。”尚小利突然脸色通红，嘴角扯起一丝尴尬的浅笑。他根本不知道那老头的来历，而那老头走过时，表情那样平淡，那种气度，让众人无法视若无睹。

整个车间两百多人，每天都在白炽灯下忙碌干活，没人记得住发生冲突的两个人的仇恨从何而来。或许，仇恨自己会萌发、成长、变异、壮大，成为独立的东西。在上午的光线里，仇恨悄无声息地伸过一只手，找到了铁棍。用尽力气发射出去。铁棍出其不意，让车间里所有的人都看到了血淋淋的仇恨就摆在眼前。

结局变成极简的几个镜头：警察连喝带嗔地押走了一个，担架嘎吱嘎吱地抬走了另一个。空了两个人的地面颤出一圈圈恐惧，像一块大石头落入水中……

上午就此黯淡下去，整个车间变得萧索起来。

当然后来一切都像平常那样恢复了平静，但那不是重点，重点是铁棍预示着某种征兆——这地方弥漫着看不见的仇恨。

二

离开火锅店朝电子厂走去时，已是夜里十点半。阿坚忙碌一天，要赶回家睡觉；我也困意四起；而男工们却个个意犹未尽，依然亢奋。

穿过厂门后，我惊诧驻足。这是第一次，在这个时间，从这个地点，我窥视电子厂内部。平时所见景象，毫无特色，此刻却洞门大开，光影交织的视觉印象那样强烈。那扇玻璃门大敞，内部世界工装人在光线下动作，剪影清晰。

原来在电子厂，时间不是直线的，而是环形的——上白班的人在夜晚睡去时，上晚班的人便开始了工作。所以，夜晚是结束，也是开始。周而复始，循环往复，把二十四小时的每一个空当都填满。

竖在饭堂与车间的栅栏门亦大敞，货柜车的后门也敞开，工装人在忙碌搬运胶箱。我平日所见的这些货柜车，都横冲直撞，像得了躁狂症，完全无法抑制地肆意脱轨。而此刻，这些庞然大物驯服恭良，不仅垂下双翅，耷拉眼皮，毫无示威之意，而且谦卑地表现出宠物面对主人时的绝对忠诚。

现在，来来往往的工装人运送着胶箱：六个摞起，形成一座小黑塔。箱外贴着白色小纸单，标明——实装部，NO.258117。搬箱人的幽暗身影一个挨一个，把货物从车间挪进车厢。但他们又并非完全被暗黑浸染，四周笼罩着黄光。一抬头，我发现此刻的弯月如一张锡箔纸，很近很近地贴在房顶上。

货柜车终于拢起两扇门，收起围板，亮起大灯，缓缓启动，朝厂门口驶去。从车身内部发出的，是一种微弱而坚韧的嗡嗡声。此刻的货柜车苍老之极，蹒跚起步，缓慢踱向门口。那里，早有保安敞开大门。当它拐弯驶入工厂路时，一股冷风吹过，掀起路边沙尘，噼噼啪啪打在车厢上。像打了个寒噤，像终于从懵懂恍惚中惊醒，货柜车突然加大马力，嗡的一声朝前冲去。

回到宿舍，我省略了刷牙洗脸，摸黑换了睡衣躺下，但我睡不着，耳边响着嗡嗡声，整个人恍恍惚惚。回想今日所见系列事物——无论是晚餐上的羊肉、尚小利描绘的脚铐、罗大勇的蓝围巾、敞开大门的车间、轰然醒来的货柜车，都让我感觉异常迷茫，好像这一切都是飘移的碎片，但又为一股强力所吸附。这些破碎的片段貌似互不关联，却又互相制衡，互为因果。

在焦虑和慌乱的心情中，我迷迷糊糊睡着。但后来，却轰然而醒——是被一阵激烈的话语吵醒的。摸出手机，才凌晨十二点。

月光从阳台射进屋内，终于让我恢复了意识。等溃散的魂魄和肉身凝聚成一体时，我才醒悟——自己是被楼道外高高低低的声音吵醒的。而那声音甚至并不陌生，也并不难听——若不是出现在此时，我完全可容忍。然而，那喋喋不休，让我在盛怒中推门而出。

楼门口蹲着个白衣女孩，用胳膊抱着黑发脑袋；路灯下站着个男人——正是老班！他把所有咒骂词汇陈列，纠缠呐喊。显然，他的愤怒已出离得太远。

这是岭南电子厂的凌晨十二点！这里的人们在辛苦劳作一天后要尽快入眠，否则第二天便无力干活。在这睡眠的关键时刻，老班站在路灯下，大吼大叫。我用眼神奋力瞪他一眼，整个人都气呼呼的，我想我已表达了我的愤怒。

在床上又躺下，以为世界将一片安宁。然而，那噪声居然持续不断，老班那贵州味男中音持续不断地为虐四方，把所到之处都践踏为泥。

我的一股怒火直蹿头顶，于是再次出门。我噔噔噔到楼门口，冲那男人大喊：“你好，你的声音太洪亮，楼道的回声大，宿舍里听得一清二楚……”我知我已踩过线越过界。

老班惊叹的不是我的语言，而是我的状态——那稀里哗啦不顾一切的疯女人状态。他一念之间了悟，即刻错愕失笑，点头道：“好好好，我们到旁边……”再次躺下，虽然耳畔依旧模糊地有声响，却像隔了一两座大山，任它怎样，也无法通过错综密道粘上耳膜。

第二天在楼道里碰到谭小菲，她盛邀我去宿舍聊天。跟在她身后走进 B519，她让我坐在下铺后，取下发圈，打散头发，准备洗头。她对我说：“每天都要洗！车间里不知飘的是什么，头发腻腻的，不洗没法睡觉哦！”

我问：“这么长的头发能干吗？”

她又笑眯眯地答道：“一会儿就干了，没事的啊！”

谭小菲的工作是检查收音机的音波是否正常。每日站在拉线前，将每个产品进行调试，把不合格的货挑出来。这活儿谈不上技术，师傅一教就会，之后便是将那个动作重复一万次。十一个小时站下来，腰痛眼酸。

我饶有兴味地看着谭小菲走来走去。顷刻间她已清洗完毕，将所有头发倒倾过脑袋，用手指拍打着，试图让水滴尽快脱离。这真是一头好长发——黑、浓、密。这女孩吊梢眼，双颊削窄，嘴唇微翘，鼻梁挺直，身材曼妙。

我询问前一晚白衣女孩挨训的缘由。她说，老班规定晚上九点要返回宿舍，那女孩晚上九点半才回来。谭小菲撇嘴：“其实啊，我们不到九点就睡了。太累了，哪里有工夫出去。”

想到严怀仁一顿饭能要到“女神”的电话，便不难理解白衣女孩的晚归。好像进入电子厂就是进入一个密闭的容器，只能装上恰恰好的情感内容，装得要合宜，要不多不少。

说话有这么重要？严怀仁打电话打到手痛；白衣女孩拍拖到过了九点。这些已让我吃惊，更令我感到意外的却是谭小菲！原来，她根本不是 B519 的人，而应住在隔壁 B517——原来她被分配进的B517，只有她自己一个人，而旁边宿舍里有她的同学，于是她便抱着枕头来和同学挤一张床。

我终于把疑惑说了出来。我说：“白天上班已经很累了吧，晚上睡觉挤在一起不是更累？”

谭小菲突然把头发甩到脑后，将脸容正一正，认真地说：“白天太累了，晚上再不说说话，第二天没法过。”

“说说话”真的这么重要？那从词语里释放出的乙醚，能将苦痛折磨都化为乌有？非要说说话，才觉得这一天没有白过？

三

某个周六晚八点，路过乒乓球室，发现那幽暗黑洞里挤满了人。

站在前面表演的，还是老班，还是那种惯用的打压式口吻，攻势很强的聒噪：“你们不能……你们要……”

掐指一算，学生工来厂已两个月，而学生们依旧没被彻底驯化，依旧在抗争。老班将面孔绷得很紧，眉毛压低，显出稍稍的烦躁和沉重。他气急败坏地说教，那种说教像一根绷着的筋，随时会裂断。他神经乱躁却毫无对策，理解力总是施错了地方，像对方身上受伤，他却偏向皮肉完好处去敷药包扎，根本不搭界。他不懂视角转换，不懂自己这样的举动会散发出负能量，而这能量不会轻易消失。

我试图在黑压压人群里寻找曾莉莉，但两百多人拥挤在一块儿，让这里像火车站候车室，根本看不清人的面孔。我隐约感觉上次和曾莉莉分手，怕是最后一次见她。

再次到A503，我惊诧发现，除罗大勇辞工外，其余的男工都在。

我原以为第一个要逃走的定是严怀仁，他却留了下来。据说罗大勇从戴上蓝围巾起就打定逃跑的主意。他不是学生工，不用和老师斗。只要他说了第一句谎，便用第二句来补，那么还差第三句吗？对于他的离厂，A503 的人并不觉奇怪。

走了就走了，大家懒得拆解这行为背后的缘由。说到“累”——哪个人不累；说到“累病了”——哪个人不是病人？软弱、妥协、自怜，这些负面词汇，一旦浮现在脑海里，便会吓到自己。于是，那肉身七零八落地逃遁而去，背影里闪着一点点蓝。

A503 的人无比同情学生工——虽然他们也是学生，但他们是主动打工，来之前知道要吃苦。学生工是被动打工。他们和老班的矛盾已白热化。尚小利说和他一条线的男生想回家想到疯，但老班押着身份证不给，学生就背地里跺脚骂老师“坑人”，说要想办法拿回身份证，一拿上就走；说老班每周给学生一百元零用钱，但车间太累，宿舍太无聊，所以男生熬不住想回家，而老班总是恐吓——“如果没做完就回去，要被开除。”

尚小利说进厂后工资是一笔糊涂账，因为干一样的活儿拿不一样的钱。他说，现在他已完全适应了工厂生活；他说，刚开始时“脚痛得不能忍”，而现在“脚已不疼，变得有些麻木”，甚至，“站得时间太长了，如果坐下，大腿会觉得特别酸痛，反而不愿意坐”。

站得太久后会忘记坐，乃至不习惯坐，甚而到最后——不愿意坐！

那种虽然细小但却连绵不断的折磨，最终让人的身体内脏发生了异化。站着的人一直处于单纯的正在进行时中。站，虽然没有鞭子和钢刀，但依旧带着狂怒的野蛮之力——它剥夺了人对美好的感受，它在摧毁意志，牢固地占有你的每分每秒。

尚小利说现在的生活是“上班、下班、吃饭、睡觉”，“特别单调，特别无聊”。上班不能说话，“小声说几句都不行”。于是，人变得拘谨，白白长了灵巧的舌头。要悍然关闭感觉之田，让每个毛孔都枯萎，要做到对什么都麻木无感。

有人偷偷把手机带进车间，但根本没时间玩——太忙。而且，如果给“管理者”看到，“会骂得很凶，很凶……”挨骂时的心情，真是坏到谷底。那样的时刻，“赶快低头不吭声就好，如果顶嘴，会更惨”。在尚小利看来，如果触了霉头，一定要“不顶嘴”。和拉长争辩真是太天真，是智商降到零，不如干脆不说话。

尚小利边说边笑，十七岁的脸上显出皱纹。和吃饭时忌惮阿坚不同，这一次他又恢复了率性而为的状态。他说话的模样幼稚可笑，像个没头没脑嘎嘎叫的孩童，语言的稚气让他幻化成了七八岁。他说，如果员工做得不好，那就要挨骂吧！

周末干什么？男工们异口同声——“睡懒觉，然后出去爽一下”，他们想去买衣服、吃小炒，想去网吧通宵！事实上，他们中没有一个人到过镇中心。

尚小利还说，如果放长假，他想去看他爸。他爸在不远的黄江镇田心村工厂，已干了五年。他爸说，村子里什么都有，像个镇；他爸让宿舍里的人都去玩。

有这样一个结合了智力和善心的尚爸爸真好——大家还能向生活要求什么呢？每个人都等待着放长假。尚爸爸对工厂生活了如指掌，不仅关注他们的生活，还进行适时的指导。他完全能理解孩子们的遭遇，因为这些生活就是他曾经经历的。他告诉他们“要忍耐，多为别人着想，吃点苦不怕”。他的话语，像一只手掌抚摩在孩子们的脑袋上，轻极柔极。这电话包含着比爱更重大的东西，让所有男孩都着魔。一种新异的滋味生发出来，那混合的酸苦让他们知道——成长原来就是这样。

尚爸爸对他们说：“你们要干够三个月，你们要听话。”他和老班说的意思都一样，可他完全是出于关心疼爱。

尚小利还是那么瘦、那么黑，但比我第一次见时更俊挺、更健朗。他确实有所改变——看得出，他一直在成长。

第十一章　模具厂里的钢铁男工

阿清是幸运的——他从一位模具厂的普工进阶为技术员，继而为主管，最终成为厂长。

一

模具厂是一个钢铁的世界、现实的世界、男人的世界。

客户提供图纸给模具厂，模具厂提供客户所需要的模具——这就是模具厂存在的理由。

当一个新的模具厂成立后，需要经过三五年的磨砺才能真正成熟起来。模具行业的技术既复杂又精密，所以需要从业者投入更多心力才能掌握。

阿清是幸运的——他从一位模具厂的普工进阶为技术员，继而为主管，最终成为厂长。这位广东廉江人并不善言辞，他身高适中，皮肤黝黑，眼窝凹陷，嘴角总是衔着一丝隐秘的笑容。那是长久地生活在热带地区的人才能拥有的笑容。作为模具厂的厂长，他主要负责宏观调控——但实际上，厂里几乎所有的活儿他都会干。每当他走进车间，看到那些黑乎乎的机器就感觉不服气，非要驯服它们不可。当他的手臂协调着肩膀、胸膛和双腿时，会爆发出一股巨大的能量。

制造是一门技术。曾经的中国乡村，无论是木匠、竹匠或瓦工、漆工，都是以师傅带徒弟的方式传递制造技艺的。现在的中国工厂，虽然也用培训等方式普及技艺，但师徒“传帮带”还是一种重要的形式。对模具厂来说，师徒“传帮带”不仅能节约培训费，而且边干边学的方式不会影响工作进程；最重要的是，只有通过这种口口相传的方式，徒弟才能掌握那些细致入微的技术。

在工厂，普工想学习技术的愿望十分强烈，因为如果没有技术傍身，你便永远处于弱势状态——你的收入和社会地位都是偏低的；你既没有底气向老板提出加薪的要求，也没有勇气离职。然而，很多人打工多年，却依旧没能掌握一门专业技术。

原来，20 世纪 80 年代以来的很长一段时间里，大量的工业劳动并没有特别高的技术要求——工厂仅仅要求有“体力”，因为工厂需要的就是简单的体力劳动。很多工厂通过技术革新和科学管理，将原本复杂的生产过程分解为一个个简单的动作，从而消解了工人要掌握的技术资源。

而阿清是幸运的——他掌握了技术。

在家中，阿清既不是妈妈疼爱的头生子，也不是爸爸喜欢的乖乖女。除了刚出生时那几声最初的啼哭外，他一直处于静悄悄的状态。他静悄悄地呼吸，静悄悄地长大，以不存在的方式存在着。

阿清老家不过是一间瓦房，而那个小厅里放着张餐桌，卧房里睡着父母，六个孩子则睡在另一间卧室里。屋外的四亩土地里种着水稻。到了秋收时分，那稻谷总是被害虫吃掉一大半。这对夫妻每日劳作到想死，可六张嘴要吃要喝，他们还得把寒酸的日子维持下去。

入不敷出的日子总是让人发愁。后来，当父亲跟着伯父当了屠夫后，阿清端着碗站在门口吃饭。夏日夜晚，当邻家男孩看到他碗里有肉丝时大叫起来："搞一点给我嘛！"那时的天气很热，空气中弥漫着一股温暖的倦意。阿清的脸变得红扑扑的，但邻家男孩忙着咀嚼，压根没看到。

当阿清忸怩不安地走入小学一年级的课堂时，不出意料地遭到同学们的嘲笑——他不仅有着九岁男孩的身高，且裤子上有洞，还打着赤脚。在村里念完小学后，他又到镇里念了初中。后来，他根本没去考高中——他的成绩太差。

然而，在家里待了一年半，他却什么事都找不到。苦恼和羞愧折磨着这个乡村少年，他不知所措。他感慨自己实在是太卑微太寒酸了。在深圳打工的老舅回乡后，他毅然决然地求老舅帮忙带他到深圳。他没征求父母的意见——他那眼窝深陷的父亲和唠唠叨叨的母亲，是无法给他什么指导的。

老舅前额两道眉毛皱起了一个疙瘩，鼻孔里上下抽动着一股粗气："在外打工可是苦得很，你能行吗？"年轻人用力点头："能行。"老舅"嗯"了一声算是答应了，但他提了一个条件："先去把通行证办好。"这个男孩到廉江市跑了几趟都没办下来，便去求表姐帮忙。表姐是个好心肠，不仅帮他办好了证，还塞给他三百块作路费。

多年后，当阿清回忆起 1995 年年初坐了二十多个小时的班车，到达深圳香蜜湖车公庙的场景时，心头浮现出如父亲疼爱儿子般的怜惜。

老舅把阿清领到一家模具厂后，用似规劝似谴责的口吻对他说："一定要吃得了苦啊！"然而，这位新工人实在是太年轻，他的心灵对于形形色色的外部世界表现得实在过于敏感。

阿清发现从商业区穿过后，街道两侧的高楼像山峦般会变得越来越稀疏，越来越低矮；在路的尽头，会出现一个湖泊般的工业园，里面有上百家大大小小的工厂；工厂外的榕树是很重要的，它们的绿色会让这条街变得不那么单调；工厂门口既是出口也是进口，所有的货和人都从这里流进又流出；脱下便装换上蔚蓝工装后，他就把文明和礼貌留在了更衣室里，而走进车间就是走进秩序，走进劳作，走进噪声和污秽。

阿清发现车间的过道十分狭窄，需避开那些成堆的胶箱和成堆的纸箱才能通过；车间的布置看起来似乎很随意，但其实，每一台机器都像动物园的黑熊，必须待在自己的笼子里，而那个位置是通过计算得出来的。

阿清发现车间里的空气和外面完全不同。那是一股黏糊糊的热气，混合着机油、塑料和钢铁的味道；在车间，正常分贝的说话声根本听不到。凡是出现在这里的演员——颤抖着身子的发动机先生，旋转着身子的钻头先生，轮起手臂的铁棍先生，受到惊吓的镗床、刨床和磨床先生，不断喊疼的喇叭先生，不停叩问的撞锤先生——全都在纵情歌唱，发出吱吱、呜呜、嗷嗷、啾啾、叽叽、嗤嗤、当当、噗噗等古怪而粗野的声音。

阿清发现下班后那些机器黑熊像中枪般死了过去。一切都停止了运动——无论是机器还是人体——全都僵硬地停止了下来。那些穿蔚蓝工装的人们节制着自己的喘息，默默地走出车间，被蔚蓝天空里射下的阳光轻轻地抚摩着，慢慢地找回了自己的灵魂。

这个厂的老板是湖北人，师傅也是湖北人。当湖北师傅用浓重的湖北腔对着学徒工吼了半个月后，阿清总算记住了钢的不同型号，总算基本入了门。在此后的一个半月的时间里，他所干的活儿就是“开料”——这是最初级的活儿——把粗料搞光滑后再送到下个部门。干这个活儿时手上都是油，连指甲缝里也是油。仅仅一周，他的手就发生了巨大的改变——皮肤干裂，肌肉僵硬，一道道伤口火辣辣地疼。可每天的活儿都摆在那里，并不会因为手上有伤而减少半分。

阿清发现乡愁是一股风，无论他走到哪里，那股风都能找到他。夜里，当海浪般的疼痛拍打着他的全身时，他感觉自己是如此羸弱。在那个瞬间，他决定抛弃他的乡愁。也许只有彻底地忘记老家，自己才能和这个钢铁世界融为一体。

老舅曾告诉阿清，学徒工要想有本事，不仅需要一定时间的练习，还需要得到行家的点拨才行。可是，这个厂的师傅根本不可能点拨他，还把他当贼来防。他觉得自己像一叶孤舟，在无尽的大海里随波逐流，根本不知哪里是岸。然而，他却不敢辞工。可是，若想在厂里继续干，他就必须面对那个尴尬的难题——如何与他人交往？从小到大，他都是个寡言的人。可现在，他不得不开口说话。他发现工厂里的人见面也不说“喂”，而是说“先生”“小姐”“阿姨”“大叔”“阿公”；他还发现，给别人帮助是比说话更有效的交际办法。于是，在干完自己的活计后，他总是到处找活干。

然而，阿清还是生出了离厂的念头。在这里，精明而严厉的老板是湖北人，掌握技术、颐指气使的是湖北师傅。当湖北师傅用湖北话交流时，他是没有资格听懂的。他嘛！也许他只配干那些最苦、最累、最没有技术含量的活儿。

是那件小事坚定了阿清离厂的决心。

那一天，阿清和穿着西装的业务经理送模具到宝安区西乡街道的一个厂。坐中巴车时，卖票的男人见他们磨磨蹭蹭，便大骂了起来。那个模具有一百多斤重，他一个人举起来很费劲，可业务经理却袖手旁观，硬是不搭手帮忙。

听到卖票的男人说的是廉江话，阿清便用家乡话回了过去："东西这么重，你不能下来帮一下忙吗？"乡音是一股神秘的暖风。那个卖票的男人愣怔两秒后，凝视阿清的眼神也发生了变化。他真的走下了车，真的走到了阿清身旁，真的将手放在了模具上，真的咬牙使劲抬起了那个大家伙。

即便有人帮忙，阿清依旧累得脸色煞白，嘴巴紧紧地抿成一条有力的直线。

这天深夜，阿清在宿舍里陷入了深思——自己的处境为何如此之惨？在复盘这件事的过程中，他慢慢地品咂出个中滋味。答案是逐渐明晰起来的：他在这个厂是没有希望的。

二

当阿清对老舅讲述自己的经历时，浑身都在轻微地颤抖。他在那个厂领了第二次工资后，便选择了离职。随后，他进入东莞凤岗镇一家搞电路板的模具厂，老舅叮嘱这个涉世不深的新手："到了新厂，凡事要多留个心眼。"这种出于至诚的善意规劝，令阿清感到既温暖又羞愧。

进厂后，阿清干的还是“开料”这种最基础的活儿，然而，他已不再是那个愣头青。他努力地调整着自己渺小的身躯，以适应这个全新空间对他提出的要求。虽然生产主管是他的廉江老乡，但他绝不会在任何人面前亮出这张底牌。

阿清的师傅姓牛，走起路来也牛气冲天。牛师傅拥有徒弟所没有的一切：技术、强壮和自信。牛师傅是个将近五十岁的黑壮汉，腆着圆滚的肚腩，肩膀宽阔，两只环眼火辣辣的，走起路来摇摇晃晃。牛师傅是厂里的牛人，拿着高工资，颇有地位。

牛师傅在给徒弟授课时，虽然煞有介事地瞪大眼睛，但他的动作是滞重的，语气也是滞重的。然而，其思维却一点也不滞重——他不仅教给徒弟无关紧要的技能，还支使徒弟干各种脏活儿累活儿。他甚至向业务主管投诉徒弟又懒又馋、又笨又馋、又傲又馋。所谓“馋”，不过是阿清在饭堂吃了三碗白米饭。业务主管是个体格不结实、气色也不佳的矮小男人。他那纤细的胳膊和警觉的面孔完全不搭调。他礼貌地点着头，嘴里发出“嗯嗯”声，既不表示赞同，也不表示反对。

熬了一个月后，牛师傅公开叫板——“分开做！”当那个黑男人发出咆哮时，黑红色的嘴唇因张开而露出了牙齿，使他看起来像只秃鹫。阿清知道，师傅想用这种公开的方式羞辱他，继而赶走他。

谁能想到分开做的结果居然是——徒弟比师傅做得还好！原来，虽然阿清言语谨慎，但手脚灵便，心思缜密，精力充沛。他总在干完自己的活计后又去帮别人干。而很多技能，就是在帮忙的过程中学会的。就这样，徒弟在师傅的嫉妒暗流中站稳了脚跟。

这个模具厂的老板是一位姓苏的香港人。正是这位苏老板，给了阿清更好的发展机会。

有一天，正在干活儿的阿清感觉肩膀上落下了一只热乎乎的大手："你怎么在这里做事？"阿清是配料车间的普工，现在却在装配车间里干活儿。那真是一个意外而尴尬的时刻。阿清张了张嘴，但什么话都没说出来。因为太紧张，他完全给结巴住了，但他很快便调整了呼吸的节奏，回答道："我的事都做完了，我想闲着也是闲着，就来这里帮帮忙。"

苏老板听完阿清的话只是点点头就走了，可他回到办公室后，便给生产主管打了个电话。当生产主管简要地介绍了这位新人后，苏老板以决断的口气说："既然阿清这么上进，放在配料车间是可惜了，你给他换个部门吧。"苏老板并没有明说换到哪个部门，可生产主管已从那赞美的口气中领悟到了要义。"好的，我明白了。"生产主管温顺地回答。

阿清虽然有些寡言青涩，但很讨人喜欢，而且，苏老板感觉阿清和自己的儿子年纪差不多。如果一位年轻人有干劲、有头脑、有魄力，为什么不给他一个上升的通道？

阿清的人生是从他被调到组装部后发生改变的。

谁都知道模具行业有三个核心秘密——组装、设计、线切沟；谁都知道，只要掌握了这三个秘密，便能在业内呼风唤雨；可谁都不明白，为什么幸运之神会垂青傻愣愣的阿清？

苏老板是阿清的贵人。这位香港老板的奋斗史在阿清的脑海中造成了爆炸性的震撼。阿清惊诧地发现——原来赤手空拳也能打出一片天！

四十多岁的苏老板看起来是个普通人：普通的中等个，普通的五官，普通的性情。当他从车间走过时，嘴唇呈微笑型紧闭着。他细长的眼睛里藏着大海一样广阔的秘密。虽然他看起来那样普通，但在阿清心里，这位老板便是最高贵、最智慧、最富有的那类人的代表。

其实，苏老板年少时并没读过几天书，但他却跟着村里人学了几套拳法。原本他只是想着强身健体，可后来那些拳法居然成了他谋生的技能。那时，香港的武打片风靡全世界；那时，苏老板还只是小苏。小苏在电影厂里跑龙套，给武打演员当替身。那些飞檐走壁、跋山涉水、短兵相接的动作，都是他卖着力气做出来的，可镜头里的脸却不是他的。这个活儿虽然危险，但收入相当不错。小苏的第一桶金便是这样赚到的。

后来，苏老板进入深圳沙井的一家模具厂，不仅学会了工程设计，还摸清了这个行业的那些潜规则。敏捷而务实的他有了自己搞厂的想法。于是，他来到东莞市凤岗镇，建起了这家模具厂。

听说自己被调到组装部后，阿清的脸颊一下子便涨红了，眼睛也闪闪发亮，当晚，他邀工友们到厂门口的大排档喝啤酒。啤酒！这是他生平头一遭给予自己的奖赏。以前的他可从来没有这个胆量。而现在，他居然举起玻璃杯，说了一通劝酒话后，一仰脖，便把那些微苦的液体统统喝入肚。陡然间，他感觉自己的面孔、胸膛和后背，乃至浑身上下，都隐隐地燃起了一团火。他的手和脚在发烧，舌头变得不再灵敏。然而，即便狂喜让他的思绪乱成一团麻，他都没有彻底失态。总有一个声音在提醒他："凡事要多留个心眼。"

一年后，阿清从普工晋升为技术员，工资翻倍不止。

成为技术员的阿清，终于彻底摆脱了体力劳动，不再穿着脏污的衣服干低三下四的活儿；他穿着干净整洁衣裳，坐在角落的一张办公桌前时，头发也是干净整洁的；他对新工作的各个细节都悉数掌握，所以，他甚至开始留心观察周围的情况，试图了解全厂的动态。

普工—技术员—主管—经理—厂长。阿清是幸运的。这样的打工经历，做梦都要笑出声。这个变化的戏剧性，不要说别人，连他自己都不敢相信。但奇迹就这样发生了。这个寡言的乡村少年，如今已成为模具行业的能人，既受人尊敬，又拿着高工资。

是苏老板的港资模具厂，让他真正懂得了电路板模具的性情。电路板其实是一个载体——所有的原件都要依附在它上面才能发挥功效。它的内部结构极为精密，就像人体的大脑，能起到指挥作用。电路板有绿色的，也有金色的；有有卤的，也有无卤的；有单面的，也有双面的。人人都知道油墨是一层一层冲上去的；但大多数人都不知道那个瑕疵是怎么弄出来的——无卤素材双面板冲出来后总是掉油墨、起泡，就像被狗嘴啃过般难看。能想到的办法都用上了，可结果还是不行。阿清皱起眉头，咬定青山不放松，直愣愣地盯着那些丑陋的地方反复深思，再到处找老师傅请教，又深夜研读专业书籍，上网搜索相关资料，成百上千次地做实验，终于找到了解决的法子——让客户把油墨边缘蚀刻。按常规的做法，单边要腐蚀到零点二，而阿清强调，应加大到零点二五。因为只有这个数据才能让产品达到最好的状态。终于，问题解决了。

当技术能人阿清被升为组装部的主管后，日子已经相当滋润了。然而，在他的耳畔却浮现出了另一种声音：跳槽！其实，并非阿清三心二意，而是周边大厂的老板找到他，开出了更丰厚的条件。若单纯为了待遇，他应拔腿就走。可他却忘不了苏老板那个按在自己肩头的手掌，以及那从掌心里辐射出的热量。

“走还是留？”这是阿清曾思考过的问题。彼时，他虽技术傍身，但不宜随便挪窝，因为只要迈出危险的一步，后面可能就会遭遇不测。

阿清反复权衡的结果是：留。

之后，原来的生产主管回老家，这个重要岗位便空缺了下来，苏老板最终选定阿清接替。

升为生产主管后，阿清的工资再次翻倍不止。

阿清很快就胜任了生产主管这个新岗位。有些人以为当生产主管是件熟能生巧的事，就像小孩到了一定年龄自己就会说话那般。但其实，生产主管不仅需要了解生产流程，还需要了解如何管理员工、如何与客户沟通、如何进行业务公关等诸多问题。

2009 年之后，东莞遭遇了“成长的烦恼”——一方面，由于人口红利的消失和土地价格的上涨，东莞的竞争优势逐渐被淡化；另一方面，由于企业的高端技术含量不足，东莞在高端市场上无法与欧美等发达国家竞争。最终，只有转型升级才能打破这个僵局。虽然转型很艰难，但不得不这样做。一定要从师徒传授的传统模式，向数字化、信息化、自动化转型，用编程和数控让机器去生产，而人只负责监管。

2015 年年初，虽然阿清所在的港资模具厂宣布关闭的原因是老板年事已高，而老板的儿子并无意接手这个产业，但阿清的心里非常清楚，转型失败是关厂的重要原因。

厂子关闭后，阿清到苏老板介绍的惠州的一家模具厂工作，老婆和孩子留在了凤岗，因为他对新厂充满了怀疑。一个月后，他的不满便如潮水般涌动。他感觉自己对这个新厂一点都爱不起来。

杜总在合适的时刻出现了。这位老板像个白面书生，说话的语调不紧不慢，圆脸上总是挂着谦和的微笑，白皙的面庞下总能泛起一层红晕，然而，在那斯斯文文的举止里又透着股精明和强干。

第一次见面是在凤岗的茶餐厅。阿清喜欢茶餐厅的氛围，也喜欢茶餐厅的奶茶，更喜欢茶餐厅的价格。在不了解对方来头的情况下，他不想欠太多人情。玉树临风的杜总和寡言精瘦的阿清在握手之后便坐了下来。杜总简要地介绍了自己在东莞市望牛墩镇的模具厂后，即刻向对方发出邀约："到我们厂来吧！"而阿清则彬彬有礼地回答："我考虑一下。"一个月后，杜总再次发出邀约，阿清再次回答"我考虑一下"。又一个月后，阿清握住杜总的手说："我考察一下！"

在港资大厂待了二十年，从普工做到生产主管，阿清接触的都是模具行业的高端技术和高端人才。可现在的这个厂，却以支离破碎的方式呈现了出来——不仅规模小、设备旧、产品低端，而且整个厂的运营似乎和外部世界处于脱轨状态。回家后他对老婆说："一般！一般！一般！"

老婆问他："那你到底去还是不去？"

阿清认真地回答："虽然落差很大，但我还是想试一试。"

杜总的厂子实在一般，但让阿清舍不下的，是杜总的态度。不论阿清说什么，这位白面书生都能认真聆听，眼神里流露出赞许的神态。那种神态不是简单的恭维，而是行家对行家的肯定。

阿清就这样来到了望牛墩。当他 2016 年来到这个镇上时，以为自己最多待两年。可后来，他一口气待到了现在。若不出意外，他将在这个厂干到退休。

作为生产经理的阿清，一进厂就开始改革——引进先进设备，优化工艺；引进专业人才，让他们成为每个部门的领头羊。而阿清的不可替代性，很快就得到了显现。那一天，清远市的一位客户怒气冲冲地打电话来——电路板冲出来的基材分层不仅发白而且起皱。当客户拉着设备往东莞赶时已是凌晨一点，到望牛墩时是凌晨三点。虽然杜总和阿清都已等在车间，但真正干活的人是阿清。

两个小时后，阿清宣布问题已处理好，但客户拒绝拉走设备。

“拉回去还是坏的怎么办？！”客户盯着阿清。

凌晨的空气有点湿，有点冷，也有点安静。空气中还有种冷静而沉着的残酷。这残酷让阿清的心脏猛烈地敲击着胸腔，让他胳膊上的皮肤起了一层鸡皮疙瘩。然而，他什么也没说。显然，这个问题已溢出了他的能力范围。

此时，白面书生迈着文雅的步伐上场了。杜总微微地喘着气。每喘一下，都有一股焦灼的火焰喷射出来。他的大脑像计算机般进行着筛选：现在，哪个老板的电话能打通？现在，可是凌晨四点啊！他的脑海里浮现出了周总的形象。那个脸色暗黑、有些驼背的男人有个江湖绰号——“二十四小时”。他总是这样说：“有事给我打电话，我手机二十四小时开机。”患有严重失眠症的周总，经常凌晨三四点都睡不着觉。虽然身体坏透了，但周总的人缘好极了。

一切都那么幸运——阿清、杜总和周总，组合成了一个环环相扣的连环套。在周总的厂里，当客户仔细检查模具冲出来的基材后，终于点了点头。等客户将模具拉走时，已是清晨六点。那一刻，阿清自顾自地笑了起来。他发现，阳光是一点一点来到人间的；在这个冒着绿色热气的地方，在这个台风经常光顾的地方，在这个香蕉树的叶子能高过三层楼的地方，阳光是一点一点到达人间的。

“是阿清把问题解决了的！”早上八点后，车间的工人们用胳膊肘捣着侧旁的工友。

事实上，发生电路板冲出来的基材分层不仅发白且起皱的问题是个大问题。若客户因为模具的问题而出不了货，则意味着无法到海关交货。海关出货是有清单的，每天交多少都有备案。交不了货便出不了柜；等货做出来，便只能改航运。这期间产生的巨额费用，都将由模具厂承担。所以，这根本不是一个技术问题，而是一个生死攸关的问题。

幸亏阿清的大脑像电脑硬盘般储存了许多处理问题的私人经验。当他看到客户发来的照片后，便开始琢磨出现问题的原因。那时的他睡意全无，脑袋里的发动机嗡嗡作响。他谨慎地思考着，揣摩着不同选项。一个想法就像一个按钮，可以开启一扇门。等模具拉来后，他赶忙打开屋里所有的灯。他用手指轻轻地抚摸它，用眼神轻轻地观察它，用呼吸轻轻地体味它。他从来不觉得这些铁家伙没有生命。很快，他观察到了某个预示性的征候。

那征候的表现既错乱蛮横，又卑鄙邪恶。正是这个征候在模具身上制造出了涟漪般的麻烦——因为高低针的分布不合理，所以在冲压时基材的平面度受力不一样。那么，针对不良位置进行打磨和重新分布，便可解决问题。当错乱得到有效纠正后，一个有序的世界便建立了起来。

这就是阿清！不可替代的阿清！

两周后，当阿清搬到厂长办公室，车间里的工人并没有用胳膊肘捣侧旁的工友。这个结果是大家预料之中的。

2016年，在阿清的建议下，杜总斥资四十多万元，购买了五台先进的慢走丝线切割机床。厂里原有的快走丝设备只能做低端产品。若遇到做高端产品，只能外发去加工。这五台设备比原来的设备更宽大、更簇新、更复杂。它们受到了贵宾的待遇：住在专门的空调房里。它们是这个厂的“未来之星”——那些陈旧的车床、砂轮和钢钻，那些衰老的镗床、螺钉和凸轮，那些笨拙的控制台、电缆柜和有黄色绿色指示灯的门，都统统过时了——这样的一台机器，不仅能提高生产效率，而且能让整个工艺流程得到提高。

当杜总为是否买下二次元测量仪犹豫时，阿清给予了肯定的答案。他俩进行了一次秘密而低调、简明而扼要的会谈。他俩只是交换了一些数据，而不是说了一些词语。对他俩来说，词语的魅力远远低于数据，因为数据是不需要解释的：事实就摆在那里。

那个来自常平镇的客户看到二次元测量仪后两眼发光。事实上，从常平镇来到望牛墩镇，不仅是从东莞东部来到东莞西部，还是从相对繁华的地带来到相对落后的地带。所以，这个客户的验厂行为原本只是走个过场——多看几家也没坏处——但他被那台机器的骄傲气息迷住了。“签！”一锤定音。

阿清是具有实践经验的副官，杜总则是具有决断力的将军。当他俩在打阻击战时，谁也离不开谁。如今，这个厂的人员已从十几个增加到四十几个，产值也翻了两三番。

三

现在，阿清已四十七岁——这是一个初尝衰老的年龄。

作为厂长，他现在最闹心的一件事是：招工太难。

现在，全厂居然没有一个二十多岁的工人，管理层的四五个人都已五十岁出头，中层员工大多是三十岁至四十岁的人。事实上，在2000年之前，到工厂打工还是需要找关系的。此后，出来打工的人越来越少。一方面，工厂的工作比较辛苦，且大多是重复性的劳动；另一方面，工厂的工资也不算高且生活枯燥。

在阿清看来，如果谁能认定自己十分熟悉市场，那他就大错特错了。

事实上，没有人能真正认识市场这条河，没有人知道它会流向哪里，会在哪里拐弯，会在哪里流入大海。所以，当人们面对这条河时，须小心、小心、再小心。任何一个障碍，都能改变河流的姿态。

目前，厂里的业务有下滑倾向。阿清分析，这与外部环境有关——有些电路板模具的龙头企业搬走了；有些电子厂不给电路板厂下单，所以电路板厂便也不给模具厂下单。“开源节流”“提升品质”——这是阿清开出的药方。

阿清对现在的生活十分满意——父母健在、儿女双全、老婆贤惠、吃喝不愁。

2000年，阿清经过相亲认识了一位叫阿芳的女子——她的脸颊红润，头发乌黑，眼神羞涩。一年后，他们结了婚。阿芳是他的第一个女朋友，也是他第一个真正的伴侣。他深深地爱上了阿芳。

阿清爱阿芳并非因为年龄、体形和五官，而是因为她体内所蕴藏的勤勉与善良。事实证明，他的判断没有错。这个和他一样在热带乡村长大的女子，非常独立自主。虽然她是个身量中等、皮肤黝黑、腰肢微粗的普通女子，然而，他却认定了这个女人就是自己的妻子。

阿清的两个女儿分别出生在 2002 年和 2003 年。女儿们出生后就被送回老家，请老妈帮忙照顾。现在，大女儿读幼师，小女儿读高三。2007 年出生的儿子则一直跟着他们在东莞生活。初中毕业后，儿子便回到老家去读高中。阿清已在廉江市买了套商品房，还在村里建了栋两层楼。

阿清发现乡愁是一股风，无论他走到哪里，那风总能找到他。他发现如今的乡村已发生了很大变化——那些平坦的柏油路通到了每户人家的门口，那些随处可见的垃圾桶和卫生间让村里变得干净整洁，那条专门输送污水的排水沟让臭气不再四处弥漫，那些鳞次栉比的小店让年轻人有消夜的地方，那些自己栽种的蔬菜和粮食让饭桌安全而可靠。

是的，故乡是阿清宽广而深邃的秘密基地。在故乡的绿色热气里，储存着他的童年和少年的身影。他是被故乡的天空、土地和河流养大的孩子，他是一个在故乡流传甚广的传说。

阿清跟我说，退休后，他想回老家搞个茶餐厅。而且，他在老家还有三亩地，想种啥种啥。

第十二章　工厂之外的“泥土生活”

阿国不过是个普通人，一阵风就把他吹倒。然而，他却勇敢而顽强，有着连他自己都不知道的“洪荒之力”。

一

阿国的样子看起来很普通——个子不高不矮，体形不胖不瘦，皮肤不黑不白，普通的细长眼、厚嘴唇、高鼻梁，说话口音略带贵州味。

每天下班后，阿国来到一个小菜园。菜园四周环绕着高大的榕树，树下覆盖着由落叶、藤蔓和茅草编织成的绿网，侧旁的河流是东江。

站在菜园里的阿国，像国王般检阅着他的领地。在这里，有股植物和泥土混合而成的味道，能让人神清气爽。在这里，榕树之外是一栋挨着一栋的厂房。那些房子硕大而威严，透露着不可侵犯的气息。而这块小小的菜地，简直就是一个小小的奇迹。阿国在这里种菜、养蜂和喂鸡。他做这些并非为了挣钱——很明显，他的投入和产出不成正比——然而，他却沉湎其中，不能自拔。

阿国已年满三十五岁。这是个既不年轻也不衰老的年龄。

阿国的身份是个谜——他既不像真正的农民，也不像真正的工人，更不像真正的工程师。在他身上，既有第一代打工者的特点——眷恋土地，有一定的农业技术，又有新生代农民工的特点——对城市生活十分熟稔，学习技术的愿望十分强烈。虽然作为电子厂的工程师，他既有稳定的收入，又有令人羡慕的地位，却一直没有找到一个合适的身份。

事实上，在第一批工厂建立之前，世界上绝大多数的人口都是农民。然而，伴随着第一家工厂在英国的出现，产业工人诞生了。改革开放之后的中国，有数量庞大的农民跻身于工厂，干着工人的工作。然而，他们和乡村并未彻底脱离。

阿国每天下班后，都到那个小菜园里去劳作。当他还是个小男孩时，总想把自己藏起来：他不是钻在桌子底下，就是钻在柜子里头。长大后，他发现自己无处可藏，便给自己搞了个小菜园。一下班，他就让自己钻在这里。

虽然打工多年，但阿国却一直都没有忘记泥土的味道——那种野蛮而强烈的味道。那是从热烈的西红柿、金黄的玉米、蓝黑的茄子及绿色的豇豆中散发出来的混合味。在菜地，他乐此不疲地干着活儿。他找来很多根竹竿，裁成一样的长度后，给豇豆搭起了架子；他喂养那十几只母鸡，不厌其烦；他把网购来的五个蜂箱安在地埂旁，时不时地打开查看。

在这个弥漫着热气的工业园里，阿国的行为像个地地道道的农夫。然而，他却是电子厂里受人尊敬的工程师。他既负责维修机械，又负责研发新产品。

阿国出生在贵州毕节市的一个小乡村里。那个村子的四周都围绕着大山，而山沟的深处却淌着一条河。虽然人们在河边建起了一栋栋瓦房，但却找不到一块适合耕作的平坦之地。于是，人们便把玉米、茄子和豇豆的种子撒在了山坡上、河岸边、高坡处。

初中毕业后，阿国虽然考上了高中，但只读了半年便退学了。他觉得既然高考无望，不如趁早外出打工。事实上，他是个相当有天赋的学生。在学校里，他不仅学习了光学、力学、水力学和板块构造学，还掌握了基本电路。他知道如何修理坏掉的电线和开关，如何给电线打结，如何检查电阻。当他在小商店里搜寻到一些零件后，又遵循着一套复杂的指令和一张破旧的电路图，用机架、电容器、各种电阻和扬声器装配成一个收音机。

其实，阿国并非什么天才，而只是善于思考。当他在思考一个问题时，使用的是全部的热情。他不仅将思想高度集中，而且让全身的每一个细胞都高度集中起来。

2006年春节后，阿国第一次外出打工。当历史的车轮轰隆隆地往前迈进时，这个年轻人也跟随着车轮一起往前走。离开家时，在他的身后是一片嘲弄的哄笑声，然而，他依旧坐上了那辆中巴车。

这一年，阿国成为深圳福永一家港资电子厂的普工。深圳像一把大菜刀，陡然间斩断了他和故乡的联系。

那些年在深圳，阿国学会了焊锡、组装等电子厂里的那些活儿。当他从一名普工被提拔为拉长助理后，又担任了物料员。他感觉不仅他的生活质量提高了，而且他的眼界和格局都得到了提高。现在的他，再也不是那个两眼低垂、浑身轻颤的小学徒。甚至，通过在工厂工作，他还慢慢知晓了一些关于城市、国家和世界的知识，虽然这些知识并不深刻。

阿国已在东莞居住了五年之久。那个感慨时常浮现在他的脑海：深圳是豪华的，而东莞是朴素的。

现在，当阿国开着自己的车行驶在东莞时，常会赞叹这座城市的高速公路。那些灰黑色的道路宽阔而平坦，不断地向外延伸，简直堪称完美。在这些道路旁矗立着一些厂房，而夹杂在这些厂房中间的是各类小店：加油站、理发馆、小餐厅、小宾馆、便利店、修理店。阿国能一眼辨认出那些灰色混凝土楼房是不是厂房——厂房既没有敞亮的大窗户，也没有过于个性化的设计，而是一味强调单调与实用。在那些楼房的顶部，常会亮出“伟业”“宏利”“高达”“得胜”之类的牌子，但这些牌子却对厂子里制造的产品只字不提。

现在，当阿国走进电子厂后，看到工人们正在给香薰机套上塑料袋，再把它们放入黄色的纸箱中。这个活儿看起来十分简单。然而，一旦这种动作重复一千次一万次之后，手指就会被磨得生疼。于是，有人戴着手套干活儿，有人将右手大拇指用黄胶带裹起来。在那条拉线的顶头，挂着张“作业指导书”，上面明确地标注出产品型号、生效时间、文件版本、文件页码、工序时间、工位名称等字样。在指导书的最下方，还标明了制作是谁、审核是谁、批准是谁。阿国的名字，通常出现在审核那一栏。

事实上，当阿国第一次走进电子厂时，没有一点儿和机器打交道的经验。他是后来才慢慢知晓那个秘密的——进入工厂便意味着工人要和机器融为一体。在工厂，工人要么能操作机器，完成某个单一产品的生产；要么能监控机器的运行，及时处理机器出现的差错；要么能成为机器的助手，完成机器无法完成的那部分工作。

阿国发现，深圳的工业园是个神奇的地方。在那里，拥挤着一堆大大小小的工厂。它们或者制造电子产品，或者制造玩具、食品和内衣等产品。在那里，有三个时间段行人稀少：早上八点至中午十二点、下午两点至傍晚六点、晚上八点至晚上十一点。在那里，只有到了凌晨十二点之后，才能迎来真正的安静。

当第一缕晨光抚摩那些水泥楼房时，它们慢慢地恢复了血色。几分钟后，整个工业园又活了过来。到处都是声音——翻身下床的声音、刷牙洗脸的声音、吆喝孩子快点的声音。早上八点之前，人们甩着手，快速朝厂房走去。进入车间大门后，工人们像溪水般流向拉线，又像溪水里的石头般各就各位。

早上八点一到，正式开工！在抬起手指的那个瞬间，工人们变成了一个和此前完全不同的人。现在，他们要全身心地投入工作。每一个投入工作的人，都只想把手头上的这件事干完，根本没有精力想其他。

阿国发现，在工业园里的这些大小工厂中，电子厂最为神秘。通常，电子厂的车间都是那种敞开式的单层厂棚，里面堆着黄色纸箱、蓝色胶箱、各种机器、挂钩、说明书和塑料袋。看起来，那个空间有些凌乱，但又有种乱中有序的感觉。通常，在一个大车间里会安装四五条拉线，在一条拉线旁会站着几十个或者上百个工人。他们各干各的，不能聊天，不能随意走动。工人从慢慢移动的皮带上拿起电子板进行装配后再放下去的动作，是十分简单的。

阿国发现，在工厂，大自然的力量会变得十分孱弱。工厂生产时间表，是一切行动的指南。这个表格，不仅对工人的工作时间做了详细安排，还包括休息时间。这个表格是严厉的。若不按它行事，便会遭到重罚——扣工资、扣奖金、炒鱿鱼（被辞退）。

当工人走进车间后，总感觉上午过得很慢，而下午则更加难熬。到了上夜班时，每个人都如赤脚走在烙铁上。中午走进饭堂后，人们并没有慢条斯理地享受食物，反而把热乎乎的米饭及粗大的菜梗用力填进口腔，用力咀嚼，用力吞咽。至于滋味是什么，已变得不重要。

阿国发现，宿舍生活其实就是车间生活的延续。宿舍不仅是逼仄的，而且是毫无隐私的。这里到底不是家，而只是一个临时的歇脚处。如果工厂接到了急单，那工人便会从宿舍赶到车间开始加班。虽然住宿舍的费用不算高，但这个福利是以丧失自由为代价的。

阿国在深圳的这个电子厂干了一年就选择了离职。

二

第二年春节后，阿国来到深圳的一家五金厂上班，但他却只干了一个月——上夜班实在太难熬。随后，他跟着堂叔到福建泉州的一家大理石厂当学徒。那个厂的规模相当大，有十几个机台。堂叔让他“边干边学对刀”。从这位长辈的口气中他能听出来，这是一门十分重要的技术。

阿国只用了一周时间便掌握了对刀的秘密。普通的学徒，要学一个月；有些人比较笨，要学三个月；还有一些人，学了半年还不能上岗。事实上，对刀这项技术的核心机密差不多都掌握在贵州人手里。通常，他们用口口相传的办法教给自己的亲戚或老乡。由于贵州石材的质量不算好，所以他们便到福建去发展。福建不仅有好石材，而且很多人喜欢用大理石铺地贴墙。

对刀有什么机密？原来，机台是固定的，台车下面有两个钢丝轮，可以让它滚动起来；原来，刀分大刀和小刀，大刀切出来后小刀再切，相互反复；原来，刀片调好后，一次切三毫米或五毫米，每一次都会下降，这样才能反复切，等刀停止后，操作员要把石头的片分好后再对刀；原来，要把刀片对在刀缝里才能反复地切，若对不准，要么会把板切坏，要么会把刀头打掉。

其实，阿国的聪明并非天生，而是他善于思考，总能在反复推敲和苦思冥想后，琢磨出其中的玄机。

阿国在泉州工作的那六个月日子过得美滋滋的——每个月的工资都在四千元以上，而那时深圳的普工每月不过两千元。可后来，好日子并没有持续下去——由于设备出了问题，他的手被刀弄伤了。

那个瞬间阿国至今难忘——在那个由钢铁和石头组成的世界里，一切似乎都在旋转着，一切似乎都在发出声响。但不知道系统的哪个地方出了错，那刀头的利齿便咬到了人的手掌。在那个错误的瞬间，那个错误的刀口碰到了人的肉体后，才发现自己有多么脆弱。

那一刻，血液涌向脑颅，尖锐的疼痛让阿国全身变得湿漉漉的。他听到自己大叫了一声，一股浓浓的血腥味便堵住了鼻孔。

拿着老板赔偿的两万元和自己攒下来的两万元，阿国回到了老家。趁着养伤的工夫，他干了一件大事。他用自己的钱将家里的老房子翻修了一遍。那栋爷爷盖起来的泥土房只有里套外两间，房顶上盖着瓦片，阁楼里放着粮食和杂物，既逼仄又阴暗。翻修后，整栋房子变得结实而敞亮。这栋新房子是他的成人礼——他的青春便结束在屋子建成之时。

2008 年 7 月，当阿国再次来到深圳后，整个人都变得不一样了——稳重了，成熟了，也沉默了。当他重新进入一家电子厂当普工后，很快就当上了拉长。连他自己都没有想到，他在这家电子厂干了五年。

在那五年里，深圳也是阿国的城，因为他的声音、动作和思考无不受这座城的影响。他发现，深圳有闪着蓝光的写字楼，有宽敞豪华的大酒店，有舒适别致的小公园。然而，只要一离开市中心，人们便只能看到一栋栋灰色的厂房。在深圳待的时间越久，他越感到自己和它之间有一道鸿沟。

2013 年 10 月，阿国选择奔赴福建漳州的一家大理石厂。一切都和以前一样，他干的还是开采大理石的活儿；一切都和以前一样，他对刀对得又准又快；然而，一切又都和以前不一样。在他的身旁，多了个女孩。女孩总是扎着一束马尾，抿着嘴唇，不爱说话。虽然性情有些冷淡，但她到底是个年轻姑娘，很有吸引力。他们是在深圳认识的。他们一起到了漳州。

2014 年春节后，两位年轻人又一起到了福建福州市的一家大理石厂。虽然阿国在这里干了半年，每个月的工资都有一万多元，但他并不开心。他发现自己女朋友的外表虽然很讨喜，但她其实是个坏脾气的任性鬼——因为她是留守儿童，在父母缺席、无人引导的状态下长大，所以做事任性而鲁莽。

突然有一天，阿国的女朋友不告而别。陡然间，她的衣服、鞋子、手袋、洗面奶和牙刷都不见了，好像那些东西从来都没有出现过。她拿走了“属于”她的东西，而把“不属于”她的东西都留下了。显然，他也被归纳到“不属于”的行列。一个月后，当他接到女孩的和解电话时，只是淡淡地回了一句：“我们不合适。”

分开了就分开了。阿国感觉那个女孩想要的太多，而大理石厂的生活实在是太过单调。他甚至感谢她的不告而别，这总比结婚后再离婚强。然而，他依然感到难过，便选择了离职。

这一次，阿国独自一人去了山东日照。他惊诧地发现，在福州切割大理石，一平方米是六毛钱，而在日照则是一块二。工钱翻了一倍！然而，山东的石头很不好切，对技术的要求很高。但这对他而言并非难事。于是，他便全身心地投入工作。他说，那时挣钱真的很快——上一个十二小时的班，即刻有五六百元到账。在忙碌的工作中，他逐渐忘记了自己的伤痛。

又一年春节后，阿国返回日照。一切都和以前一样，他干的还是开采大理石的活儿；一切都和以前一样，他对刀对得又准又快；然而，一切又都和以前不一样。这一次，在他的身旁多了个未婚妻。

就在刚刚过去的这个春节，阿国订了婚。未婚妻给人感觉很文静。她有一双安静的眼睛，嘴角挂着安静的笑容，安静地看着他，对他的工作及收入并没有表现出过多的好奇。她在低头喝茶时，双手捧着玻璃杯的姿态让阿国怜爱。陡然间，阿国便做出了那个决定：和她在一起。

这一年 4 月，两个年轻人从日照去到辽宁的葫芦岛市。阿国在那里干了将近半年，每个月的收入都在一万三千元以上。然而当地天寒地冻，厂子到10月就已停工。可那时距离春节尚早，阿国便和未婚妻一起来到深圳福永，进了电子厂当普工。

在2016年春节前的腊月，阿国结了婚。在贵州的乡村，一般都在正月之前的腊月办喜事，因为打工的人一般要在正月初五后陆续离家，所以正月不办事。而腊月的那些天，村里则热闹异常——结婚、乔迁、满月、升学——到处都是喝酒的人。作为新郎的阿国，已从一个懵懂少年变成了强壮的男人。

婚后，阿国这对新人再次返回深圳福永的电子厂工作。从表面上看，妻子干的是普工，而阿国则是工程师，负责生产维修、品质管理、样品制作、售后服务等工作。但从实质上说，阿国的责任要比妻子更重。他必须兢兢业业地工作，将差错率减到最低。在这个规模不大的电子厂中，他是不可或缺的人：电坏了修电，机器坏了修机器，开发新项目也少不了他。

2018年年初，这家电子厂从深圳福永搬迁到东莞道滘镇南丫工业园。从此，东莞这座城便和阿国的命运紧密相连。东莞的外表没有深圳那么时髦，但东莞高速路上的每一辆货车都和世界经济紧密相连。

阿国的家，就位于工业园的一栋宿舍楼中。那是一间长方形的屋子，一道布帘将屋内空间分为前后两部。在前部靠墙的两侧，分别摆着两张高低床——一张给两个孩子住，另一张堆着纸箱、塑料袋、电线等杂物，床沿边挂着长长短短的衣衫；后部靠墙处摆着张双人床，床对面摆着小木桌和小圆桌——小木桌写作业，小圆桌吃饭，墙上挂着液晶电视、拼音挂图和两张奖状。

阿国将宿舍顶头的阳台开辟成一个小厨房：墙上挂着锅铲、漏勺、筷子筒、辣椒干和调料罐。面对腊肉、排骨、鸡蛋和西红柿，他满怀激情。他是个天生的好厨子——煮米饭时总会加些小米，让饭变得又白又黄；炒腊肉时要把肉切得很薄很薄，再用油榨干，和胡萝卜一起煸，味道浓香；鸡蛋炒西红柿的滋味盖过任何一家餐厅，因为鸡蛋是自己养的鸡下的；剁椒鱼头则是他的拿手菜：先将胖头鱼腌制两小时，再辅以剁椒、葱、姜、蒜烹饪，热烈的滋味能让老婆一口气吃下三碗白米饭。

这样的小日子已趋于完美。然而，阿国却总觉得少了点什么。

开垦个小菜园的想法，是搬到道滘后不久产生的。最初，阿国只是感觉自己的睡眠质量陡然下降——夜里总是处于似睡非睡的状态。早晨起床后，头发蓬松，皮肤粗糙，眼布血丝。然而每天深夜，他都瞪大眼睛睡不着，直挺挺地躺在床上。他感觉身体好像被什么东西压住了，做事无法集中精力，越想快越是乱。他变得瘦骨嶙峋，说话声音很轻，走路像在飘。

问题到底出在哪里？

阿国想起了很久以前的那个瞬间——那个错误的瞬间。在那个错误的瞬间，那个错误的刀口碰到了他的手掌后，他才知道自己的肉体有多么脆弱。那一刻，他听到自己大叫了一声，一股浓浓的血腥味堵住了鼻孔，而那股血腥味，一直都没有散去。

从广东到福建，从福建到山东，从山东到辽宁，从辽宁到广东，那些工厂生活在他的记忆深处留下了冷冰冰的印象。

阿国发现了自己身体的一个秘密——原来，他是个嗅觉格外敏锐的人；原来，他对隐藏在空气里的变化异常敏感；原来，他能忍受那些灰色的、没有任何装饰的楼房，却无法忍受那种化学品与潮湿和血腥混在一起的味道。正是那种不健康的味道让他无法入眠。

有一天夜里，阿国推开宿舍的门，站在榕树下大口大口地喘气。奇迹发生在最不可能的时间和地点。在那棵榕树下，他非但没有呕吐出来，反而在闻到一股清香味之后，脆弱的神经得到了舒缓，心里的海浪也逐渐平息。就在那时，这个男人冒出了一个想法——如果能有一片小菜园就好了。

三

现在，阿国过的是城乡两栖人的生活。上班时，他走向车间；下班后，他走向菜园。

阿国在泥土中体会到了一种经久不衰的力量。他发现蝉在嗡嗡地叫着，那泥土的气息挥之不去，犹如自己的呼吸。这一切看起来平淡而朴素，却让他有种充实感——好像这里不是外部世界，而是他内心世界的某个地方。这里的一切都具有疗愈功能。在这里，他可以忘记争吵、怨恨和悲伤，可以忘记钢铁、塑料和玻璃。

在故乡时，阿国对植物并没有表现出这般的热情；是搬到道滘后，那种和植物亲密的想法才强烈了起来。现在，他喜欢鼻翼间缭绕着青草、花香和泥土混在一起的甜滋滋的味道，喜欢用脚踩在松软泥土上的感觉，喜欢干除草、浇水、采摘等琐碎的农活。现在，他拔掉榕树下的蕨草、三叶草和蒲公英，种上豇豆、茄子、胡萝卜和西红柿。

阿国说，菜园子如果照料得好，永远都不会属于别人。

阿国在地埂边的茅草丛里放了五个蜂箱。有一次，一窝养了两个月的蜜蜂全都跑了。他反思，原来是那段时间天天下雨，蜜蜂没有吃食便飞走了。在这之后，他每次取蜜时都要留一点儿。

阿国养了十几只鸡。他给鸡喂的食是附近饭堂的剩饭剩菜。每天，他都把楼上的泔水桶提下来，倒空后再把桶提上去。有时，他还会给小鸡们加餐。当他抓起一把玉米用力一扬后，那些小鸡便咕咕地四处寻找起来。

阿国喜欢在傍晚时分到菜园里干活儿。那时，所有的厂房都变得黑乎乎的。那从宿舍窗户中洒下的灯光，让叶片变成一枚枚金币。他在地里干上两个小时的活儿，非但不觉得累，反而身心愉悦。在天与地组成的自由空间里，他自由地使用着自己的身体，自由地走在松软的泥土上，自由地感受着四季的轮回。

有了这块菜地后，阿国甚至改变了对工厂的看法。他意识到——如果没有工厂，他便没有工资；如果没有工资，他现在所有的生活都将会垮塌下来。所以，白天工作时他总是尽心尽力；而到了夜晚，当他走进菜园后，则全身心地享受着泥土带来的愉悦。他和自己达成了某种程度的和解。

2022 年，阿国在村里又干了一件大事。他将原来的老房子拆掉后建起了一栋两层半的小楼房，建房的钱是他一个人出的。让村里人吃惊的是——这栋房子是阿国自己设计的。其实，关于客厅、饭厅、厨房和卫生间的位置及大小，他早就在脑海里想了很多遍。后来，他把这些想法画在了图纸上。事实上，他根本没学过建筑学，但根据平时的观察和思考，他便无师自通。当他把图纸交给建筑队后，便开车返回东莞上班。他说，他才不会死守在工地上——那得少挣多少工资啊。他感觉这栋楼房必须建——他的儿子和女儿分别出生在 2017 年年初和 2018 年年底。眼瞅着孩子们一天天长大，回老家没地方住可是个大事情。

2023 年春节是个值得铭记的时刻。

现在，阿国已是村里有出息、有见识的男人；现在，他已从一个逾越者蜕变为成功者。看起来，他的变化确实不小——身材高挑粗壮，皮肤又黑又红，眼部周围有些许皱纹，手掌上布满老茧——但他的言谈举止所表现出来的，是比实际年龄更有见识的模样。他亲密地和乡亲们说着话，样子越来越像他的父亲。

如果阿国一直没有离开故乡，那他的人生也许是一个封闭的圆。然而，当他走出那重重叠叠的大山后，他的人生便成了一条射线，不断地向外延展。

深圳是最猎奇、最时髦的城市，而东莞是最实在、最敦厚的城市。然而，这两座城都不是他的家。阿国最后的选择，大概率依旧是返乡。

曾经的小村被封闭在山窝里，出一趟门很不容易，找一块像样的耕地也很不容易；曾经的小村一到夜晚便黑黢黢的，凹凸不平的土路上有难跨的水坑，到处都能看到垃圾；曾经的小村，没什么活儿留给年轻人干，所以他们一个个坐着中巴车离开了。现在，神奇的变化已然发生。小村的柏油路铺好了，电通上了，网络普及了，垃圾桶和卫生间随处可见，而红心猕猴桃也在山坡上种了起来，年轻人通过直播平台卖起了货。对此，阿国的眼睛变得晶亮：哎哟，这个新村庄也是“我的”村庄啊！

自十八岁离开家乡，阿国再也没有将自己的命运与这个村庄联系在一起。而现在，一切都发生了改变。现在，他想让自己也参与到这个村庄的变化之中。他想在老家的那几亩地里种上玉米、茄子、豇豆、黄瓜和西红柿，让那些地变成有模有样的大菜园。

阿国看起来不过是个普通人，一阵风就能把他吹倒。然而，他却勇敢而顽强，有着连他自己都不知道的“洪荒之力”。因为，他的双脚始终深深地踩在泥土里。

后　记

2014 年 1 月，我选择东莞樟木头工厂路作为田野调查地点时，根本没想到这段时间会是两年之久。这期间的几乎所有周末和假期，我都待在樟木头。

我反复行走于工厂路——这条路集中了樟木头镇最重要的几个大厂：电子厂、纸箱厂、塑胶厂、汽车配件厂、服装厂，一溜烟排下去，或兴旺或萧条，或整齐划一或毛糙杂芜，让这条路充满乡野、科技、江湖等多重味道。

因工人下班时间多为晚上九点，我便不定期住在电子厂的女工宿舍。我以“90 后”男工为采访主体，但也写下了一些计划之外的采访者。我并非想写耸人听闻的传奇故事，而只想写普通个体的内心生活——在我看来，转型期中国的关键变革实乃个人之崛起。我希望自己是个朴素的观察者，和被采访者间建立长期联系，和他们进行深度对话，既融入他们的生活，又保持一种研究距离，最终描摹出一个个鲜活的普通人。

第一次到达樟木头是 2011 年年初。那时，我对南方一无所知，只惊诧于那黑白影像般的街道，那被混乱地用作厂房、出租屋、饭馆、便利店的小楼。没想到，樟木头在我的人生地图上形成了分水岭。

樟木头，这个小镇之于我，不仅具有空间意义，更是人和环境在某个特定时刻的奇妙同构：它成为我的安慰剂，又成为我难以捉摸的探索对象，而有时，则是充满敌意较量的对手。

从2011年年初至2013年年底，我蜗居樟木头。这三年是浓缩的三年，完全无法和此前我在新疆度过的时日相比。在这个坦率到无情的岭南小镇，我的个人感官获得彻底释放，思绪极度飞扬。

我常骑在自行车上构思文章，握着车把的手背被南方烈日炙烤。有一天冲凉，我惊诧地发现，我手背的颜色变深了。一日复一日，南方以渐进的方式沁入我的皮肤，缓慢而有力地改造着我的身心。从外貌看，我还是我；然而，内在的某些结构发生异变后，我已不再是我。

我在樟木头摸索着向前：不仅要努力适应南方生活，还要在写作的苦境中摸出条道路。我一面在键盘上敲打字句，诅咒我何以陷入如此境遇；另一时刻，又吟诵自己创造的文字，并为之兴奋不已。

2013年年底，我在东莞市区有了另一处居所，和樟木头的关系也发生了改变：我不再每日必经它，而只是间或来访。周末，我从市区出发，经过南城、东城、松山湖、大岭山、寮步、黄江，到达樟木头。这是一条从市区到镇区的路，车窗外的街景，从玻璃大厦到低矮民房、水塘、芭蕉叶、宿舍窗台、厢式货车。

当我不用深陷其中时，樟木头这个小镇所彰显的黯淡与颓废，似乎也淡化了许多。那些黑白版画不再像一个个剪影，而变成一片片神秘海域。这种由近及远的视角，让我得以从更开阔之处，俯瞰小镇。这是一种全新的感受——我对这个地方没有理所当然的归属感，但同时，我又反复来到这里，注目它的每一个细小变化。

每一次，车从市区驶向小镇，我都会有种莫名的兴奋。我知道我即将从有序进入无序，从整洁变为混杂。

在东莞，你随时可以找到干净和精致。尤其，环绕着玉兰大剧院周围，无论市政大厦、图书馆或展览馆，建筑物都宽大牢固，有着金属的闪光，瓷器般高雅。几乎每个镇的中心地带，都是玉兰大剧院的微缩版——相对整洁，相对干净。进入樟木头，像将优雅品位冻结，闯入另一个场域。这里既喧嚣又寂寞，其独特风格，无从模仿。正午时分，路面被行人、厢式货车、各类垃圾和噪声裹挟；到了傍晚，一场微雨落下，街道如倦怠母蛇从酣睡中醒来，浑身闪着磷光，呈现出某种特殊的冷静和内敛。

在小镇的定居生活，已让我发生彻底改变——我终于告别了写作上的青春。从 2014 年 1 月起，我开始准备新的创作选题时，很快就决定将田野调查的地方放在了樟木头。首先，三年定居经验，让我对这个小镇已有了全方位的感性认识；其次，我在小镇依旧保留的小屋，可作为中转站，让我免去后顾之忧。

如果工厂路是一条纬线上的点，那时间便是一条经线。过去两年，工厂路的外表并没有什么变化，最大的改变，是我的眼神。最初所见的那些小摊点、厂房和宿舍，都变得不那么粗陋，现在它们深具蕴意。是时间帮助了我，让我对工厂路，对樟木头，乃至东莞，有了新的认识。时间锻造了我的耐心，让我对各类细节不断打量，不断提问。当我在解决这些问题时，发现工厂路不仅存在于地图上，还存在于我瞳孔的显微镜下。它变得更丰富，更具有诗意。

工厂路成为我理解当下中国的一把钥匙。我慢慢领悟到，在珠三角的工业区，最容易也最会被忽视的东西，其实就是那些最显眼的。尽管有那么多描述工厂和工人的书籍，但是，当我全身心沉浸工厂路时却发觉，此前的阅读并不能对我有所帮助，我只能跌跌撞撞摸索。

观察是第一步。假如没有日积月累的观察，就提不出问题。而通常，答案就包含在问题里——因为提出问题也不是件容易的事。

看看那些招工启事便知，生活在乡村的人是被呼唤到城市的。他们走出田埂，洗了把脸，拎起包，坐上车，就来到工厂路，开始了工厂打工生涯。他们有更多更好的选择吗？乡村边缘而原始，虽然有着原始的生命力，但无法满足村民对幸福的向往；而城市有城市的法则与契约，并非遍地黄金。

“90后”男工是一个值得观察的群体——这些乡村男孩大多是留守儿童，大多初中毕业。当他们离开老家来工厂打工时，会强烈地感受到城乡差距。同“60后”“70后”的父辈不同，他们没有讲不完的大苦难、大话题、大责任，他们更轻松。虽然他们的路比都市青年更窄，但和父辈相比，又有了更多的可能性。现在的他们无须为拿不到工资而担忧，无须赡养父母，无须结婚后非要返回老家。他们敏感、好学、自尊、反思，愿意融入城市，并期望成为合格市民。然而，必须有一种非常强的力量支撑着，他们才不会被城市的旋涡迷失。这不仅是“90后”男工的问题，更是转型期中国的问题。

在我和他们的交往中，我时常能感觉到一种张力。有时，他们会异常悲观和烦躁；有时，又能自己走出一片天。只能靠他们自己。而我的选择是后退，再后退，保持一定距离的观察。如果乡村是母亲，那城市便弥补了父亲的功能——是城市教会了这些乡村男孩文明的规则、爱的隐忍、生存与进阶之道。这个对本能的压抑过程同时也是成长的过程。在城市，他们学会了自我限制，但成长绝非等同于此，还包括对限制的抗争和对自我的发现。

“90后”男孩，无论穿着多么时髦，发型多么夸张，言语多么潮流，身上总有个不可磨灭的印记——乡村印记。他们始终记得自己从哪里来。我只是希望通过描述这些人物，让他们的生命历程得以真实呈现。人最有能量的时候是面对困难的时候。当这些男孩身处困境，是如何发挥潜能渡过难关的？他们那么笨拙——那么笨拙地试图适应成人世界和工厂生活。

从乡野草莽到工业钢铁，这个大时代里有太多的传奇，而我所选定的这些采访对象，不过是汪洋大海中的几滴。把他们作为研究对象，似乎难以和精英人物匹敌，但精英人物的特殊性似乎和普通人的生活相去甚远，反倒是这些升斗小民，因其普通，更具标本性。一勺水亦有曲处，一片石亦有深处。也许最能反映一个时代、社会本质和变迁真相的，往往不是大事件、大人物，而是作为社会主体的小人物的观念、日常生活和行为选择的细节变化。

在我和工厂路的彼此适应中，我渐渐明白，时空在这里总处于不断穿梭中，因为这是个尚未定型的区域，故而它还没有形成某种僵化；在这里，传统的悲悯和同情皆派不上用场，我每每感受到的是强烈的震撼与颠覆。我试图用以小见大的方式，通过个人微观史来窥视当下中国。我无法用别的方式开拓写作，我只能用属于我一个人的独有的方式，来描述我所看到的生活现场。

我在樟木头的写作，无法不和工厂路息息相关。我像动物学家般敏感地意识到——工厂路是独属于我的天然标本。

当我用现实主义的眼光挽留下那些飘忽街景，用实录般的语句描绘下诸多细节时，工厂路像酵母，让最琐碎最贴身的视觉经验，变成了坚实可靠的证词。我变得异常简单，一心一意，只干这件事——观察揣摩工厂路。

感谢在我创作这本书的两年间遇到的那些有缘人。先要感谢的是我采访到的那些男孩们——当我推开宿舍的门，贸然打开笔记本时，他们向一个陌生人讲述了自己的经历，这种信任让我感动不已。还要感谢那些在工厂路遇到的其他人：宿管阿坚、阿丽，劳务公司阿彪，冷饮店老板老廖，厂门口的男孩阿杰、阿林，等等。没有他们，我便无法揭开工厂路的面纱，亦无法看清此地繁复的内部肌理。

特别的感谢送给樟木头“中国作家第一村”的村民朋友——他们在我定居小镇时提供了无微不至的关怀，帮助我熟悉和进入这个岭南场域。细致入微地了解樟木头，对我廓清工厂路提供了前提保证。同时，作家朋友们的勤奋创作在此地形成了强大的能量场，亦有效地激励着我的创作。

最深切的感谢要给予我的家人。从 2014 年 1 月开始采访起，每周五傍晚我坐车去樟木头，利用周六周日采访，将家务琐事丢给丈夫，而儿子亦默默忍受我的强迫症。某个周日午后，我在叠衣服时，突然惊叹：我已很久很久没有干家务了。

在创作中途，我遭遇到一次意外阻碍：2015 年春节前几天，我骑自行车和另一辆自行车相撞，致使右手骨折，整整一个月都裹缠绷带。我焦灼似火，不知未来是否还可使用手指。我积累了那么多素材，难道就这样白白流逝？或者，是上天看我太过操劳，用这种方式让我休息？当我终于可以重敲键盘时，才发觉能够书写多么幸福。

写作时我变得异常焦灼、暴躁。面对诸信息碎片，不知道如何整理。某个凌晨，我用胳膊将脑袋环抱，陷入苦恼，简直想就此放弃。突然间，又想起某个雨夜的经历，打了个激灵。

那一天坐上公交已是傍晚，眼看着车窗外景色逐渐暗黑，而司机却发疯飙车。我一个恍神没及时下车，已错过了站，等看到路面多了刺目白道时——车已过樟木头进入清溪！

我是从一座桥上开始反方向折回的。一路上风雨将伞吹打得歪歪斜斜，我完全失去了时间感——我像在泥沼中眼耳鼻嘴中全塞满淤泥苦闷不能言，慌里慌张迈着小碎步，在求生本能的驱使下朝前跋涉。那段时间实在太漫长——其实，也就大约四十分钟！

独自一人行走在樟深路，在深夜，在急雨中。我艰难地想，难道这是我盘桓工厂路必得的礼物？这“独自一人”的时刻，我所品尝到的悲哀惊悚、无人依傍，将如何向别人倾诉？我感觉身心处于极限崩溃状。我不断对自己说，“就到了，就到了”。终于，当我看到远处闪烁着繁华绮梦的红绿灯时，才深深地松了一口气。

感谢我的养母李照明和养父丁孝白。他们皆不识字，皆终身为菜农，皆于 2013 年过世。我常在梦里看到他们，并为自己在他们晚年时期陪伴太少而深深自责。以前养母总是问我：“你还写不写字？”她不知世间有“写作”这个词，但她知道写字是件重要的事情。我希望自己不要虚度光阴，以告慰他们的在天之灵。我相信他们一直在看着我，护佑着我。

1971 年，我出生在新疆哈密的一个工人家庭，被养父母领养后，上的是农村户口，直至考入大学才转成城市户口。1993 年大学毕业后，我没有服从分配，反而去了乌鲁木齐从事媒体工作。此后，我一直处于边缘和游离状态。也许，这就是我能长期待在工厂路的另一个原因——童年和少年时期的乡村生活经验让我了解中国农民；青年时代的颠簸动荡让我理解迁徙的艰难。在工厂路，我嗅到了一种自己熟悉的气味。我并非单独存在，而是和周围的别人共同组成了“我”。书写他人也是为了更好地看清自己。

最后的感谢应给予东莞——这个神奇的城市。东莞并非光鲜得无任何缺点，但这个城市却有着无比的宽容度——它接纳了那么多外来打工者；这个城市不仅有新鲜的活力，还有岩浆般的创造力，更有强大到不可思议的修补能力。

特别需要说明的是：为保护被采访者，本书中的部分地名、人名及厂名作了技术性处理，但本书所呈现的事件，皆为本人亲历。

《工厂女孩》《工厂男孩》和首次出版的《工厂爱情》被我统称为“工厂三部曲”。

虽然《工厂女孩》和《工厂男孩》是非虚构作品，而《工厂爱情》是一部地地道道的长篇小说，但我依旧愿意将这三部作品合称为“工厂三部曲”——因为在这个系列作品的内部，存在一种逐渐递进、血肉相连的隐秘关系。这个“链条状”作品的诞生，并非刻意为之。然而，无意中诞生的它们，却又像一部编年史中完整的横切面。

20 世纪 70 年代，我在新疆东部的哈密市出生长大。大学毕业后，我在新疆的首府乌鲁木齐生活了十七年。2010 年 8 月，因缘际会，我从新疆乌鲁木齐南迁至广东深圳，随后定居东莞。这次五千公里的大迁徙不仅改变了我的个人生活，也让我在思想上发生了变化，还为我的创作注入了新的内容。

《工厂女孩》于 2013 年首次出版，引发强烈的社会反响。对于工厂叙事，我感觉意犹未尽，于是便开始为《工厂男孩》的创作做准备。我将采访地点依旧选在了东莞市樟木头镇。之后两年，我利用周末和节假日的时间到樟木头镇工厂路采访。2016 年，《工厂男孩》顺利出版。然而，意犹未尽的感觉再次浮现而出。

在连续创作了两部非虚构作品后，我生出创作一部长篇小说的想法。这部长篇小说的原型人物，是我在为《工厂男孩》收集素材时遇到的。经过两年的跟踪采访和一年的艰辛创作，我终于完成了《工厂爱情》，其缩减版在《作家》杂志发表。今年，这部作品终于找到了最适合它的出版社。

2023 年的 5 月和 6 月，虽然岭南的天气被酷热、潮湿和龙舟水所裹挟，但为了配合《工厂女孩》《工厂男孩》的再版及《工厂爱情》的出版，我再次踏入了工厂。这一次，我将采访地点放在了东莞的道滘镇、望牛墩镇和谢岗镇。我集中采访了两位女工和两位男工，以期他们的故事能给予有力补充。重返工厂令我感慨万千。从 2011 年至 2023 年，不仅十二年倏忽而逝，更重要的是，此时此地的所思所想与彼时彼地的所见所闻，景观殊异，大相径庭。

不知怎的，“工厂”这个词总给人一种相距甚远的感觉。但实际上，我们每个人的生活都和工厂紧密绞缠，根本无法分割。

现在，手机、汽车、电脑、电视等工业产品，已成为现代生活的标配；现在，作为制造大国，中国有近一半的劳动力受雇于工业。然而，我们中的大多数人却从未走进过工厂，既不知道车间是什么模样，也不知道工人是如何生活的。事实上，工厂不仅带来了一系列的工业产品，还带来了一种全新的生产方式，这种方式对人类生活产生了极为深刻的影响。

然而，人类对工厂的认识并非一成不变。世界上第一座工厂诞生至今，已有三百年，人类对工厂的认识随时代的不同而发生着改变。在工厂诞生之初，多数人着迷于纺织厂和炼钢厂所爆发的创造力。然而很快地，人类便发现工厂不仅给人的生活带来方便，同时也带来了教训和伤痛——那些站在福特汽车厂流水线旁的工人，比以往任何时候都更像机器的附属物；那些生产各类产品的工厂，虽然提高了人类的生活水平，但也对地球资源进行了大肆掠夺。经过反思、挣扎和顿悟，人类对工厂的态度从狂热变得冷静，继而心平气和。

2011 年，中国经济总量首次超过日本，成为世界第二经济大国，两百多种工业品的产量居世界首位，这标志着经过数代人的艰苦努力，中国由农业大国向工业大国转变的目标已初步达成。现在的中国，不仅拥有最大规模和相对完备的工业体系，且在全球经济格局中扮演着越来越重要的角色。而这个奇迹的诞生和改革开放是分不开的——家庭联产承包责任制改革，将农民从土地中解放了出来；户籍制度的松动，允许农民进行有条件的流动；东南沿海的电子信息、装备制造、家用电器、纺织服装、通信设备、汽车等产业集群，吸引了全国各地的农民前来打工。到 2014 年，中国农民工的数量已经多达 2.7 亿人。时间来到了 2017 年，这一年，“粤港澳大湾区”正式成为国家级战略。

事实上，大湾区中的这十一个城市——香港、澳门、广州、深圳、东莞、珠海、佛山、中山、肇庆、江门、惠州——都是岭南项链中耀眼的明珠。大湾区不等同于中国，但它却藏着中国潜在的可能性。事实上，大湾区比人们想象中的还要紧凑。通过四通八达的高速铁路、高速公路和港珠澳大桥等交通设施，这个城市群已紧密地融合在一起，将成为世界上最发达的区域。每一个来到这里的人，都会想尽办法重塑自己。迁徙者为此地注入了能量与活力，而此地又反馈给这些人以现代化的生活。

从2011年至2023年，我在大湾区完成了“工厂三部曲”的创作——这个系列作品的诞生，正是基于我在大湾区长时间的沉浸式采访。

在这个系列作品中，我不仅想表现工厂世界的律动与节拍，更想表现生活在此间的人们的内心世界。通过感受、剖析与反省，我试图对一个个具体之人的复杂灵魂进行解码。我发现，越往深处挖掘，我想要表达的便越多。

也许有读者会问：为什么先出版的是《工厂女孩》而不是《工厂男孩》？

对此，我想说：这是机器的选择。因为机器只对特殊的身体——年轻女子的身体——充满兴趣。最初的工厂只招聘年轻女工，因为这些乡村女子通常都受过一定教育，性情更驯服，更具忍耐性，更能适应机器的节奏。而对乡村女子来说，到工厂打工不仅意味着能挣到钱，更意味着获得了逃离家庭和土地的机会。工厂让她们获得了比同龄人更多的见识。最初，她们穿着朴素；几个月后，她们的装扮便显得十分时髦。因为口袋里有了钱，她们将头昂得很高。然而，这些机敏的女子同时充满叛逆精神。当有更好的职业向她们招手时，她们会毫不犹豫地离开工厂。

近十年来，工厂在招聘和留住女工方面遇到了困难。随着中国制造业的快速扩张、农村人口的萎缩、男多女少的性别不均衡以及服务业女性就业岗位的增加，工厂所青睐的年轻女性资源库已接近枯竭，不得不扩大招聘范围。此后的工厂里，不仅出现了年龄较大的女工，还出现了大量男工。正因如此，我先创作了《工厂女孩》，其后才创作了《工厂男孩》。

也许有读者会问：《工厂爱情》写的是发生在工厂里的男女情爱吗？

其实，这部长篇小说的关注点，是新生代农民工的情感世界。在东莞市樟木头镇的日资电子厂中，我第一次见到了小说的原型人物。那是令我难忘的一个瞬间——那个男工眼神机敏，浑身都透着股桀骜不驯的劲儿。那一刻我的心里一动：这个人有戏。在此后的两年时间里，我小心翼翼地走进了他的世界，目睹了他被生活撞得头破血流后再次爬起的过程。然而，当我开始创作时，并未完全按照他的生活轨迹进行描述，而是注入了必要的浓缩和适度的变形。

就这样，我在十几年的时间里，断断续续地完成了“工厂三部曲”。

现在看来，这一系列作品的诞生就像一条河流的诞生——先是涓涓细流，继而融会贯通，其后蜿蜒曲折，最终澎湃浩瀚。这三部作品虽然表现形式不同，所涉及的内容不同，但它们都发生于大湾区，所涉及的主题都是相同的——“一个人如何与他所处的时代产生混响”。

我发现，在 20 世纪 80 年代，第一批打工者对未来要发生什么几乎一无所知。后来的新生代农民工，则变得老练许多。当农民工进入工厂后，掌握技术的愿望十分强烈。他们中的一部分人，通过主动、积极的学习，从学徒工蜕变为初级师傅、高级师傅、工厂管理者，实现了身份转变。现在，虽然机器与人工智能替代了不少普工的工作，但它们却替代不了人的判断能力。所以对生活在21世纪的工人来说，不仅要掌握一定的技术，更要掌握独立思考的能力。

我发现，两代打工者之间的差异十分明显。第一代打工者大多处于兼业状态——他们在农忙时节回家耕作，农闲时节外出打工。即便有些人处于专职务工状态，但也没有完全脱离土地。他们大都掌握了一定的农业生产技术，对土地有一种依恋感。和父母辈相比，新生代农民工与土地的关系更为疏松。他们的经历较为相似：大多出生于农村，由爷爷奶奶辈照顾长大，在农村或城镇念完小学或初中后进厂打工。他们并不熟悉农业生产，也没有掌握一定的农业生产技术，但却比父母辈更会使用电子产品，更懂时尚，更想定居城市。

我发现，在工厂世界里，人的情感是不被计算在内的。工厂的全部活动都遵循着效益最大化原则——管理上有严格的等级制度，生产上有精细的分工合作。虽然工人的工资已精确到小数点后的两位数，但情感损失却是工资表忽略不计的。由于外出打工，大批农民工长期无法和老人及孩子一起生活。即便寄回老家的钱可以维持家庭的基本运转，但那长年累月的分离，已耗干了人们内心的情感。而这种情感的缺失，却被认为是应该的、必需的和必然的。

事实上，并非所有的地方都适宜文学表达——文学绝不会无缘无故地冷落一座城，也不会无缘无故地热爱一座城。只有当那座城与生活其中的人发生了紧密的精神联系后，它才会成为文学的描写对象。阴错阳差地，我从西北边疆来到岭南湾区，并在此定居下来。曾经出现在我眼前的是戈壁、沙漠和葡萄园，如今则是高楼、货车和工业园。我的生活场域决定了我的创作方向。因此，“工厂三部曲”的诞生既有偶然性，也有必然性。

事实上，我是在强烈的不适感中开始创作的。我发现我将面临两大难题——我既不熟悉打工生活，也不熟悉岭南文化。然而，当一个人在绝境中求生存时，办法便会被想了出来。我出生于西北乡村，熟悉农业生产过程及农民心理，所以，我用深入现场、长时间沉浸的办法来解决第一个难题。面对岭南生活中出现的古怪细节，我不断深思，且求助于各类书籍，以期获得更为深入的答案。我惊诧地发现，也许那些土生土长的本地人，并不能天然地把握他所生活的那个地区的文化精神，而越是具有深度的文化精神，越有可能被闯入者所把握，因为闯入者也许更能舍末求本。因此，“工厂三部曲”的主线虽然紧紧围绕工厂生活而展开，但文化对冲则是一条如影相随的暗线。

事实上，无论是虚构还是非虚构写作，都是某种特定的地理、历史和文化洞察力的综合表现，都要求作家具有独特的表达方式。然而，这种方式无法凭空获得。对我来说，向经典作家的经典作品学习是每日的必修课。当狄更斯在描写伦敦、巴尔扎克在描写巴黎、德莱赛在描写芝加哥时，他们既是同代人的先驱者，又展示了独属于他们的表达方式。虽然他们所处的时代和我所处的21世纪有很大差别，但那些构成世界的基本要素——土地、河流、天空和欲望——依然存在。因此，在创作“工厂三部曲”时我从未感觉孤单，反而有种薪火相传的责任感。

事实上，写作是一个耗时耗力的大工程。通过日积月累的创作，作家不仅为自己建造了一个纸上家园，还确立了自身存在的合法性。在完成了“工厂三部曲”的创作后，我发现自己已不再是“原来的我”。从表面上看，我只是比原来的模样更苍老了一些，但实际上，我比原来更宽容也更勇敢了。

有风自南，有容乃大。我对这个世界的全部谢意，都包含在“工厂三部曲”的字字句句中。感谢你，我亲爱的读者。因为有了你的存在，我的生命便有了特殊的意义。

丁燕

2023 年 6 月

图书在版编目（CIP）数据

工厂男孩 / 丁燕著. 一北京：中国工人出版社，2023.9
ISBN 978-7-5008-8284-8

Ⅰ. ①工… Ⅱ. ①丁… Ⅲ. ①纪实文学－中国－当代 Ⅳ. ①I25

中国国家版本馆CIP数据核字（2023）第174664号

工厂男孩

出 版 人　董　宽
责任编辑　陈培城
责任校对　张　彦
责任印制　黄　丽
出版发行　中国工人出版社
地　　址　北京市东城区鼓楼外大街45号　邮编：100120
网　　址　http://www.wp-china.com
电　　话　（010）62005043（总编室）
　　　　　（010）62005039（印制管理中心）
　　　　　（010）62379038（社科文艺分社）
发行热线　（010）82029051　62383056
经　　销　各地书店
印　　刷　北京市密东印刷有限公司
开　　本　880毫米×1230毫米　1/32
印　　张　8
字　　数　186千字
版　　次　2023年10月第1版　2023年10月第1次印刷
定　　价　58.00元